高等院校旅游管理专业系列教材 Gaodeng Yuanxiao Lüyou Guanli Zhuanye Xilie Jiaocai

主编◆卢　松
潘立新

旅游学概论

Introduction to Tourism

安徽人民出版社

图书在版编目(CIP)数据

旅游学概论 / 卢松，潘立新主编 . — 合肥：安徽人民出版社，2008. 12
ISBN 978-7-212-03417-7

Ⅰ. 旅… Ⅱ. ① 卢… ② 潘… Ⅲ. 旅游—高等学校：技术学校—教材
Ⅳ.F590

中国版本图书馆 CIP 数据核字（2008）第 190346 号

旅 游 学 概 论

卢松 潘立新 主编

出版发行：安徽人民出版社
地　　址：合肥市政务文化新区圣泉路 1118 号出版传媒大厦 8 楼
发 行 部：0551－3533258　3533292（传真）　邮编：230071
组　　编：安徽师范大学编辑部　电话：0553-3937079 3883579
经　　销：新华书店
印　　制：芜湖新欣传媒有限公司
开　　本：787 × 960　1/16　印张：16.125　字数：272 千
版　　次：2009 年 12 月第 1 版　2009 年 12 月第 1 次印刷
标准书号：ISBN 978-7-212-03417-7
定　　价：25.50 元

高等院校旅游管理专业系列教材编委会

（按姓氏笔划排序）

总 序

改革开放30年,我国国民经济与社会发展取得了举世瞩目的伟大成就。国富民强,和谐安定催生旅游业的快速发展,我国旅游业从小到大,从弱到强,已经实现了从旅游资源大国向亚洲旅游大国进而向世界旅游大国的历史性跨越,正积极向世界旅游强国的目标迈进。

入境旅游快速增长。从1978年至2007年,我国入境旅游接待从180.92万人次增加到13 187.33万人次,增长71.9倍,年均增幅达15.9%;过夜旅游人数从72万人次增加到5 471.98万人次,增长75倍,年均增幅16.1%,高出同期世界旅游同类指标12个百分点;旅游外汇收入从2.63亿美元增加到419.19亿美元,增长158.4倍,年均增幅达到19.1%,高出同期世界旅游同类指标10个百分点。我国已经成为世界第四大入境旅游接待国。

国内旅游持续攀升。1993年至2007年的15年间,我国国内旅游接待从4.1亿人次增长到16.1亿人次,年均增速达到10.3%;国内旅游收入从864亿元增长到7 771亿元,年均增幅达到17%。我国已经形成世界上最大的国内旅游市场。

出境旅游蓬勃发展。自1997年起,我国在试办港澳游、边境游的基础上,正式开展中国公民自费出境旅游业务。之后,出境旅游目的地的数量逐步增加,截至2007年底,除香港、澳门两个特别行政区外,已有132个国家成为我国公民出境旅游目的地。中国公民出境旅游人数增速迅猛,2007年已达到4 095.4万人次,是2000年的3.9倍,其中因私出境旅游人数达到3 492.4万人次,已占到出境总人数的85%。我国已经成为亚洲最大的出境旅游客源国。

旅游企业日益增加。经过30年的培育和发展,旅游业基本形成了多方位、多层面、多维度的产业体系格局。到2007年末,全国已有旅行社18 943家,其中国际旅行社 1 797 家；星级饭店 13 583 家；旅游景区（点）超过 20 000 家，其中国家等级旅游区（点）3 100 余家，4A 级以上等级旅游区（点）928 家；国家旅游度假区 12 家；优秀旅游城市 307 个，旅游强县 17 个；工农业旅游示范点 1 098 家；国家重点风景名胜区 187 个，国家级自然保护区 303 个，国家森林公园 627 个，国家地质公园 138 个，世界地质公园 20 个，列入《世界遗产名录》的世界遗产 35 处。

科教兴旅迫在眉睫。当前，中国旅游业进入了新的发展阶段。中国将全面推进旅游业转型升级，实现从世界旅游大国向世界旅游强国的新跨越，当务之急是加快实施科教兴旅、人才强旅战略，培养和建设一支高素质的旅游人才队伍。因此，中国旅游业发展将对旅游教育产生重大影响。中国旅游教育将面临前所未有的重大发展机遇和挑战，涉及旅游人才需求和旅游人才供给的许多方面。

旅游人才需求连年走高。从需求层面看，中国旅游业持续快速发展需要大量旅游人才。据预测，到 2010 年，中国旅游主体人才占旅游直接从业人员的比重将达到 24.7%。到 2015 年，我国旅游直接就业人数将达到 1 700 万人，间接就业人数将达到 8 300 万人，旅游就业总量将达到 1 亿人。中国旅游业产业规模扩大及对旅游就业的强劲拉动使旅游人才需求连年走高。

旅游人才供给持续升温。从供给层面看，旅游教育是旅游产业发展的基础性支持和持续推动力。至 2007 年，全国举办旅游教育的院校共有 1 711 所，在校生为 77.38 万人，旅游专业教师 3.32 万人，其中高等旅游院校 770 所，在校生 39.74 万人，教师 1.69 万人；中等职业学校 941 所，在校学生 37.64 万人，教师 1.63 万人。据统计，目前招收旅游管理博士的院校有 11 所，招收旅游管理硕士的有 90 所，开设与旅游相关的专业（方向）近 30 个，逐步形成了涵盖博士、硕士、本科、专科（含高职）各层面的旅游教育体系。

旅游高等教育是我国旅游教育体系的重要组成部分，与旅游经济和社会发展的关系密切，是一种直接为旅游业发展服务的特殊类型的高等教育，肩负着为中国旅游业培养中高级专门旅游人才的重任。

旅游教材建设刻不容缓。教材建设是院校人才培育的基础。目前，我国旅游教材建设已有一定的规模和基础。在各级行政管理部门、院校和出版社的共同努力下，已出版了一批高等旅游管理专业教材。但从整体性看，已有的多数教材有以下缺憾：一是专业性不足，相当多的旅游教材“脱胎”于各自相关专业母体的痕迹比较严重，旅游专业特点凸显不够；二是系统性不足，多数版本的教材只有4—8本，涵盖整个旅游管理专业的系列教材比较缺乏；三是适宜性不足，从高等院校旅游管理专业的历届毕业生的就业现状来看，由于实际操作能力不强以及旅游行业就业的相对低门槛特性，旅游管理专业学生逐渐丧失旅游行业就业竞争力，部分旅游高等院校教育并非以适应社会需要为目标，以培养技术应用能力为主线来设计学生的知识、能力、素质结构和培养方案，以致强调理论教学和实践训练并重不够，培养出来的毕业生直接上岗工作的能力不强。另外，目前的多数教材普遍存在内容交叉、重叠、陈旧，编的多，写的少；引用的成果多，研究性成果少；理论性的多，操作性的少；继承的多，创新的少等现象。有鉴于此，在安徽人民出版社安徽师范大学编辑部的策划下，成立了高等院校旅游管理专业教材编委会。经过高等院校旅游管理专业教材编委会精心组织和相关高校教师的认真编写，推出一套结构合理、内容精辟、信息前沿、案例丰富的高等教育旅游管理专业系列教材。

本套系列教材有三个特点：一是专业系统性。旅游高等教育系列教材计划出版28本，涵盖高等院校旅游管理专业全部教育教学内容，避免各院校使用教材分散，常出现一个专业使用多个版本的教材而不利于专业教学的一体化和系统化。二是实践应用性。本套教材充分体现了旅游高等教育的人才培养应用型特色和能力本位，调整了新形势下旅游人才必须具备的能力基础和技术基础，突出了旅游人才的创新素质和创新能力的培养。三是参与广泛性。在对旅游专业的人才培养模式和教学内容体系改革进行充分调查研究和论证的基础上，充分吸收高等院校旅游管理专业在探索培养技术应用型专门人才方面取得成功经验和教学成果的骨干教师参加编写。

本套教材适用于高等院校旅游管理专业使用，同时对旅游行业的工作者与旅游爱好者有重要参考价值。本系列教材是作者在百忙之中完成，我感谢我的同事们的敬业精神。同时，对于系列教材总体框架设计可能存在的缺憾，对于每本教材的疏漏与不足，我并代表作者表示歉意，恳切希望广大读者批评指正，不断推动旅游高等教育教材建设的发展与提高。

章锦河

2009年11月18日

前　言

人类的旅游活动可以追溯到很远，但旅游做为一个产业只有一个半世纪的时间，而以大众旅游为特征的现代旅游及现代旅游业仅仅只是二战以后才有的事情。现代旅游业经过半个世纪的发展,已于1992年被世界旅游理事会正式确认为世界最大产业。旅游业对国民经济的贡献已经超过了汽车业、钢铁业、电子业和农业,越来越成为人们生活中不可缺少的一部分。21世纪人类已迈向休闲时代,人类生活方式的休闲化为世界旅游业的发展提供了不竭的动力源泉。

针对已有教材的不足以及当前旅游专业教育教学发展的新形势，编写了这本《旅游学概论》,力图反映旅游研究的最新发展,并且更加符合高等院校的实际情况,使教材具有较高的理论性和较高的应用性,不仅可以作为高等院校旅游管理专业的必修课教材,也对从事旅游管理的人员具有重要的参考价值。

本书由安徽师范大学旅游学院卢松教授和滁州学院国土信息工程系潘立新副教授担任主编，滁州学院国土信息工程系晋秀龙副教授和安徽师范大学旅游学院王莉讲师担任副主编,编写人员的分工是:第一章由安徽师范大学卢松、祝玲丽编写,第二章由马鞍山师范高等专科学校张运编写,第三章、第五章由滁州学院国土信息工程系潘立新编写，第四章由马鞍山师范高等专科学校王结贵编写,第六章、第九章由滁州学院晋秀龙编写,第七章由安徽师范大学卢松、马艳利编写,第八章由滁州学院王凯编写,第十章由安徽师范大学王莉编写。潘立新进行了初稿的审校工作,卢松负责全书的框架制定、统稿、最后定稿工作。

写作过程中,我们阅读、参考、引用了不少学者的论著,我们向这些学者表示衷心的感谢！本书部分章节来自作者的讲稿,由于讲稿形成于日积月累、逐步修改,当时疏于著录,现在溯源甚难,以至于本书中部分被参考、引用了的论著未能一一标注,借此机会,特向这些作者表示深深的歉意!

虽然本书在高等院校教材的编写上作了一些探索，但不足之处在所难免，请各位读者、学者批评指正，以便我们及时修正。

卢松　潘立新

2009 年 8 月

目　录

第一章 绪论

旅游是人类社会特有的现象,是社会文明发展到一定阶段的产物。旅游活动是当今规模最大、涉及面最广的人类活动之一。从19世纪中期英国人托马斯·库克开始，人们将旅游业作为一门全新的产业来经营，旅游业经历了一百多年的历史，现在已发展成为世界上最大的产业。随着人们对旅游认识的不断深化,涌现出了不少理论成果,促进了旅游学科的建立和发展。本书以明晰、规范的表达方式来阐述旅游学的基本概念、原理和方法,使读者灵活掌握旅游学的基本理论和方法,主要内容包括旅游的概念和本质、旅游的产生与发展、旅游者、旅游资源、旅游业、旅游市场、旅游的影响、旅游组织与旅游政策、旅游可持续发展、旅游发展的模式与趋势等。

作为本书的导引,本章主要介绍旅游的概念和本质、旅游活动的构成与特点、旅游活动的基本类型以及旅游学研究的对象和任务、旅游学的学习和研究方法。通过本章的学习,使学生对旅游学的学科领域有一个初步的了解。

第一节 旅游的概念和本质

什么是旅游?这是旅游学研究中首先要回答的基本概念问题。对这一概念的明确界定和共识不仅是旅游研究的需要，而且也是旅游研究形成学科的一项根本基础。然而由于种种原因,人们在旅游概念认识上仍然存在着混淆和分歧。因此,有必要在介绍和分析旅游定义研究现状的基础上,努力澄清对这一问题的模糊认识,同时阐释旅游的本质。

一、旅游的概念

严格意义上的旅游的概念亦即现代旅游的概念，目前尚无完全一致的看法，因此有多种定义。归纳起来，旅游的概念大致可以分为以下几种。

(一)强调旅游目的和内容的定义

法国学者让·梅特森1966年的定义：旅游是一种休闲活动，它包括旅行或离开定居地点较远的地方逗留。其目的在于消遣、休息或为了丰富他的经历和文化教育。美国学者马丁·普雷1979年的定义：旅游是为消遣而进行的旅行。我国学者冯乃康先生认为旅游是以去异地寻求审美享受为主要内容的一种短期生活方式。这些定义比较强调旅游的目的性，如消遣、审美、求知等。

(二)强调旅游时空的定义

世界旅游组织1991年定义：旅游是人们为了休闲、商务或其他目的离开他们惯常环境，到某些地方停留在那里，但连续不超过1年的活动。这一定义比较强调旅游活动的空间性(异地性)和时间性(时间界定)。

(三)强调旅游功能的定义

奥地利经济学家Herman Von Schullard认为旅游是外国或外地人进入非定居地并在其中逗留和移动所引起的经济关系的总和，我国有学者认为旅游是一定社会经济条件下的一种人类社会经济活动、是人们为寻求文化差异所进行的一种暂时性文化空间跨越的行为和过程。这些从某一学科的视角定义旅游，难免以偏概全，而且容易导致理解上的困惑和误解(如单纯从经济的角度解释旅游，就容易导致对"旅游"和"旅游业"两者的误读)。

(四)强调旅游本质的定义

英国学者伯卡特和梅特利克1972年的定义：旅游发生于人们前往和逗留各种旅游地的流动，是人们离开他平时居住和工作的地方，短期暂时前往一个旅游目的地运动和逗留该地的各种活动。这一定义比较强调定义者所认为的旅游"本质"——人的流动。其实这一定义并没有抓住旅游的本质，有些舍本逐末。旅游的本质应是"游"(消遣与审美等愉悦体验)而不是"旅"(人的流动)。谢彦君教授则认为旅游是人们以前往异地寻求愉悦为主要目的而度过的一种具有社会、休闲和消费属性的短暂经历。这一定义强调旅游活动的本质——异地愉悦经历。

(五)强调旅游综合关系的定义(或关系总和的定义)

汉泽克尔与克拉普夫在1942年的定义(这一定义被“旅游科学专家联合会”采用,故称为“艾斯特”定义):旅游是非定居者的旅行和暂时逗留而引起的现象和关系的总和;这些人不会导致长期定居,并且不会牵涉任何赚钱的活动。美国学者罗伯特·麦金托什在1980年的定义:旅游可以定义为在吸引和接待旅游及其访问者的过程中,由于游客、旅游企业、东道国政府及东道国各地区居民的相互作用而产生的一切现象和关系的总和。这种定义比较强调旅游活动的综合性或强调旅游活动所涉及和产生的广泛社会关系,在学术界得到较多的认同。

(六)官方或半官方旅游组织的定义

世界旅游组织和联合国统计委员会对旅游的定义:旅游是人们为了休闲、商务和其他目的,离开他们惯常的环境,到某些地方去以及在那些地方停留的活动。其访问的主要目的不应是所从事的活动从访问地获取报酬,暂时停留的时间不超过1年。除了具有统计意义外,很难清楚这个定义强调的是什么,而且自相矛盾。既然强调“旅游是人们为了休闲、商务等其他目的”,为何又强调“旅游的主要目的不应是所从事的活动从访问地获取报酬”?众所周知,商务活动与从访问地获取报酬有关联。

综合人们对旅游定义的不同表述,我们可以看到人们至少在以下三方面已经取得共识:(1)旅游是人们离开自己的定居地、去异国他乡访问的活动。这一点反映了旅游活动的异地性。(2)旅游是人们前往旅游目的地,并在那里作短期停留的访问活动。这种短期停留有别于移民性的永久居留。这一点反映了旅游活动的暂时性。(3)旅游是人们的旅行和暂时居留引起的各种现象相关系的总和。它不仅包括旅游者的活动,而且涉及这些活动在客观上所产生的一切现象和关系。这一点反映旅游现象的综合性。

因此,我们认为旅游的概念是非定居者出于审美、游览、商务等非就业的目的而在异地旅行和短期逗留所引起的一切社会经济文化现象和关系的总和。这样的定义对旅游的本质及其主要构成(旅游者、旅行社、旅游资源)以及旅游的“六大要素——食、宿、行、游、购、娱”虽未明言,却也没有遗漏。

二、旅游的本质

从上述旅游的定义来看,旅游的本质体现在以下几个方面。

(一)旅游是一种审美活动,是综合性的审美实践

旅游在根本上是一种主要以追求愉快和美好为目的的审美过程，是人类社会发展到一定阶段时生活中不可缺少的活动。在旅游活动中,通过美的感受(如游览名山大川、欣赏文物古迹、体验风土人情等),达到陶冶情操、愉悦身心和增长见识的目的,提高生活的质量和自身的修养。

旅游审美活动的内容是丰富多彩的,除了秀丽的自然景观,还有文物古迹、园林建筑、戏剧、音乐、舞蹈、绘画、雕塑、风俗习惯等人文景观。它集自然美、艺术美、生活美之大成,融优美、崇高、喜悦、悲壮、秀丽、雄奇于一体,可满足旅游者不同层次的各种审美需求。所以旅游审美性的逻辑特征,决定了旅游本身是一项综合的、层次丰富的、具有活力的和具有发展潜力的综合性的审美活动。

(二)旅游是人类一种积极而健康的社会交往活动

人具有自然属性和社会属性。作为社会的主体,人总是处于一定的社会关系之中,是社会关系的体现者。因此,人与人之间的交往是人类历史发展的必然现象,也是人类生活中一种最基本的社会活动。人类通过交往可以达到思想、观点和感情的相互交流,以协调和建立一定的人际关系。在现代社会,人们要求有更多的闲暇时间从事社交活动,以陶冶性情、增长见识、结交新友。

人的交往途径是多向性的、多渠道的。而在人类各种各样的交往方式中,旅游是一种较为理想的开放式的交往形式,是一种短暂的、平等的、在异地进行的,并以感情沟通和物质交易为主的交往活动。在旅游活动中,每个人都是主动和自由的,不受地域、种族、性别和年龄等的限制。一般而言,旅游交往的理想形式是“旅游者—朋友模式”。要达到这种高级的交往境界,关键在于旅游者是否能够真正融于旅游地的文化之中,成为当地文化的受益者。

(三)旅游是人类生活的基本需求和高层次的消费活动

旅游是一种高层次的需求活动，并正在发展成为人们生活中的一种基本需求。人既有为延续和发展自己生命所必需的物质需求,也有着发展智力、道德、审

美等方面的精神需求。而且,随着社会生产力的日益发展,人们对物质需求和精神需求的层次也不断地提高。按照马斯洛的需求层次论的解释,人的需求可分为:生理需求、安全需求、社交需求、受尊重需求和自我实现的需求。上述需求的五个层次是逐级上升的,当低一级的需求获得相对满足以后,追求高一级的需求就成为继续奋进的动力。我们可以看到,旅游需求是人的总体需求的一个组成部分,它是人们在满足日常的衣、食、住、行等基本需求之后,所产生的高层次享受的精神需求,是一种高消费活动。

旅游的高消费特征主要体现在消费水平和消费结构上,其消费结构又可分为旅游中的食、住、行、游、购等的实物结构和在游览、娱乐中所享有的无形效用的劳务型消费结构的形式。实物结构固然重要,但精神消费的水平则更能说明人们在旅游中对社交、尊重和自我实现的需求程度,并突出体现了旅游是人们生活需求层次提高的必然现象,是一种高级的消费活动。

第二节　旅游活动的构成与特点

旅游是涉及众多方面的综合性社会文化现象,作为人类的一项活动,由多种要素构成,同时与人类其他活动相比,又有自身的特点。

一、旅游活动的构成

旅游是由旅游者、旅游资源和旅游业组成的旅游系统。旅游者是主体,旅游资源是客体,而旅游业则是媒体。旅游的客体、主体和媒体之间相互依存,相互制约,紧密结合,共同构成旅游这一复杂的综合体。

(一)旅游者

在旅游活动的构成要素中,旅游者是旅游活动的主体。旅游者是旅游活动的首要和主导因素,因为旅游首先是人的活动,是人们离开其常住地的外出旅行以及在目的地停留期间所从事的全部活动。也因为旅游者的旅游活动与旅游企业及东道社会不可避免地接触,才引发了一系列错综复杂的社会现象和社会关系。因此,没有旅游者就不会有旅游活动,也不会有旅游的社会现象。

旅游活动的发展历史证明,旅游实践是先有旅游者的旅游活动,而后才有旅游业的经营活动。作为旅游活动主体的旅游者的数量、消费水平、旅游方式等,影响和决定着旅游业的发展水平及其内部构成,他们是旅游活动中最活跃的因素。可以说,旅游活动的全过程都是围绕着旅游者进行并展开的。

(二)旅游资源

在旅游活动的构成要素中,旅游资源是旅游活动的客体。旅游资源是激起旅游兴趣并导致各种旅游活动的最直接的因素,是保证旅游供给、发展旅游事业的重要物质基础。因此,旅游资源是一个国家和地区旅游业赖以存在和发展的最基本的条件。就旅游者的旅游活动来看,当一个人具备了外出旅游的客观条件,并且也产生了旅游需求的时候,吸引旅游者的决定性因素,就是满足其需求的旅游资源了。显然,如果没有旅游资源所构成的具有吸引力的环境,旅游者便不会前来访问,旅游活动也无从开展,尽管旅游者也会考虑旅游目的地的生活条件和服务水平,但这些都是旅游者旅游活动所派生出来的次要需求。而旅游资源由于自然和人文要素的组合不同而各具特色,既不可移动,也不可替代,只有亲临其境,亲历其事才能真切感受,获得真正的精神满足。所以,旅游资源是旅游活动的客观基础,是一个国家招揽客源、外拓市场、发展旅游业的重要物质基础和条件。

(三)旅游业

旅游活动构成要素中,旅游业是旅游活动的媒体。它是旅游主体和旅游客体得以结合、最终实现旅游活动的条件和手段。旅游业是旅游发展的产物,也是旅游发展的推动者。在现代旅游中,旅游业在旅游者和旅游资源之间起着一种媒介和桥梁的作用,通过旅游业提供各种旅游供给以及对旅游市场进行组织,使得旅游活动方便易行,从而大大推动了现代旅游的发展。

不难看出,旅游业诞生之后,旅游业在旅游者和旅游资源之间扮演着重要的媒介的角色,也在客源地与目的地之间以及旅游动机与旅游目的的实现之间架起一座便利的桥梁。大众旅游者,广泛利用旅游业提供的规范化的旅游模式完成旅游活动,实现旅游需求。而旅游业的发展和规划,也成为旅游目的地的旅游开发工作的重要组成部分。旅游业作为旅游活动的媒体,已经成为推动旅游活动开展最积极、最活跃的一个因素。

二、旅游活动的特点

旅游作为人类社会生活的一项重要活动,有其本身的基本特征。

（一）审美性

旅游是一种综合性的审美活动，它集自然美、艺术美、生活美为一体，融风光、文物、古迹、建筑、雕刻、绘画、书法、音乐、戏剧、风情、美食于一炉，可以满足人们多种多样的审美情趣。而且旅游活动本身就是一种审美的社会实践，是一种生动形象、自然具体的审美教育活动，审美是旅游的本质。首先，从旅游主体看，审美追求是旅游者的普遍动机。旅游者的旅游动机多种多样，旅游形式和内容可能会千差万别，但有一个共同点就是为了陶冶情操、愉悦身心，追求最大程度的审美享受。审美活动贯穿于旅游活动的全过程，旅游活动的食、住、行、游、购、娱的每一个环节都能给旅游者以美感。其次，从旅游客体看，旅游资源是美的载体。旅游资源同其他资源的区别，就是在于它具有美学的特征，具有观赏价值。旅游资源蕴涵着丰富的自然美、社会美和艺术美，对旅游者产生极大的吸引力。再次，从旅游媒体看，旅游业是创造美和生产美的行业。旅游业与一般产业不同，它生产以服务为核心的综合性产品，通过生产和挖掘美的景观、美的商品、美的艺术，提供美的服务和管理，以满足旅游者的高层次的物质文化需求——审美需求。

（二）异地性

从旅游的定义可以看出，旅游是人类的一种空间活动，而且是在异地环境中实现的。每个人都生活在一定的时间和空间，这一定的时间和空间既是人们认识客观世界的基础，也是其认识客观世界的限制。人们出于“求新、求异、求乐”的心理动机，借助旅游的形式以开阔眼界，增长知识，这是旅游异地性产生的主观基础。而另一方面，对旅游者产生吸引力的是旅游资源。由于旅游资源具有地理上不可移动的特点，旅游者只有克服空间障碍，离开其常住地前往旅游目的地才能实现旅游活动，这是旅游异地性产生的客观前提。一个地区的异地性越强，其对旅游者产生的吸引力就越大。

（三）暂时性

旅游在空间上具有异地性的特点，在时间上则具有暂时性的特点，就是人们前往旅游目的地，并在那里做短期停留的访问活动。这种短期停留有别于移民性的永久居住，表现为旅游的暂时性。对于大多数旅游者而言，旅游是其利用工作生活之余的闲暇时间所从事的活动。其动机或是为了恢复体力、愉悦身心，或是为了扩大眼界、增长见识，但不论出于何种动机的旅游都只是一种短期的生活方式。因为闲暇时间只是人生全部时间构成中的一小部分，而休闲娱乐也只是人们在工作之余才能从事的活动，旅游是人们暂时性的行为。

（四）综合性

旅游已经成为现代人社会生活的基本和必要的组成部分，旅游活动也渗透到人们社会生活的各个方面，从而表现出综合性的特征。首先，旅游活动包括食、住、行、游、购、娱六大方面，囊括了人类消费需求的各方面，且这些环节紧密联系，环环相扣。其次，旅游活动涉及自然和社会的事物和因素，在社会方面既有文化的内容，又有经济、社会和意识形态的内容。再次，旅游涉及旅游目的地国家或地区的诸多部门和行业，既有经济部门，也有非经济部门，经济部门有旅馆业、饮食业、交通运输业、邮电通讯业、建筑业、商业等，非经济部门有文教、卫生、公安、海关等。所以，旅游已不仅仅是旅游者离开常住地前往异地的旅行和访问活动，而且是有广泛和深刻影响的综合性社会现象，这种综合性表现为旅游者、旅游企业、目的地政府以及目的地居民四者彼此之间所产生的错综复杂的关系。

（五）季节性

旅游的季节变动是指旅游者外出旅游时间的选择和旅游接待地企业经营业务所体现的明显淡、旺季差异性。在旅游业经营中，人们一年中旅游者来访人数（或某地人口外出旅游的人数）明显较多的时期成为旺季，明显较少的称为淡季，其余时期则成为平季。事实上，旅游活动数量在时间布局上的这种变化不仅存在于一年中的各季、各月以及各周之间，而且在一周中的不同日期之间也同样可以见到，周末旅游人数较多便是明显的例子。

形成旅游季节性的原因可以概括为自然季节性因素、社会季节性因素和偶发性因素。偶发性因素只是对特殊年份或时段的客流季节分布有影响（如2003年“非典”对国内景区3—6月份客流量的显著影响）。自然季节性因素主要包括气候舒适性、降水等自然因素的季节变化，对于海滨型旅游地而言，还应包括海水温度和热带气旋活动等自然要素的季节性变化，其中气候舒适性是影响客流季节性分布的主要原因之一，其所直接产生的结果就是旅游活动的季节性，如从温湿指数、风效指数等气候舒适性指标上看，皖南地区适宜旅游的季节为4—10月，其中旅游最适宜季节为5—6月和10月，适宜季节为4月、7—9月，不适宜季节主要集中在冬季，为11月至次年3月。社会因素主要包括居民闲暇时间分布、带薪假期、出游习惯等,以黄山为例,1月至3月和12月正值年初和年末,受传统习俗和生活习惯的影响、居民很少外出旅游,到山岳景区的更少,4月至5月春游,7月至8月暑假旅游,特别是"五一"和"十一"节假日,是黄山一年中的客流高峰日。一般情况下,自然季节性因素决定了户外游憩活动的方便程度,是造成旅游活动季节性分布的主导因素,在此基础上,社会季节性因素(主要为居民带薪假期的时间分布)起到叠加作用。

第三节 旅游活动的基本类型

随着当代社会经济的发展,世界各地参加旅游活动的人数越来越多,旅游活动的地域范围越来越大,旅游活动的类型也多种多样。目前国内外对旅游活动尚未确定统一的分类方法,根据不同的划分依据和标准,得到不同的旅游活动类型的划分结果。

一、按地理范围划分

按地理范围可把旅游活动分为国内旅游和国际旅游两个基本类型。

(一)国内旅游

国内旅游是指人们在居住国境内开展的旅游活动,通常是指一个国家的居民离开自己的常住地到本国境内其他地方的旅游活动。但按照世界旅游组织(WTO)的解释,常住性外国人在所在国境内进行的旅游活动属国内旅游。例如,常住我国的外国使、领馆人员、外国专家、记者等在我国境内进行的旅游活动,对我国而言,仍属国内旅游。

根据在旅游目的地的停留时间,国内旅游活动又划分为过夜旅游和不过夜的一日游。世界各国对国内旅游者的界定和统计口径不一致,因此,国内一日游活动是否纳入国内旅游统计之中,各国的做法也不一样。

综合考察旅行距离、旅游消费水平等,国内旅游还可具体分为地方性旅游、区域性旅游、全国性旅游三种形式。

(二)国际旅游

国际旅游是指跨国旅游,即一个国家的居民跨越国界到另一个或几个国家和地区去的旅游活动。包括入境旅游和出境旅游。入境旅游是其他国家或地区的居民前来本国或地区的旅游；出境旅游则是本国或地区居民到其他国家或地区去的旅游,也称出国旅游。就我国目前情况而言,无论是港澳台地区的居民前来大陆地区旅游,还是大陆地区居民前往港澳台地区旅游,均属国内旅游。但是由于台湾同祖国大陆尚未统一,香港、澳门仍作为特别行政区实行高度自治的情况下,港澳台同胞来大陆旅游需支付外币从而给大陆地区带来外汇收入,因此,在我国的旅游统计中,把港澳台同胞来大陆地区旅游视为入境旅游,而把大陆地区的居民前往港澳台地区列为出境旅游。

根据在旅游目的国停留时间的长短，国际旅游可划分为过夜的国际旅游和不过夜的国际一日游。在一些相互接境的国家,这种国际一日游游客是一个重要的客源市场。但是在国际旅游统计中,一般都不包括国际一日游人次,而把国际一日游游客的消费作为国际旅游收入统计在内。因为这些国际一日游游客在目的地的消费很难从当地的国际旅游收入中分出。

国际旅游还可具体分为跨国旅游、洲际旅游和环球旅游几种形式。

(三)国内旅游和国际旅游的关系

国内旅游和国际旅游作为两个不同的旅游类型，彼此之间既有联系又有差别。国内旅游是国际旅游的先导,而国际旅游是国内旅游的延伸与发展。国内旅游在旅行距离、旅游时间、旅游费用、旅游的方便程度等方面比较容易得到满足,因此,国内旅游的发展先于国际旅游的发展。

由于国内旅游需求比较容易得到满足,因此,在当今世界旅游活动中,国内旅游一直占据着绝大部分比重。据世界旅游组织估算,在每年全世界旅游总人次中,国内旅游约占90%以上。即使在一些旅游发达国家,国内旅游也占绝大比重。但是由于国内旅游的经济作用与国际旅游有所不同,尤其是国际入境旅游可以给旅游东道国增加外汇收入,所以大多数国家的政府都偏重支持本国国际入境旅游的发展。

国际旅游与国内旅游的根本差别在于是否跨越国界。此外，二者在消费水平、逗留时间、便利程度、经济作用等方面还有一些具体差别。

二、按活动内容划分

由于旅游者旅游动机的多种多样,导致旅游活动的内容和形式也千差万别。我们可以根据旅游者旅游的主导动机以及旅游活动所表现的共性特点，将旅游活动分为观光旅游、度假旅游、商务旅游、文化旅游、宗教旅游等基本类型。

(一)观光旅游

观光旅游是以观赏游览自然风光、城市风光、名胜古迹为目的的旅游。通过观光旅游获得美的享受,愉悦身心,调节体力。这是世界上最古老、最常见、最基本的旅游类型。

观光旅游的基本特点:(1)知名度高、吸引力大的旅游目的地往往成为旅游的热点。例如美国和加拿大交界的尼亚加拉大瀑布,日本富士山,澳大利亚大堡礁,中国长城、黄山,意大利罗马,法国巴黎,埃及金字塔等,每年都吸引大量国内外游客,成为世界级旅游热点。(2)旅游者以观赏游览为主,流动性较大,在旅游地逗留时间短,且重游率一般较低。(3)旅游者消费水平一般不高,对价格往往比较敏感。旅游者旅游活动自由度较大。(4)受气候自然条件影响较大。观光旅游淡旺季十分明显。(5)旅游的最基本类型,也是世界旅游方式的主体,观光旅游者在旅游市场中所占比例最大。

观光旅游作为旅游活动最基本的类型,其产品种类很多。传统观光旅游产品主要有自然风光、城市风光、名胜古迹。但随着旅游需求的日益增长,旅游市场竞争也日趋激烈,涌现出国家公园、主题公园、野生动物园、海洋观光、历史文化村镇等新的观光旅游产品。

(二)度假旅游

度假旅游是指利用假期进行休养和娱乐的旅游。通过度假旅游,适时改换环境,追求新的经历,调节身心节律,消除紧张与疲劳。度假旅游产生时间不长,但发展很迅速。特别是二战后,随着社会经济发展、人民收入提高、闲暇时间增加以及交通条件改善等,度假旅游目的地已十分普及,形式也十分多样。

度假旅游的基本特点:(1)度假旅游地一般应是自然景色优美、气候温和宜人、旅游设施完善、交通便利、服务优质。(2)度假旅游的地点相对固定。度假旅游者一般活动范围不大,往往局限于住地及周围地区。(3)度假旅游更强调休息、消遣。要求齐全完善的体育、娱乐、餐饮和住宿设施。(4)旅游者以休养和消遣为主,在旅游地逗留时间相对较长,且重游率比较高。(5)一般不需要导游,旅游者自由安排活动。(6)度假旅游者对住宿设施一般要求卫生、经济,而更多的希望有多种体育、娱乐设施及风味餐饮,以供安排每天的消遣活动。

度假旅游产品种类较多,传统且长盛不衰的度假旅游产品是海滨旅游。随着度假旅游者需求的日益现代化,度假旅游产品的发展也越来越丰富,其中主要包括乡村旅游、森林旅游、度假村或度假区、野营旅游等。

(三)商务旅游

商务旅游是以经商为目的,将商业经营与旅行游览结合起来的一种旅游活动。在当今世界,商务旅游者成为旅游市场客源的重要组成部分。

商务旅游的特点:(1)旅游频率高。由于商务发展的需要以及市场行情的变换,这类人员常常需要外出。在国际旅游中,商务旅游者是各种国际旅游者中重游率最高的旅游者。(2)消费水平高。商务旅游者的旅行经费是公司支出,他们的旅游消费标准要比其他类型旅游者高。(3)对旅游设施和服务质量要求高。由于业务需要,商务旅游者往往要求下住的饭店具有完善的现代通讯设施和便利的运输工具,要求服务人员有敏捷、熟练的服务。

早期的商务旅游产品内容比较简单,而在市场经济高度发达的今天,商务旅游不仅内容越来越丰富,而且产品类型也更加多样化。主要包括会议旅游、奖励旅游、大型商业性活动等。

(四)文化旅游

文化旅游是人们为满足基本的文化需求而进行的一种活动,这种活动包括修学旅游、表演艺术旅游、节庆旅游、文物古迹旅游、风情民俗旅游和朝圣旅游等。文化旅游的动机是文化,目的是学习、研究与考察。旅游者通过对异国他乡的文化艺术、风俗人情、生活方式等的了解,扩大视野,丰富知识。在现代,由于科学技术的发展和教育的普及,人们的受教育程度日益提高,文化素养日益提升,对文化旅游的需要也越来越强烈。

文化旅游的特点:(1)文化旅游的显著特点是文化性,即人们希望通过文化旅游的形式,观赏异质文化、接触异域风情,来满足内心深处对文化的向往与追求。(2)文化具有不断变化的特性,这就带来了文化旅游的变化性。这种变化体现在两个方面,一是旅游文化内容与形式的不断变化;二是由于旅游者的社会文化背景的不同,对相同的文化旅游的理解会产生差异。有时甚至会因为旅游者的心情、导游人员的素养、旅游过程中的偶发事件而产生对文化旅游资源理解的不同。(3)文化旅游因其特殊的旅游资源,而与以自然类旅游资源为主的旅游不同,没有显著的季节性。这点也是由文化旅游的文化性决定的，因为内涵于一个民族、一个地区的文化不会因为四季的变迁而变化。

（五）宗教旅游

宗教旅游是以朝圣、拜佛、求法、取经或宗教考察等宗教活动为主的旅游，是世界上最古老的旅游类型。宗教旅游是一个巨大而稳定的客源市场，世界各地都有一些著名的宗教圣地，大多数都已成为宗教旅游热点。

宗教旅游的特点表现为：(1)宗教圣地往往环境优雅，具有很高的历史价值和艺术价值，不仅是宗教信徒的活动场所，也是宗教旅游的热点。例如，法国巴黎圣母院，意大利罗马圣母教堂，沙特阿拉伯的麦地那城，我国四大佛教名山、布达拉宫，日本神庙、奈良等。(2)旅游者以宗教活动为主，具有强烈的旅游动机。(3)宗教旅游逗留时间一般较长，且重游客较多。(4)宗教旅游多与庙会或祭祀活动相结合，使旅游活动达到高潮，表现出一定的周期性和规律性。例如，沙特阿拉伯的麦加朝觐每年从伊斯兰教历12月初开始(公历10月)，到10日宰牲节达到高潮而结束，成为全世界穆斯林的巨大盛会，世界各地朝觐游客每年可达200万人次。(5)宗教旅游以满足精神需要为首要目的，旅游服务和旅游设施均要尊重宗教意义，使旅游者有归宿感。

此外，随着社会进步、旅游需求转变和可持续观念的深入人心，涌现出其他类型的旅游类型，如生态旅游、遗产旅游等。

上述旅游类型的划分及其特点分析都是基于理论上的。同一类型的旅游活动具有一定的共同性，这为旅游部门和企业的开发、经营提供了重要依据。必须指出的是，由于旅游者旅游活动是出于某一主导动机，此外，往往还会涉及其他方面的动机，从而导致旅游活动的复杂性和综合性。在实际经营中，我们还必须对各种类型的旅游进行更细致的专门分类并针对性地予以分析，为旅游资源开发和旅游市场营销提供重要依据。

第四节　旅游学的研究对象和任务

任何一门独立的学科都有其特定的研究领域和研究对象。旅游学做为一门独立的学科，也不例外。同时，旅游学做为一门综合性的边缘学科，尽管其理论体系还不成熟，但有其特定的研究任务。

一、旅游学的研究对象

关于旅游学研究对象的问题,国内外学者们进行过探讨,一般都把旅游现象作为研究对象。但因为对旅游现象的性质认识不同,在旅游现象具体表述上出现了分歧,因此,具体研究对象也就各异。有的单纯地把旅游作为经济性质的活动来研究,考察它的经济外壳,以旅游经济的形态、结构和活动要素作为研究范围;有的则把它看作多种社会关系和现象的总和加以研究,以旅游现象发生的原因、运行基础、性质以及对经济社会环境的影响为研究范围,既包含非经济性质的旅游活动,也包括经济性质的旅游业。后一种认识已为大多数人所接受。

旅游学的研究范围与研究对象是相互关联的概念, 旅游学的研究对象规定了研究范围,而研究范围反过来锁定了研究对象。开展旅游学研究,必然遇到一些问题,如旅游产生和发展的规律是什么,其含义、内容和形式是什么,旅游者产生的条件有哪些,旅游过程中各个环节的障碍是什么以及如何消除障碍,旅游与经济、社会文化的相互影响有哪些等等。从学术规范来看,旅游学基础理论的研究和其他学科一样, 必须从旅游现象起源的线索, 进一步深入到它的特征和性质、运行基础、形态、结构以及各种矛盾关系和规律。因此,旅游学的研究对象是旅游现象的发生、发展及其本质、条件和各种关系的内在矛盾的运动规律,直接具体对象是旅游活动和旅游业。

二、旅游学的研究内容

旅游学的研究内容主要包括以下方面。

(一)旅游活动的研究

(1)旅游发展历史研究;(2)旅游者产生条件的研究;(3)旅游者行为的研究;(4)旅游资源开发的研究;(5)旅游业经营管理的研究;(6)旅游市场营销的研究。

(二)旅游活动产生的关系研究

(1)对客源地与目的地之间,以及不同目的地之间空间关系的研究,包括彼此之间的交通联系、互补关系、竞争与合作等;(2)政府与旅游业之间关系的研究,包括政府发展旅游业的动机、手段以及旅游组织等研究;(3)旅游业与其他相

关产业之间制约与互补关系,以及旅游业内部各组成部分之间竞争、合作、比例协调关系的研究;(4)旅游者与旅游业之间的需求、供给、服务、协调关系的研究;(5)旅游者与目的地居民之间相互影响关系的研究;(6)旅游者、旅游资源、旅游业相互依存关系的研究;(7)旅游发展模式研究。

(三)旅游活动的影响研究

(1)旅游经济影响的研究;(2)旅游社会文化影响的研究;(3)旅游环境影响的研究;(4)旅游规划问题的研究;(5)旅游可持续发展问题的研究。

三、旅游学的研究任务

旅游学研究的主要任务是从旅游与社会经济发展的关系出发,以出游期望与旅游产品效用之间矛盾运动为主线,对旅游的产生与发展、旅游活动的三大要素(主体——旅游者、客体——旅游资源、媒体——旅游业)、旅游市场、旅游对主客体和媒体的影响进行全面系统分析,以促进旅游可持续发展。具体包括以下五个方面。

(一)阐明旅游活动的本质和属性

旅游活动是社会经济发展到一定阶段的产物,反之,旅游的发展也促进了社会经济的发展。旅游学研究需要阐明旅游的特点和本质,揭示旅游活动的产生、发展同社会政治、经济、文化发展的关系。

(二)研究旅游活动的要素以及各要素之间的关系

旅游活动的三要素是:主体——旅游者、客体——旅游资源、媒体——旅游业。旅游者必须具备一定的主客观条件,如资金、闲暇时间等。旅游资源越独特,对旅游者的吸引力也就越大。因此,开发特色旅游资源,建设好旅游基础设施,是发展旅游的前提与基础。旅游业是旅游的媒体,包括旅行社业、旅游交通业和食宿业等。旅游业连接旅游的客体和主体,起着桥梁的作用。

(三)研究旅游者的旅游动机、需求和行为以及旅游产品是否满足旅游者需求等

只有掌握了旅游者特性,清楚不同旅游者的旅游动机和需求,才能生产适销对路的产品,满足旅游者的需求,促进旅游业的发展。

(四)研究旅游业的实质、结构和组织

现代社会,旅游业做为一种产业门类或经济部门都是不争之实。旅游产业的实质、特征、结构及其运作方式和机制,都应当深入关注和研究,不能停留在一般的经验描述的水平上。此外,正确认识旅游业和其他行为的关系,对促进旅游业发展也是非常重要的。

(五)研究旅游活动的影响

旅游活动不仅对目的地,也会对旅游者和客源地产生影响。这种影响既可能是积极的也可能是消极的,因此,如何扩大其社会经济和环境效益的积极影响,减轻和消除其不利影响,实现旅游的可持续发展,也是旅游学研究的一个主要任务。

四、旅游学的学科体系

旅游学是一门综合性的边缘学科,也是一门处于初创阶段的学科。旅游学的理论体系还不成熟,旅游学的科学体系尚未完全建立。但是,随着旅游实践的发展,旅游理论研究的日益深入,旅游学的理论体系和科学体系正在逐渐形成。旅游学理论体系的扩展和深化产生不同的旅游学分支学科, 它们共同组成一个新的旅游学科体系。作为一门综合性学科,旅游学科学体系包括两个层次,即研究方向层次和分支学科层次。旅游学大体包括六个研究方向。

(一)旅游基础理论方向

包括旅游学原理或旅游学概论,是旅游学理论与方法的综合和概括,探讨旅游活动的一般规律。具体有旅游学原理(或概论)、旅游史学等。

(二)旅游经济学方向

旅游经济研究是旅游学最早涉足的领域,它从经济学的角度来研究旅游活动的影响, 探讨旅游经济的发展规律以及旅游业对其他相关行业的影响和带动作用,主要包括以下分支学科:旅游市场学、旅游经济学、旅游统计学、旅游会计学。

(三)旅游管理学方向

包括旅游行业管理和旅游企业管理,它以管理学的理论为基础,探讨旅游活

动以及旅游业的管理理论和管理方法。具体包括下列分支学科:旅游政策法规、旅游行业标准和质量管理、旅游饭店管理、餐饮管理、旅行社经营管理、会展管理、旅游交通管理、景区管理等。

（四）旅游地理学方向

旅游是一种地理现象，是旅游者从居住地经过旅游通道到达旅游目的地参观、游览再回到居住地的完整过程。这种地理现象及其过程势必与地理环境和社会经济发展之间有着紧密的相互关系。而区域旅游开发、旅游资源普查与评价、旅游区规划等正是上述相互关系的具体体现。主要包括以下分支学科:旅游地理学、旅游资源学、旅游景观学、旅游规划学等。

（五）旅游社会学方向

旅游是一种综合性的社会现象。旅游活动所带来的社会接触和文化交流对社会政治、文化等方面产生广泛的影响,这种影响既有积极的,也有消极的。因此,为促进旅游活动和旅游业的健康发展,必须研究旅游活动可能产生的社会文化影响，探讨旅游社会文化影响的产生机制及调控措施。具体包括下列分支学科:旅游文化学、旅游美学、旅游心理学、旅游文学、旅游社会学等。

（六）旅游实务方向

包括旅游服务和操作技巧、旅游工程设备等方面。旅游业属于现代服务业,实践性和操作性课程构成了旅游学学科体系的重要组成部分。具体包括导游、餐饮服务技术、菜肴与酒水制作、康乐服务技术、旅游公共与礼仪、旅游专业实业指导、饭店工程设备等。

第五节　旅游学的学习和研究方法

旅游学是一门新兴学科，正处于不断创立和发展之中。不管在国内还是国外,旅游学作为一门独立的学科在学术领域中还尚未得到完全的确立,它的知识领域仍在不断扩大,学科体系在变化中发展。因此,它不像其他成熟而古老的学科,有一套现成的学习方法可供借鉴。因此我们的学习也是一个探索的过程。我们学习《旅游学概论》,其目的是要了解旅游理论和实践两方面的一些基本问题,结合我国旅游业发展的实际，总结我国旅游业的开发经验，为发展我国的旅游业服务。

一、认真研读，打好基础理论

旅游活动是综合的社会经济现象，它的产生和发展与社会经济发展有着极其密切的联系，我们必须本着实事求是的精神，考察旅游的发展过程，分析旅游学各范畴的内在矛盾，透过复杂的旅游现象把握其发展的规律性。掌握旅游学的基本范畴、规律和原理，仔细研读，深刻领会基本范畴和基本原理，从总体上把握旅游学的学科体系。

二、努力实践，培养实际操作能力

旅游学是一门应用性、实践性很强的科学，要把理论运用于旅游业实践活动中，并从实践活动中更深刻地理解理论。应该抓住一切机会，到旅游活动的实践中，去了解和认识旅游活动的实际情况，从中找出规律性的东西；到旅游业各部门去实习，掌握旅游管理和服务的技能和方法，成为一个真正懂得旅游的人。在实践过程中，学会应用几种科学研究的方法。如：(1)观察法。通过各种类型旅游者的日常旅游活动，了解他们的动机、需求和爱好，经过综合分析，找出市场变化的规律性。(2)个案法。在一段时间内，通过对某一个体旅游者、旅游群体和旅游组织的连续调查和了解，研究其旅游活动的全过程。(3)模式分析法。通过对旅游发展的常规道路（例如欧美的许多国家）和非常规道路（例如西太平洋地区的许多国家）的成功经验的分析，寻找发展中国家旅游业发展的规律性。(4)社会统计法。运用科学方法，考察各种旅游现象，收集旅游统计资料，分析旅游市场的变化规律。

三、联系中国国情，开展旅游学的研究

必须坚持社会主义的道路，走具有中国特色的发展旅游业的道路。社会主义的发展中国家是中国最大的国情，在我国发展旅游业，要认清我国的基本国情，否则我国旅游学的研究就会偏离正确的方向。

以马克思主义为指导，联系中国旅游业的实际来研究旅游学，还要学习外国旅游学的经验，吸收和借鉴外国旅游学研究的积极成果。学习外国发展旅游业的成功经验，对我国旅游学的研究和旅游业的发展会大有裨益。

复习思考题

1. 什么是旅游？旅游的本质表现在哪些方面？

2. 旅游活动的构成要素有哪些？旅游活动有那些特点？

3. 按照活动内容，旅游活动可以分成哪些类型？

4. 简述旅游学的研究对象和任务。

5. 旅游学包括哪些研究方向？

主要参考文献

曹诗图，郑宇飞，等.旅游概念新思辨[J].桂林旅游高等专科学校学报，2006，17(4).

邓清南.旅游学概论[M].成都：四川大学出版社，2007.

傅云新.旅游学概论[M].广州：暨南大学出版社，2004.

韩军，舒晶.旅游学概论[M].北京：北京师范大学出版社，2006.

李光宇. 旅游学概论[M]. 北京：化学工业出版社，2008.

陆林，宣国富，章锦河，等. 海滨型与山岳型旅游地客流季节性比较[J]. 地理学报，2002，57(6).

李天元. 旅游学概论[M]. 天津：南开大学出版社，2007.

马勇，周霄. 旅游学概论[M]. 北京：旅游教育出版社，2004.

苏勤. 旅游学概论[M]. 北京：高等教育出版社，2004.

陶汉军. 新编旅游学概论[M]. 北京：旅游教育出版社，2001.

谢彦君. 旅游学概论[M]. 大连：东北财经大学出版社，1999.

张文喜. 文化旅游：过去、现在与未来[D]. 杭州商学院硕士学位论文，2001.

第二章 旅游的产生与发展

在漫漫的历史长河中,旅游的发展与人类社会的进步和生产力水平的提高密切相关,受到技术、经济发展、社会文化、政治变化等因素的制约和影响,因而旅游的发展基本上可以分为与人类社会发展大致相同的三个历史阶段,即19世纪中叶以前的古代旅游阶段、19世纪中叶至二战结束前的近代旅游阶段、二战后至今的现代旅游阶段。本章首先分析旅游产生与发展的三个阶段,而后简要介绍中国旅游业的产生和发展。

第一节 19世纪中叶以前的旅行发展

如果我们把具有“消遣性质”的旅行活动称为旅游的话,那么在原始社会就已经有个别的旅游现象了,但这个别的旅游现象开始于何人、何时、何地已无从考察,也没有考证的意义。因为在原始社会,古人为基本生存而旅行,不排除个别的旅途审美活动的存在,但作为一种社会现象,旅游是不可能出现在原始社会的。只有在奴隶社会出现了占有社会剩余产品、独享教育的权利的有闲阶层后,具有社会意义的旅游活动才能产生。

古代旅游与旅行在形式和内容上难以分开,在此节中我们多以“旅行”代替“旅游”。

一、最早的人类旅行

在生产工具落后、生产力水平低下的原始社会,人类仅为维持生存而活动,活动范围小,没有外出旅行的需要。

新石器时代晚期,金属工具的使用大大促进了社会生产的发展,种植业、畜牧业、手工业快速发展，进而出现了第二次社会大分工：手工业与农业分离。于是，人们由于生活和生存的需要，必须和其他分工的人们交换劳动产品，自己也开始进行以直接交换为目的的生产——商品生产。随着社会分工类别的增多和生产技术的进步，使得剩余的劳动产品数量增加，物品交换的种类、范围和数量进一步扩大，而后产生了货币和市场，同时产生了商品。商人的出现被恩格斯称为第三次社会大分工。此后，由于不同的产品交换的地域范围不断扩大，人类产生了到其他地区交换物品的需求，随之出现了旅行经商，可以说是商人开创了旅行的道路。

进入奴隶社会后，劳动力得到大量保存，体力劳动和脑力劳动开始分工，文字开始出现，道路、驿站等设施开始建设，这些都为民间的旅行活动发展提供了便利条件。在古埃及，灿烂辉煌的文化吸引了大批古代各国学者前往参观学习，产生了世界上最早的求学旅游；以物换物的经商旅行早在埃及原始社会末期就存在；大量的宗教节日活动，吸引了很多宗教信徒前往朝圣、取经或考察；另外古埃及还建造了金字塔、狮身人面像等，引来观光旅行和帝王巡游。在古希腊，雅典于公元前5世纪就成为了国际贸易中心；奥林匹亚在宙斯大祭之日，参观者络绎不绝，节日期间的赛马、赛跑、角斗等运动是现代奥林匹克运动的起源；导游手册和旅店早在公元前4世纪就开始出现。在古罗马，公元前3世纪就开始大规模修建道路，所谓"条条大路通罗马"就是对其交通网络发达的形象描述，继而驿站和旅店逐渐增多，语言沟通和货币流通障碍逐渐被消除，使古罗马人作远途旅行成为现实。

在中国，华夏始祖黄帝也是一位旅游文化的伟大倡导者和传播者。据《史记·五帝本纪第一》记载，"天下有不顺者，黄帝从而征之，平者去之，披山通道，未尝宁居"。司马迁记载"中国华山、首山、太室、泰山、东莱，此五山黄帝之所常游，与神会"。安徽黄山古时称"黟山"，因黄帝在此处讲道，故取名黄山。后羿南北历险，为民除害，但因射九日得罪了天帝。禹为治水南下会稽，东至海，西至巫山之麓，西北至青海积石山，北上恒岳，将治水途中见闻一一记录下来，刻绘在九只大鼎上，供人们观看学习。这九鼎上的有害生物、"鬼神精怪"图象告诫旅行者及早提防或躲避，这应该说是最早的旅行指南——导游图。而后的《山海经》、《禹贡》等均为上古旅行家的出行奠定了基础。商朝前期墓葬中穿孔贝的出土，说明商代已用贝壳作为货币。海贝代表商人的财富，但它产于南洋，须花费巨大代价才能获得，故当时有很高的价值。后来与货币、价值有关的字，也多取贝字旁。到商朝后期,金属货币开始出现,它不仅是交易的媒介,也是旅游的资本。另外,"客至如归"一词,最早出现在对周朝国宾馆的叙述中。周朝的商旅活动也非常繁荣,"市井"之人,大备于时,如范蠡、陶朱公、管仲、吕不韦等,虽"天下熙熙,皆为利来;天下攘攘,皆为利往",但商人们客观上也为编织旅游道路,扩大旅游半经作出了贡献。春秋战国时期的文化辉煌和社会变革为各阶级、集团追求新的精神生活提供了广阔的历史舞台,使旅游活动又以商旅为主发展成帝王巡游、外交宾礼、学习游学、谋士游说、王侯游猎等丰富多彩的旅行。

旅游活动的大发展促进了人们对旅游的深入认识,但这种认识与当代理论还是不尽相同的,如《周易正义》中记载,"旅者,客寄之名,羁旅之称;失其本居,而寄他方,谓之为旅"。所谓"游"是浮行于水,这一时期的"旅游"仅是行路而已。

二、封建社会的旅行发展

从公元476年至17世纪中叶英国资产阶级革命爆发,是欧洲封建社会时期,也称"中世纪"。由于罗马帝国的崩溃,各国战乱不断,社会动荡不安,欧洲的旅行受到极大阻碍。因此,在这段时期里,旅行并非尊贵和快乐之事,只有敢冒险的人才去旅行,比如朝圣者和进行东方之旅的马可·波罗。

欧洲封建社会的发展和基督教是分不开的。恩格斯说:"中世纪从没落了的古代世界承受下来的唯一事物就是基督教和一些残破不全而且失掉文明的城市。"这个时期的教堂在酒店业的发展方面起着十分重要的作用。与此同时,在伊斯兰教中,到麦加朝觐被视为信仰的"五功"之一,凡有经济能力的自由的成人,一生之中必须去麦加朝觐一次。由于伊斯兰教影响范围越来越大,甚至一度控制了基督教圣地耶路撒冷,于是自1095年开始,一场以护教为名的战争——"十字军东征"开始了,历时近200年。而后,公元1275年至公元1295年,马可·波罗的东方之旅为中世纪的旅游史写下了光辉的篇章。其所见所闻被人整理成《马可·波罗游记》,此书对后来新航线的开辟有很大的影响。1492年,哥伦布发现美洲新大陆。1497年,达·伽马到达印度。1519年,麦哲伦奉西班牙政府之命开始环球旅行。

16世纪中叶,英国医生威廉特纳出版了一本描述天然温泉能有效治疗各种体痛病症的著作,该书一出版,即在西欧引起轰动,促使人们在各地寻找温泉进行温泉旅游。此外,美丽的海滨旅游在西欧中世纪也颇为流行。

中国封建社会历史悠久,在农业生产、科学技术和经济发展等方面都曾领先于西方，这也为中国封建社会旅行的发展奠定了物质基础，而这一时期的旅行仍以商贸旅行为主，尤其是西汉中期以后的对外贸易，由于张骞的西域之行，开拓了一条连接汉族社会和中国西北少数民族、东南亚、印度、伊朗以及地中海国家的通商大道——“丝绸之路”，使得东西方经贸、政治、外交的交流得到促进。

而后，驿传和漕运的发展，为旅行活动的发展提供了便利的条件，各种非经济的、内容各异、形式多样的旅行活动，也因此得以发展。概括起来，大概有以下几种。

（一）帝王巡游

各朝代帝王为加强中央集权，颂扬自己的功绩，同时也为了满足游览、享乐的欲望，大多兴师动众地到各地巡视、游玩。其中秦始皇五次巡游监察四方，汉武帝周行天下，康熙、乾隆下江南等都是有名的巡游活动。

（二）公务旅游

封建社会的历朝官员都会奉帝之派遣，为执行特定的政治、经济、军事和外交任务出使各地，进行各种各样的公务旅游活动。如张骞出使西域，郑和下西洋等。

（三）士人漫游

“读书万卷，行万里路”是古代士人求知问学的必备途径，这也被认为是求知欲和求知精神的体现。荀子曾经这样阐述旅行的意义：“不登高山，不知山之高也；不临深溪，不知水之厚也。”因此，很多士人走遍名山大川，漫游名胜古迹，写出了许多脍炙人口的传世佳作，李白、欧阳修、白居易等都是杰出代表人物。

（四）宗教旅行

中国古代将宗教信仰者为修行问道而云游四方谓之“游方”。如东晋发显到古印度取经，唐玄奘往天竺学佛取经，鉴真东渡日本弘扬佛法。

（五）科考旅行

在中国古代还有许多旅行家向山水求知问学进行科学考察活动。如踏遍青山普及众生的李时珍，他深知要编好《本草纲目》要“读万卷书”，更要“行万里路”,于是不断通过旅行,在实践中总结研究药物学。再如问奇于名山大川中的徐霞客。徐霞客自幼磊落英奇,好学深思,博览群书,并自谓:“大丈夫当朝碧海而暮苍梧,乃以一隅自限耶!”他从22岁(1609年)开始,带着母亲特制的“游冠”“周览名山大川”,直到他56岁止,不避风霜雨雪,不畏艰难险阻,足迹踏遍当时两京十三省,行程45 000公里。作为旅行家的徐霞客,以毕生心血于远游,考察山川奥秘,纠正典籍陈陈相因的错误固然是其目的,但是他考察山川形势,探索自然界奥秘的同时,也为了游览祖国的美好河山,揭示山川之美的内在原由,描绘山川之美的外貌。他认为大自然塑造了无数精彩的自然景观,可惜还未被人们发现,他要以其生命去探索和发现这美仑美奂的景色,以鼓励每个热爱祖国、热爱山水的人,走出书斋,去享受大自然的美。徐霞客最健游,也最善游。在雁荡山冒着几乎葬身壑底的危险,几次爬上顶峰,终于弄清了大龙湫与雁湖的位置和关系。在嵩山顶上又冒险“悬溜”几乎陡直的5公里,看到了嵩山从峰顶雾滴如雨到云雾渐开的奇景。其著作《徐霞客游记》得到西方地理学界高度评价,并于17世纪译出。英国皇家学会会员李约瑟博士曾说:“他的游记读起来并不像17世纪学者所写的东西,倒像是一位20世纪的野外勘探家所写的考察记录。”

(六)节庆旅游

在中国古代各族人民的生活习俗和喜庆佳节中,都有浓郁民族特色和地方特色的旅行和游览活动,如春节庙会、元宵灯市、清明踏青、端午龙舟、中秋赏月、重阳登高等等,都是带有旅游性质的。

第二节 近代旅游的发展和旅游业的发轫

文艺复兴、启蒙运动以及美、法等国的资产阶级革命等一系列重大变革,不仅使西方社会发生了翻天覆地的变化。人们的思想也逐步从封建宗教神权的禁锢下解放出来。从17世纪开始,旅游成为文艺复兴运动所预示的追求自由、渴望知识这一潮流的直接产物。17世纪中期,英国资产阶级革命的胜利,为生产力的发展扫清了道路,人类进入了近代社会,这一历史巨变给人类旅游的活动带来了许多变化。使旅游活动有所增加,但旅游活动的目的仍然以经济目的为主,这种状况直到17世纪英国产业革命的结束才得以改变。可以说,近代旅游和旅游业最终由产业革命催生而成。

一、工业革命及其对近代旅游兴起的影响

第一次产业革命也称工业革命，是指从以手工业技术为基础的工厂手工业过渡到采用以机器为主的资本主义机器大工业的过程。产业革命促进了资本主义生产力的迅速发展，提高了生产社会化的程度，给人类社会带来了深刻的变化，对旅游活动的发展也产生了重要影响。具体表现在以下几个方面。

（一）产业革命提高了生产效率

产业革命促进了经济的发展和社会财富的增长，使得中产阶级人数增加，大量中产阶级加入到旅游的行列。1770—1840年，英国工人的日生产率平均提高了约20倍，棉纺厂工人的生产率高于手纺工人266倍。随着社会生产的财富极大增长而出现的新型资产阶级开始了旅游活动，扩大了有财力外出旅游的人数。此外，随着不懈的斗争和生产力水平的提高，工人阶级的地位有所上升，收入水平有所提高，使得其因此有可能加入旅游者行列。

（二）产业革命培育了一个巨大的商务旅游市场

社会生产效率的不断提高积累了丰富的物质产品。英国把半数以上的工业品销往国外，成为名副其实的"世界工厂"。同时，其他资本主义国家也不断地向外输出商品。因此频繁的商务往来，造就了庞大的商务旅游市场。

（三）财富的增加促进了人口的迅速增长

同时，产业革命加速了城市进程。提高了城乡之间人员的流动量，人们由于工作性质，生产方式的改变，产生了大量的旅游需求。1760年英国5万至10万人的城市只有1个，1851年，10万人以上的大城市已经有7个，且英格兰和威尔士的城市人口总数已经超过农村人口，城市人口比重达到50.2%。这一进程刺激了人们逃避城市紧张生活和拥挤环境的心理需求，产生对自然的向往和追求，极大地促进了旅游的发展。

（四）工业革命推动了科技进步，新式交通工具的出现

新式交通工具的出现使较大范围、较远距离的旅游成为可能。产业革命前，人们一直以人力、畜力或自然力来驱动交通工具。产业革命后，蒸汽机技术应用

于交通工具，人类有了机械动力的运载工具——火车和轮船。新式工具不仅速度快，运量大，还具有票价相对低廉的优势，这使得远距离大规模的人员流动第一次成为可能。

二、托马斯·库克与近代旅游业的产生

工业革命促进了社会生产力的空前提高，给人类社会带来了经济的繁荣和巨大财富，加之铁路的廉价运费，使更多的人开始有能力支付旅行费用。劳动大众要求享受假日权利的斗争也迫使资本家做出有限度的让步，至少赢得了某些传统节日带薪休假的权利。人们外出旅游的愿望日益强烈，这一切导致旅游人数的大增，也给传统的古代旅游业提出了新的问题。比如，旅游者囿于旅游经验，对异国他乡的情况和有关旅行的手续不大了解怎么办；旅游者的语言、货币与目的地方面存在障碍如何处理；旅游供给和旅游服务缺乏怎么办等。所有这些都表明解决旅游中出现的新问题并建立相应的旅游中介成为一种社会需要。英国人托马斯·库克敏锐地认识到这一点，并为满足这种社会需求作了大量开创性的工作，从而开创近代旅游和旅游业之先河。

1841 年 6 月，年仅 33 岁的英国人托马斯·库克来到莱斯特，发现当时（维多利亚时期）很多的社会问题都和酗酒有关，他认为如果人们不再酗酒并且接受更好的教育，生活质量将大为改观。为了帮助人们戒酒，他成立了一个戒酒会。为了帮助他们摆脱精神上的苦恼，库克决定让人们看看外面广大的世界，接近大自然。他把聚会安排在铁路沿线的几个重镇上，让会员们有旅行的机会，还要求铁路部门票价打折。1841 年 7 月 5 日，在托马斯提议下，运载着 500 名乘客的首列观光列车从莱斯特出发，游客周游了 12 英里后返回莱斯特，只花了 1 先令，包括交通费用、乐队演奏赞歌、一次野外午餐和午后茶点。库克为旅行者讲述旅途中的景物和历史渊源，而且他自小就在外面流浪奔波，对出门远行者的心情十分了解，生活起居上照顾得很周到。那次旅行组织得非常成动，由此很多人戒酒成功。这是世界上第一次团体包价旅游，同时也标志着世界旅游业由古代旅游阶段进入了近代旅游阶段。

在此之前，早有利用火车作团体旅游的记载，托马斯·库克本人在日记中也曾写道，他是受一些先例的启发而想到用火车组织旅游的。人们之所以视托马斯·库克的这次旅游活动作为近代旅游业开端的标志，是因为这次火车团体旅游具有诸多与众不同的特点。

一是活动规模大，具有较广泛的公众性。此前的团体旅行都是为某一团体组织的，而这次则是各行各业甚至包括家庭妇女都一起参加，活动结束后便不再有什么联系，这与现代旅行团的情况基本相同。

二是开创了发起者随团照顾的先例。托马斯·库克本人不仅发起、筹备和组织这一活动，而且自始至终陪同照顾。这一点可以说是现代旅行社全程陪同的最早体现。此前的其他团体旅游只是有人筹备却无人在途中负责照顾。

三是商业性目的强。活动之前还贴出海报招徕游客，这是世界上公认的第一次商业性旅游活动，因此，托马斯·库克被称为商业性旅游的鼻祖。

四是为托马斯·库克旅行社的建立打下了基础。

1845 年，他正式创办了世界上第一个为公众旅游服务的旅游社，从而开创了旅游活动产业化的道路。同年，他组织了第一次消遣性的观光旅游团（从莱斯特至利物浦），参加的旅游者有 300 多人。托马斯·库克本人对这次旅游进行了周密的计划，并事先亲自考察旅游路线，确定沿途的游览点，与各地客栈老板商定游客的吃住等事宜。回来后，整理出版了《利物浦之行手册》，发给旅游者，成为早期的旅游指南。在此次旅游活动中，托马斯·库克不仅陪同和导游，而且还聘雇了地方导游。次年，他又组织了 300 多人到苏格兰集体旅游，并配有向导（相当于后来的导游）。旅游团所到之处，受到热烈欢迎。从此，托马斯·库克与他的旅游社的名字蜚声于英伦三岛。1851 年，他组织了 16 万多人参观在伦敦举行的第一次世界博览会。

1855 年，世界博览会在法国巴黎举行，库克又组织了 50 多万人前往参观，在巴黎停留游览四天，全程采用一次性包价（包括住宿和往返旅费），使旅游业第一次打破了国家的界限，走向世界。当时《曼彻斯特卫报》称此举是“铁路旅游史上的创举”。事实上，这是世界上组织出国包价旅游的开端。1864 年，托马斯·库克父子公司宣告成立，全面开展旅游业务，经托马斯·库克组织的旅游人次累计已超过 100 万。1872 年，库克组织了 9 位不同国籍的旅游者进行为期 20 天的第一次环球旅游。这次环球旅游的成功受到世人的称颂。之后，库克又在欧洲、美洲、澳大利亚和中东等地区建立了自己的旅游服务网络。1874 年，托马斯·库克顺利推出了流通券，在饭店、商店、餐厅和银行都可以使用。这种流通券就是现在旅行支票的前身。1892 年 7 月 18 日，托马斯·库克在英国的莱斯特去世，享年 84 岁。之后，公司由其三个儿子相继经营了一段时间，在 1929 年被欧洲国际卧车公司收购，二战后为英国国有，1972 年为英国米德兰银行集团接管。

19世纪下半叶，在托马斯·库克本人的倡导和其成功的旅游业务的鼓舞下，首先在欧洲成立了一些类似于旅行社的组织，使旅游业成为世界上一项较为广泛的经济活动。例如，1857年和1885年，英国先后成立了登山俱乐部和帐篷俱乐部；1890年法国和德国成立了观光俱乐部。1850年后，美国运通公司开始兼营旅游业务，并在1891年发售了“旅行支票”，打破了国际币制不同的障碍，因大受旅游者的欢迎而通行至今。

第三节 现代旅游的发展

现代旅游是旅游发展史中的一个时期概念，与历史学断代划分不同，后者一般以1917年俄国革命的爆发为开端，而现代旅游通常指第二次世界大战以后，特别是20世纪60年代以来普及于世界各地的社会化大众旅游活动。旅游活动的大众化是现代旅游最突出的特点，因此，大众旅游也成了现代旅游的代名词。

一、现代旅游迅速发展的原因

综观现代旅游迅速发展的历程，就宏观背景而言，战后半个多世纪和平与发展一直是国际环境的主流，这为世界经济的增长、各国之间的友好往来和旅游活动的开展提供了必要的条件，也为旅游活动的普及奠定了良好的物质基础。具体而言，现代旅游迅速发展的原因可从旅游需求和旅游供给两个方面来看。

（一）旅游需求因素

1. 战后世界人口迅速增加

在战后初期，全世界人口数仅约25亿，到20世纪60年代，已增加到36亿。在短短的20年中世界人口增加了44％。世界人口基数的扩大为战后大众旅游人数增长奠定了基础。

2. 战后世界经济飞速发展

战后经济的增长为现代旅游的发展提供了物质保证。二战结束后，各国纷纷采取措施医治战争创伤。由于美国有两大洋作为屏障，远离欧亚的主要战场，本土未遭受破坏，战争所造成的损失最少，仅以40万人的牺牲为代价，取得了巨大的利益。因此，美国经济在战后有了较大增长。据统计，在1940年至1945年间美国工业生产增长了一倍左右，国民生产总值从997亿美元增加到2119亿美元。

到战争结束时,美国的经济、军事实力已在全世界处于绝对的优势。只占世界6%的人口和土地面积的美国却占有资本主义世界工业生产量的2/3,黄金储备的3/4;生产资本主义世界1/3的小麦,1/2的棉花,70%的玉米;开采62%的煤和石油,冶炼61%的钢;生产48%的电力和84%的汽车;拥有全世界84%的民用飞机,85%的冰箱和洗衣机。美国的1.5万架远程飞机几乎垄断了国际空运,控制了资本主义世界的全部空中航线。到1947年,美国商船吨位达380万吨,大大超过英国的150万吨,一跃而成为世界上最大的海上强国。战后的英国经济在马歇尔计划的帮助下慢慢恢复;法国经济在戴高乐政府带领下于1951年超过战前;西德在20世纪50年代国民生产总值平均每年增长7.5%,工业生产总值平均每年增长9.2%,大大超过英、法、美等国的发展速度;世界其他国家的经济也都有一定程度的发展。至20世纪60年代,几乎所有国家战后的经济增长速度都大大超过了战前的增长速度,一些国家开始形成所谓的"富裕社会",人们收入的增加和支付能力的提高,对旅游的迅速发展和普及无疑起到极其重要的刺激作用。

3. 战后交通运输工具不断进步

二战结束后,铁路和轮船虽然在不少国家中仍为人们重要的旅行方式,但就世界范围讲,特别是在经济发达的工业化国家中,这些传统的旅行方式逐渐被汽车和飞机所取代。据有关资料统计,全世界汽车注册数量,从1970年的1亿辆增长到1987年的3.94亿辆。另据经济合作与发展组织报道,私人汽车承担了80%的内陆客运量(人/公里)。欧洲委员会有关《度假的欧洲人》的调查显示,私人汽车是最重要的度假交通工具,大约占了所有交通工具的58%。另外,如果说内燃机的出现预示着近代旅游开始向现代旅游的过渡,那么喷气推进技术在民航中的应用则标志着现代旅游的产生,而航空交通工具在性能上的进步和在数量上的发展,大大缩短了旅行的时间距离,使航空旅行成为现代旅行中人们最重要的远距离旅行方式。

4. 战后世界各国城市化进程加快

二战期间,不少城市,如德国的柏林、英国的伦敦等,在战火硝烟中几乎沦为废墟,但战后这些城市不仅很快得到恢复,而且各国的城市化进程普遍加快。美国是战后城市化进程最快的国家。20世纪70年代初,美国的农村人口已下降到不足全国人口的10%。在欧洲,战后各国也出现了农村人口向城市流动的潮流,而这种大规模的移动一方面使各国农村人口普遍下降,另一方面也促进了旅游的发展。城市化进程导致了绝大多数人口居住在城市,一方面城市中的绝大多数劳动者都在从事单调乏味的重复性工作,特别是劳动就业人员的身心承受着极大的压力,他们需要定期使自己紧张的身体和神经得到放松,从而更加向往没有工业污染的大自然；另一方面城市富有者对城市人口愈来愈多以及由此所带来的拥挤、脏乱感到厌烦,他们也向往能使人耳目一新的异域环境,所有这些城市居民心理上的变化,都成为战后旅游度假迅速发展的重要原因。

5. 战后科学技术高度发达

始于20世纪40年代中期的世界第三次科技革命，首先导致了信息技术的巨大突破。信息技术主要包括传感技术、通信技术和计算机技术。关于传感技术,二战后,人们已经掌握了地球资源卫星遥感技术、红外遥感技术、次声和超声检测技术,以及各种智能化的传感技术等。关于通信技术,已出现了光导纤维通信、卫星通信、程控交换、智能终端、信息高速公路等,正逐步实现“世界村”的梦想。关于计算机技术,从1946年第一台计算机诞生起,计算机经历了电子管、晶体管、集成电路和大规模电路等几个发展阶段,性能日益完善。同时,各国还加强了光电子计算机、神经网络式计算机的研制。信息技术被认为是第三次科技革命的先导或核心,它的推广使用引起了“3C革命”,即通信(communication)、计算机化(computerization)和自动控制(control)领域革命。其次,出现了机器人。1990年全世界已拥有30多万台机器人,他们被人们戏称为“钢领工人”。它们可以从事笨重、肮脏、危险的工作。随着机器人的发展,“无人车间”、“无人工厂”将出现在生产领域。而智能机器人则具有更高的适应性,能从事更为复杂的工作。这一切都使得越来越多的劳动者可以享受带薪假期，从而大大促进了旅游人数的迅速增加,并且出游的距离和在外逗留的时间也大大加长。

6. 战后教育、商务发展迅速

世界旅游发展史证明,旅游的发展与文化水平的高低有很大的关联。一般来说,文化水平愈高,外出旅行的愿望愈强;受教育程度愈高,收入也就愈高,也就越具备外出旅游的经济基础。二战后,各国教育事业不断发展,受高等教育的人数愈来愈多,也使旅游的人数有了较大的增长。另外,国家之间的分工与协作不断深化,促使各国之间的经济交流日益频繁,跨国公司迅速兴起与扩大,同时,国家内部各地之间经济联系也越来越密切,这些都导致商务旅游活动规模不断扩大。

(二)旅游供给因素

1. 廉价团体旅游和包价旅游产品的发展

在现代旅游发展的过程中,逐渐形成了以有组织的团体包价旅游为代表的规范化旅游模式。所谓规范化,主要是指旅游者在旅行社的组织和安排下,借助各种有关旅游企业提供的产品和服务,按照预定的时间、线路和活动内容,有计划地完成全程旅游活动。在普通大众对自己家乡之外的情况不了解或不熟悉的情况下,如果没有这种规范化的旅游形式,人们外出旅游不但会困难重重,而且旅游开支也将增加很多,安全也将难以保证。可见,如果没有廉价团体旅游和包价旅游产品的提供,旅游者规模不可能如此迅速地扩大,大众旅游也就难以形成了。

2. 二战后各国政府大力支持发展旅游业

由于旅游业对整个社会经济的发展具有巨大的拉动作用,加上各国政府在实践中认识到,旅游也是人类社会基本需要之一。因此,二战后以来,各国纷纷将旅游纳入国家发展的一项重要内容,力图使旅游度假真正成为人人享有的权利。但即使在经济发达国家中,也并非所有的家庭都有条件外出旅游度假。某些家庭的经济收入之低,无论其怎样节俭也不可能挤出可用于旅游度假的开支。对这类家庭,有些国家就采取通过由国家、地方政府、工作单位、工会或户主所属的其他组织团体提供资助或补助的办法,组织外出旅游,这便是所谓的"社会旅游"。此外,各国政府在旅游资源开发、海外市场开发方面也加大力度,不断放宽和简化国际游客出入境手续,很多国家对国民出国旅游也逐渐放宽或取消了限制,有力推动了二战后旅游的发展。

二、现代旅游新产品的出现

在大众化旅游阶段,随着旅游需求的增加,新的旅游产品不断涌现,旅游活动的类型更加丰富多彩。世界现代旅游新产品的开发兴起于20世纪五六十年代,发展于七八十年代,90年代达到高峰,先后出现了观光农业、乡村旅游、遗产旅游、健康旅游等很多新的旅游产品,使现代旅游不断繁荣。

(一)观光农业和乡村旅游的兴起

观光农业是一种以农业和农村为载体的新型旅游产品,狭义上指用来满足旅游者观光需求的农业,广义上指在充分利用现有农村空间、资源的基础上,通过旅游开发,把农业建设、科学管理、农艺展示、农产品加工、农村空间出让及旅游者的广泛参与融为一体,使旅游者充分领略现代农业技术及生态农业的大自然情趣的新型旅游业。观光农业在欧美兴起,之后迅速传到日本、中国台湾等地,形式逐渐多样化,其中规模较大的有观光农园、农业公园、教育农园、森林公园、民俗观光村五种。观光农业改变了传统农业仅专注于土地本身的大耕作农业的单一经营思想,把发展思路拓展到"人地共生"的旅游业与农业结合的理想模式,加之在一定程度上迎合了世界生态旅游的大趋势,因此在世界范围内呈现出新的活力。

乡村旅游被人们普遍认为起源于法国。1855年,一位叫欧贝尔的法国参议员带领一群贵族来到巴黎郊外的农村度假,他们品尝野味,乘坐独木舟,学习制作馅饼,伐木种树,清理灌木丛,与当地农民同吃同住。通过这些活动,使他们重新认识了大自然的价值,加强了城乡人们之间的交往。但是,这样的乡村旅游有明显的贵族化特点,普及性不强,直到20世纪50年代,它才真正成为一项广泛开展的旅游活动。从20世纪80年代开始,乡村旅游的内容和形式更加多样,如雪地运动、山地自行车、登山及空中和水上运动倍受游人青睐。

(二)遗产旅游和健康旅游的繁荣

遗产旅游是指以观赏游览遗产为目的的旅游。遗产是人类需要保存的事物,自1972年《保护世界文化与自然遗产公约》通过后,由于世界遗产是人类最高品位的遗产,是一部包罗万象的历史百科全书,寄托着人类丰富的记忆,对知识型游客具有极大的吸引力,因此,各国政府都在花大力气开发遗产旅游产品。联合国教科文组织公布的一项数字显示,仅在1998年,全世界就有5亿人游览了552个世界遗产地。

在新的文化旅游产品不断出现的同时为满足旅游者健康需求的健康旅游产品也发展起来,主要有高尔夫旅游、体育观战旅游、保健医疗旅游等。高尔夫英文为"Golf",由绿地(green)、氧气(oxygen)、阳光(light)、步行(foot)的英文缩写组成。其起源于英格兰,14、15世纪流行欧洲,19世纪传入美洲,20世纪普遍盛行于澳洲、非洲、亚洲,目前主要流行于英国、日本、美国等国家。全世界打高尔夫球的人数正以年均20%的速度增长。体育观战旅游是指观众前往比赛举办地进行观摩并参加各种节庆活动的一种旅游产品,如奥运会旅游。保健医疗旅游是20世纪70年代发展起来的新兴旅游产品。它指利用医学人才、器材集中或者医疗费用低廉等优势,吸引患有某些疾病的旅游者前往医疗而引发的旅游活动。它通常与度假地结合形成产品组合。

(三)专题旅游新产品和后大众旅游产品的涌现

伴随着旅游业质和量的新变化,旅游形式更趋多样,档次也越来越高。为满足旅游者感官需求的专题旅游新产品和可持续发展需要的后大众旅游产品方兴未艾,世界现代旅游新产品的开发进入高峰阶段。自20世纪90年代以来,世界上不少国家，尤其是发达国家开发出了一系列新产品以满足旅游者的享受需求,如美食旅游、豪华游船旅游、豪华列车旅游等。同时,一些为满足旅游者某种感官刺激的旅游产品也发展起来,其中最主要的有探险旅游、海底旅游、赛车旅游。

在这一时期，新旅游产品开发的一个突出的特点便是出现了替代性旅游产品，亦称后大众旅游产品。替代性旅游产品是相对于大众旅游而言的一组产品簇,它突出体现环境意识和小规模开发,如生态旅游、科学旅游、社区旅游等。另外,在新世纪到来、主流旅游产品占主导地位的大众旅游黄金时代,非主流产品,如性旅游和博彩旅游业不仅未见消退,反而在一些国家出现蔓延的势头。

世界旅游日

世界旅游日(World Tourism Day),是由世界旅游组织确定的旅游工作者和旅游者的节日。1970年9月27日,国际官方旅游联盟(世界旅游组织的前身)在墨西哥城召开的特别代表大会上通过了将要成立世界旅游组织的章程。1979年9月,世界旅游组织第三次代表大会正式将9月27日定为世界旅游日。选定这一天为世界旅游日，一是因为世界旅游组织的前身"国际官方旅游联盟"于1970年的这一天在墨西哥城的特别代表大会上通过了世界旅游组织的章程。此外,这一天又恰好是北半球的旅游高峰刚过去,南半球的旅游旺季刚到来的相互交接时间。

随着世界经济的发展和人们生活水平的提高,旅游已经成为人们休闲度假的主要选择方式之一。旅游业的发展不仅给许多国家提供了大量的就业机会,而且还为它们带来丰厚的外汇收入,各国政府因此越来越重视发展旅游业。近年来,全球旅游业虽然因恐怖袭击、地区冲突和世界经济低迷等因素受到一定的影响,但在2004年实现了强劲复苏。据世界旅游组织公布的数据,2004年国际旅游接待人数达7.6亿人次,境外旅游收入达6220亿美元,均创历史新高。据世界旅游组织预测,到2010年,全世界每年将有10亿多人出国旅游。

中国于1983年正式成为世界旅游组织成员。自1985年起,每年都确定一个省、自治区或直辖市为世界旅游日庆祝活动的主会场。

为了阐明旅游的作用和意义,加深世界各国人民对旅游的认识和理解,促进旅游业的发展,世界旅游组织从1990年起每年都为世界旅游日确定一个主题,各国旅游组织根据主题和要求开展一系列庆祝活动。

历年世界旅游日的主题口号

1980年:Tourism's contribution to the preservation of culturalheritage and to peace and mutual understanding

1981年:Tourism and the quality of life

1982 年:Pride in travel: good guests and good hosts

1983 年:Travel and holidays are a right but also a responsibility forall

1984 年:Tourismforinternationalunderstanding, peaceandcooperation

1985 年:Youth tourism: cultural and historical heritage for peace andfriendship

1986 年:Tourism: a vital force for world peace

1987 年:Tourism for development

1988 年:Tourism: education for all

1989 年:The free movement of tourists creates one world

1990 年:认识旅游事业,发展旅游事业(Tourism: an unrecognized industry, a service to be released)("the hague declaration on tourism")

1991 年:通信、信息和教育:旅游发展的动力(Communication, information and education: powerlines oftourism development)

1992 年:旅游促进社会经济一体化,是各国人民相互了解的途径(Tourism: a factor of growing social and economic solidarityand of encounter between people)

1993 年:争取旅游发展和环境保护的和谐 (Tourism development and environmental protection: towards alasting harmony)

1994 年:高质量的服务、高质量的员工、高质量的旅游(Quality staff, quality tourism)

1995 年:通过负起责任而受益(WTO: serving world tourism for twenty years)

1996 年:旅游业:宽容与和平的因素(Tourism: a factor of tolerance andpeace)

1997 年:旅游业:21 世纪创造就业和倡导环境保护的先导产业(Tourism: aleading activity of the twenty-first century for job creationand environmental protection)

1998 年:政府与企业的伙伴关系:旅游开发和促销的关键(Public-privatesector partnership: the key to tourism development andpromotion)

1999 年:旅游业:为新千年保护世界遗产(Tourism: preserving worldheritage for the new millennium)

2000 年:技术和自然:21 世纪旅游业的双重挑战 (Technology and nature:two challenges for tourism at the start of the 21st century)

2001 年:旅游业:为和平和不同文明之间对话服务的工具(Tourism:instrument at the service of peace and dialogue betweencivilizations)。

2002 年:经济旅游:可持续发展的关键(Ecotourism, the key to sustainabled evelopment)。

2003 年:旅游业:一种消除贫困、创造就业与社会和谐的驱动力(Tourism: a driving force for poverty alleviation, job creationand social harmony)

2004 年:体育与旅游——促进相互理解、文化和社会发展的力量。(Sport and Tourism - two living forces for mutual understanding, culture and development of societies.)

2005 年:旅游和交通——从儒勒·凡尔纳的幻想到 21 世纪的现实。(Travel and transport: from the imaginary of Jules Verne to the reality of the 21st century)其目的是为了纪念法国科幻小说家凡尔纳去世 100 周年。凡尔纳的作品曾激发了世界各地读者和旅行者的想像。在凡尔纳时代,跨国旅行仍然是冒险行为,如今他的作品中大多数幻想都已经变成了现实。

2006 年:旅游让世界受益(Tourism Enriches)

2007 年:旅游为妇女敞开大门(Tourism opens doors for women)

第四节　中国旅游业的产生和发展

毛泽东在《论人民民主专政》一文中说："自从1840年鸦片战争失败那年起，先进的中国人，经过千辛万苦，向西方国家寻找真理。洪秀全、康有为、严复和孙中山，代表了在中国共产党出世以前向西方寻找真理的一派人物。"面对帝国主义的入侵所造成的山河破碎、国弱民穷的局面，先进的爱国文士除了走出国门向西方学习先进的科技文明外，更多的知识分子纷纷走上读书宦游、考察形势、壮游山河以治理祖国的道路，如龚自珍、魏源、康有为、谭嗣同、黄遵宪无不有一段壮行天下的漫游生活，而后的孙中山、黄兴、章太炎、蔡元培等革命志士也都有一段在海外宣传革命、组织革命团体的羁旅生活。与此同时，旅游馆舍、旅游经营机构、景区景点、城市游乐场所和旅游交通均有了不同程度的发展，旅游业大致经历了孕育、诞生和成长三个阶段。

一、中国旅游业的孕育

在欧洲进行文艺复兴和产业革命时，中国却逐渐走向闭关自守。人们的思想被封建思想所禁锢，全面走向保守，民族心态从自大走向自负和自卑，生产力发展落后，经济基础薄弱。当英国发动鸦片战争，用大炮轰开中国国门之后，世界列强纷纷将触角伸向中国，中国进入半殖民地半封建社会。此后的一百年里，国内的各种矛盾突出，战争不断，城市化速度慢、水平低，机器大工业生产远远落后于西方。中国以自给自足的小农经济为主，受外来资本的剥削和控制，旅游发展缓慢。

在这样的"衰世"中，国内游历并没有衰歇，一批又一批仁人志士仍然执着地漫游祖国山河。"少年击剑更吹萧"的龚自珍（1792—1841），无法浮沉下僚的京官生涯，于1819年，痛下决心，毅然辞去礼部主事之职，只身出都回乡写下不朽的篇章《病梅馆记》，提出一种顺其自然保全真性的审美自然观，对我们今天在旅游中观察自然花木仍有一定意义。龚自珍在出都返乡的路途中，把所闻所遇、所知所感、所接朋友、所历山川，都写入篇章，这就是著名的《己亥杂诗》315首。曾发愿"从此芒鞋踏九州，到处山水呈真面"的魏源（1794—1857），一生酷爱山水，极喜游览名山大川，尝言"足不九州莅，宁免井蛙愚"、"人知游山乐，不知游山学"等。魏源喜爱山水，并不是为了消愁解闷，而是通过游览来获得对山水景物的美的享受和陶冶性情,并为其经世致用的政治抱负增长知识,即“读万卷书,行万里路,综一代典,成一家言”,要使山水呈现真貌,用以明志、明识,激励担负天下重任的责任感。“游东西洋十年”的黄遵宪于1848年出生于广东一个商人家庭,幼时聪明伶俐。10岁时,塾师令赋“一览众山小”,他起句云:“天下尤为小,何论眼底山”,17岁时,又有诗曰:“儒生不出门,勿论当世事!识时贵知今,通情贵阅世。”此后的30余年里,他频繁游历中外,开阔眼界,一心报国。康有为(1858—1927)是戊戌维新运动的思想领袖和导师,也是一位不同寻常的大旅行家。他在“经三十一国,行六十万里”向西方寻求真理之前,就是一个“恣意游思,天上人间”的海内旅行家。在戊戌变法中献出生命的“六君子”之一谭嗣同(1865—1898),虽在这世界只度过了匆忙短暂的33年,却有10年壮游神州,行程4000公里的经历。尤其是1884—1893这10年中,谭嗣同度过了10年“身役四方,车轮无角”的漫游生活,对祖国山河有了更加深入的了解,也看到了广大人民的血泪呼喊,思想逐渐成熟,随后开始积极投身到维新变法的运动中去。

到20世纪初期,在走出国门、寻求救国救民的有志之士中,影响最大的当推民主革命的先行者孙中山先生。1895年10月,由兴中会发动的第一次广州起义失败后,孙中山到日本设立兴中会分会,而后又决定到美洲去活动。从此开始了他四环地球、长达16年的谋求共和革命的旅程。在这一时期,科举废止,国内所办新学校又很少,很多青年找不到继续求学的机会;即使找到了升学的机会,一旦毕业后,那些贫寒的青年也不易找到出路,对国内前途感到茫然。不少官僚士绅或其弟子被选派留学、考察,还有不少有志青年深感国事日非,急需变法图强,决心自筹路费,纷纷到国外去寻求知识,如科学探索的杰出踏勘者丁文江,勤工俭学的陈毅、朱德,学术名流梁启超、辜鸿铭、胡适、陈寅恪等等。

这一时期国内外的旅游活动规模逐渐壮大,尤其游学欧美使西学东渐,为中国培养了一批科学文化骨干人才。这不仅扩大了中国人的眼界,而且也推动了中国旅游业的诞生。

二、中国旅游业的诞生

与西方国家相比,中国的近代旅游业起端很迟,直到20世纪20年代初,上海、南京、北平等地不仅有美国、日本、英国、法国等外国公司开办的旅行社,1923年8月,在世界上第一家旅行社由英国人托马斯·库克创立之后近80年,第一家中国人创办的旅行社——上海商业储蓄银行旅行部(后改名中国旅行社)终于宣告成立。由于创办者陈光甫等人的竭力经营,该社发展迅速,独占中国旅游业鳌头30年。在其发展的同时,旅游业中的其他行业和设施也逐一诞生并发展壮大。

(一)陈光甫创办中国第一家旅行社

关于陈光甫创办中国第一家旅行社的缘由,以前人们认为仅出于他的一次偶然经历:一年,陈光甫从香港往云南,到一外国人办的旅行机关购买车票,但柜台里的外籍职员竟自顾长久交谈而不接待他。陈光甫只得愤然退出,途中他自忖外国人之所以藐视自己的原因,就因为他是一个中国人,遂萌生了经营旅行社的打算。

陈光甫本人就是一个酷爱旅游的人,南北东西,萍踪所至,不止万里,但根据他的亲身感受,深觉国内旅行反不及到国外容易与舒适,其中一个方面就是因为中国缺少像欧美国家有为旅客服务的健全机构,游客往往为食宿起居等琐碎问题困扰。由此,他产生了创办旅行社的想法。

此外,陈光甫在谈到他创办旅行社的原因时还提到这样一件往事:一次午夜,他乘火车抵达徐州,看到许多等车的乘客因无栖身之处而在寒风中瑟瑟发抖。他立即想,应该设一服务机构,为长途旅程中备感辛劳的过客提供一个暂时休憩小坐之所。陈光甫回忆说:"这也可以说就是我设计中国旅行社最早的一幅蓝图。"

1923年4月,由陈光甫任总经理的上海商业储蓄银行(以下均简称上海银行)正式具呈北洋政府交通部,提请代售火车客票,办理旅行业务。是年8月15日,上海银行旅行部正式宣告成立,使中国有了近代旅行机构,也意味着中国的旅游事业从此进入了一个新的历史阶段。1927年,经上海银行董事会开会研究,决定投资5万元,使旅行社与银行分立。6月1日,正式改名"中国旅行社",并向国民政府交通部申请注册,经该部核准,于1928年1月颁发了第1号旅行业执照。中国旅行社的业务发展很快,最迅速的阶段是1931—1937年,陆续增设的分社和办事处达45所,其拓展有一特点,即与国内交通线的开辟相同步。1937年以后,抗日战争爆发,中国旅行社辛苦经营十余载的成就在日寇摧残下损失殆尽,抗战结束后,社会动荡,旅游事业无法加大发展。1949年中华人民共和国成立前夕,陈光甫避居香港,中国旅行社的重心也随之迁到该地,专门办理从香港到国内的客货运业务,并经营台湾、南洋一带和对日本的旅行业务等。但终因偏于一隅,整体社务每况愈下。1953年,中国旅行社宣布正式撤消。这一年,恰恰是它诞生30周年。

1923年旅行部创立之初，鉴于风气未开，人们对旅游还十分陌生，便特制了蓝色布面熨金字的票夹，凡在该部购车票一张，不论旅程远近，都赠送一枚以资宣传。还特雇招待人员，加训练后穿着自行设计的制服，专在车站迎送旅客，代为照料一切。几经努力，终于使旅行部逐渐为人们所知晓。不久，为配合杭州游览，又刊印了名为《湖上春光》的手册，将杭州名胜古迹作了有系统的介绍，并将游程计划、食宿地点、游艇价格和杭州的土产详为记载，附印了许多风景照片，凡同游的人各赠一册。

为加强国外宣传，1931年中国旅行社在美国西雅图设立通信处，向美国各界发出招待游华专售5000封，信笺都经过熏香，富丽精美，赏心悦目，是一种极好的宣传品。中国旅行社还创办了旅游杂志。1927年创刊时，定名为《旅行杂志》(季刊)，1929年改为月刊。抗战期间，《旅行杂志》迁桂林出版，1944年又迁到重庆，抗战胜利后再迁回上海复刊。1949年，迁往台湾，终因行销区过于狭小而停刊。

中国旅行社对推动中国近代旅游事业的发展起了相当大的作用。第一，它是中国近代第一家正规的旅行社，它的创立标志着中国近代旅游业的真正形成。在此后的30年中它一直是中国旅游业的魁首与代表。第二，中国旅行社组织游览团，开发风景区，设立招待所，印发旅游报刊，分支机构遍布全国各地，既为中国旅游事业的发展奠定了新的基础，又使相当一批中国人逐渐增强了旅游意识，使微弱的中国旅游业在二三十年代有了较大发展。第三，中国旅行社为后人留下了宝贵的经验。

(二)中国其他旅游行业和旅游设施的诞生

馆舍是旅游者的栖息之地。近代的旅游馆舍除了原有的洋馆、会馆外，开始出现了一些西式旅馆以及半中半西式的旅馆，如闻名于世的北京饭店，是1900年八国联军开到北京后开始出现的，于1901年在东单菜市场旁才正式挂上“北京饭店”的招牌。

近代意义的公园是上海的“黄浦滩公园”(今外滩公园)，于1864年由英国殖民者修筑，当时称“PUBLIC GARDEN”。该园初建时，仅允许外国人入园，门口立标志，有“华人与狗不得入内”的条文。

最早的海滨度假区是北戴河。清政府于1898年宣布北戴河海滨为避暑区，规定“戴河以东至金山咀沿海向内3里及往东至秦皇岛对面为各国人士避暑地，准中外人杂居”。于是，越来越多的外国人及其家眷从京津和各地来到海滨避暑。至1917年，在海滨建造的洋人房舍达1000余所，来海滨避暑的洋人近千人。

三、新中国旅游业的成长

新中国的诞生为中国旅游业的发展开辟了广阔的前景，通过一次又一次的外事接待，在一定程度上推动了旅游业的发展，尤其是改革开放以后，中国的旅游业获得了突飞猛进的发展，成为国内外旅游业关注的焦点。近十几年来，我国国际旅游一直以位居世界前列和适度超前于国民经济的速度保持着快速发展的良好势头。我国入境旅游人数每年都有5%以上的增长，旅游创汇每年都有10%的以上的增长；国内旅游人数和国内旅游收入的年增长率则更高，前景非常喜人。

（一）初创阶段（1949—1957）

新中国成立初期，国民经济迅速恢复和发展，国际威望也与日俱增，不仅有许多外国人想来看看中国的新面貌，而且广大海外侨胞、外籍华裔也想回国探亲访友。因此，创办旅行社、开展旅行业务，很快就被提到国家对外事务的议事日程上来。1949年10月17日，以接待海外华侨为主旨的厦门华侨服务社成立，这是新中国的第一家旅行社，为海外华侨架起了一座连接侨居地与新中国的桥梁。根据周恩来总理指示，1954年4月15日在北京、上海、西安、桂林等14个城市成立了中国国际旅行社，负责接待访华外宾的食、住、行、游等事务，这是新中国经营国际旅游业务的第一家全国性旅行社。继之，泉州、深圳、汕头、拱北、广州等地也成立了华侨服务社，开始形成了中国旅行社的框架体系。1957年4月24日成立了中国华侨旅行服务总社，统一领导和协调全国华侨、港、澳同胞探亲旅游接待服务。

（二）开拓阶段（1958—1965）

这一时期的前苏联、东欧经济水平不高，国际旅游者很少，因此，这一阶段我国国际旅游只是有限地发展。到1959年，共接待外国旅游者8 172名。1960年，中苏分歧加剧，来自苏联和东欧国家的旅游者逐渐减少，而西方国家来华旅游者有所增加。在国内旅游方面，广大民众正为解决温饱而努力，加上交通设施短缺且陈旧,国内旅游需求严重不足,现代意义上的国内旅游几乎没有出现。一直到1964年,为了加强对全国旅游工作的统一领导,中共中央决定成立中国旅行游览事业管理局,并明确了发展旅游事业的方针政策是“扩大对外政治影响”、“为国家吸取自由外汇”,中国旅游事业开始发展。此时我国的旅游管理机构与中国国际旅行社总社为一体。在国际旅游方面,1964年周恩来总理成功访问亚非14国,中国和法国建交,当时与我国建交的已有50多个国家。同时又开辟了中国至巴基斯坦、中东、阿富汗3条国际航线,打开了连接欧洲与亚、非的空中通道。国际环境的改善,使外国旅游者有所增多。1965年,全国接待外国旅游者达12877人次,创历史最高纪录,其中,86%来自西方国家。

这一时期,旅游业没有发展起来,仍然以政治接待为主,基本不注重旅游的经济作用。

(三)坎坷阶段(1966—1977)

“文化大革命”期间,受政治冲击,旅游接待成为单纯政治接待,不计成本,不讲效益,错误地批判旅游业是为资产阶级服务;中国旅行游览事业管理局(包括国旅总社),虽经毛主席和周恩来亲自决定保留机构,也只剩下12人的业务班子。正在成长中的中国旅游业受到了严重的干扰和破坏,接待人数逐年下降。1966年上半年500多人,1968年国旅仅接待303人。70年代初期,毛主席要求做好国际交流工作。明确指出“着眼于人民,寄希望于人民”。在周恩来总理的直接关心和领导下,旅游事业逐步恢复。1976年全国接待外国旅游者近5万人次,比1975年翻了一番,配合了外交工作需要,产生了一定的政治效应。对于宣传中国的建设成就、加强国际友好往来,发挥了积极作用。

(四)调整发展阶段(1978—1990)

1978年3月,中共中央批转《关于发展旅游事业的请示报告》,提出将中国旅行游览事业管理局改为直属国务院的管理总局,各有关省、自治区、直辖市成立旅游局,成立旅游事业领导小组等意见。7月,国务院据此作了批复。12月,中共十一届三中全会确定工作重点向社会主义现代化建设转移,我国旅游业也因此进入了新的发展时期。1978年10月至1979年7月,邓小平同志5次专门讲话,要求尽快发展旅游业。邓小平同志指示:“旅游事业大有文章可做,要突出地搞,加快地搞”;“搞旅游要把旅馆盖起来。下决心要快,第一批可以找侨资、外资,然后自己发展。”邓小平同志在旅游业对国家政治经济的积极作用，对改革开放的积极作用以及旅游管理、旅游开发、旅游促销等一系列旅游业的基本认识、基本规律上作了明确指示。按照邓小平同志指示，国务院成立以主管副总理为首的旅游工作领导小组，各地政府也相继成立领导小组。1979 年 5 月，国务院批准北京等四个城市利用侨资、外资建造 6 座旅游饭店。同年 9 月召开的全国旅游工作会议，提出旅游工作要从“政治接待型”转变为“经济经营型”，会议并就旅游住宿和旅行社外联权等作了重要决定。国务院相继批复国家旅游局《关于开创旅游工作新局面几个问题的报告》、《关于当前旅游体制改革几个问题的报告》，全国旅游工作出现了全新的局面。1978 年，来华旅游入境人数 180.9 万人次，位居世界第 48 位，其中外国人 23 万人次；旅游创汇 2.63 亿美元，位居世界第 41 位。但旅游产业总体规模较小，结构也比较单一，但旅游接待开始转向旅游经营，旅游业开始朝真正意义上的新产业迈进。

1981 年 3 月，中共中央书记处和国务院常务会议听取旅游工作会议汇报，提出今后一个时期发展旅游事业方针：“积极发展，量力而行，稳步前进”；旅游管理体制原则：“统一领导，分散经营”；并决定旅游总局要与国旅总社分开，国务院成立旅游工作领导小组。1984 年是中国经济体制改革深入发展的一年，国务院在向六届人大二次会议提交的《政府工作报告》中提出，今后一个时期，要着力抓好体制改革和对外开放两件大事，这也是关系到旅游事业发展前途的大事。7 月 27 日，中共中央书记处、国务院批准国家旅游局《关于开创旅游工作新局面几个问题的报告》，提出了加快旅游基础设施的建设要采取国家、地方、部门、集体和个人一起上，自力更生和利用外资一起上的方针和旅游行政部门简政放权等措施。1984 年 8 月，全国旅游工作会议对此作传达部署。1985 年 1 月 31 日，国务院批转国家旅游局《关于当前旅游体制改革几个问题的报告》，提出了旅游管理体制实行“政企分开，统一领导，分级管理，分散经营，统一对外”的原则，向各省、自治区、直辖市下放外联权的签证通知权，从而解决了 6 年来旅游系统普遍关心的问题。1985 年 5 月 11 日，国务院发布了《旅行社管理暂行条例》，这是旅游产业第一部行政法规。上述文件法规的积极贯彻执行，极大地调动各方面办旅游的积极性，旅游工作出现新气象，开始实现四个转变：一是从过去主要搞旅游接待，转变为开发建设旅游资源与接待并举；二是从只抓入境旅游，转变为入境旅游、国内旅游一起抓，相互促进；三是从以国家投资为主建设旅游基础设施转变为国家、地方、部门、集体和个人一起上，自力更生与利用外资一起上；四是旅游经营单位由事业单位转变为企业化经营。1985年,全国旅游入境总人数为1783.31万人次,比1980年增长2.1倍。其中外国人137.05万人次,增长1.6倍。全国旅游外汇收入12.5亿美元,比1980年增长1倍。据不完全统计,1985年国内旅游人数约2.4亿人次,回笼货币80亿元,经营国内旅游业务的旅行企业(旅行社、旅游公司等)400多家。但总体看,旅游业的发展水平不高,在世界旅游业中所占的比例还很低。全国旅游收入仅占国际旅游总收入的1.14%,与中国拥有的丰富旅游资源相比很不相称。

1985年12月20日,国务院举行第92次常务会议,原则批准《全国旅游事业发展规划(1986—2000)》,会议决定把旅游事业发展规划列入国家的"七五"计划,并增加投资,国务院决定成立旅游协调小组。1986年《"七五"计划》中把旅游业列在第三十七章之内,"要大力发展旅游业,增加外汇收入,促进各国人民之间的友好往来"。这是旅游业第一次在国家计划中出现,旅游的产业地位首次得到了明确,是旅游产业发展的一个重要标志。

1987年11月14日,国务院批准发布了《导游人员管理暂行条例》,这是第二部旅游管理行政法规。1988年6月,国家旅游局发布《旅行社管理暂行条例施行办法》,总结3年来贯彻实施《旅行社管理暂行条例》的经验,贯穿了强化管理、严格旅行社管理、支持骨干旅行社发展、鼓励有条件的单位开办旅行社的指导思想。8月,发布《中华人民共和国评定旅游涉外饭店星级的规定》,决定在全国旅游涉外饭店中施行星级评定制度。12月,国务院转发旅游管理体制改革的总体方案,形成了旅游业行业管理的基本框架,进一步明确行业管理范围权限,明确旅游部门在这些管理范围实行分级管理。1990年4月,全国开展了清理整顿旅行社市场的活动。1990年,来华旅游入境人数2 746.18万人次,比上年增长12.1%(其中外国人174.73万人次);外汇收入22.2亿美元,比上年增长19.2%;国内旅游人数为2.8亿人次,回笼货币170亿元。

(五)全面发展阶段(1991年至今)

1991年年初,国务院批转国家旅游局《关于加强旅游行业管理若干问题的请示》,提出对各地建立正常的、规范的旅游行业管理秩序的总要求;继续进行治理整顿旅行社工作;进一步整顿旅游价格市场。1992年6月,中共中央、国务院《关于加快发展第三产业的决定》,进一步明确旅游业是第三产业的重点,各级政府及各有关部门相继把旅游业列入国民经济和社会发展计划,大多数省、自治区、直辖市已明确提出把旅游业作为支柱产业、重点产业或先导产业来发展。1992 年，国务院批准设立 12 个国家旅游度假区，国家旅游局制定《旅游行业对客人服务的基本标准》。1993 年，加强了对国内旅游业的指导和管理，国务院办公厅批转了国家旅游局《关于发展国内旅游业的意见》，将“搞活市场，正确引导，加强管理，提高质量”作为今后一个时期的国内旅游发展方针。1993 年，成立中国国内旅游协会。1994 年，对国有企业进行了股份制试点，部分旅游企业集团获得了国有资产管理局授予的国有资产管理权；批准了 16 家饭店管理公司。1995 年，继续大抓国内旅游；对旅行社实行质量保证金制度；成立“全国旅游标准化基础委员会”，发布一个国家标准和两个行业标准；部署旅游市场专项治理工作。国内旅游迅猛发展，形成相当规模。中国公民出境游开始兴起。1996 年 10 月 15 日，国务院第 205 号令发布《旅行社管理条例》。1997 年，根据《旅行社管理条例》，顺利实现由一、二、三类旅行社向国际旅行社、国内旅行社的转变。实行了一系列新的管理制度。

1998 年 12 月召开中央经济工作会议，房地产业、信息业和旅游业被确定为国民经济新的增长点。24 个省、自治区和直辖市把旅游业作为支柱产业、重点产业、先导产业来发展，不同程度地加强了“政府主导”的力度。当年，全国旅游总收入占 GDP 比重达到 4.32%。

1998 年，国家旅游局制定《中国优秀旅游城市》检查标准，对自 1995 年以来开展创建中国优秀旅游城市工作的 75 个城市进行了验收，其中 54 个城市荣获第一批“中国优秀旅游城市”称号。创优工作改善了我国旅游业的发展环境，促进城市向国际化、现代化方向发展，为旅游业跨世纪腾飞积蓄了后劲。1999 年，对外经济贸易部和国家旅游局联合发布《中外合资旅行社试点暂行办法》，进一步开放旅行社市场。1998 年，来华旅游人数达 6 347.84 万人次，继续居世界前列，是 1978 年的 35.27 倍；旅游（外汇）收入 126.02 亿美元，是 1978 年的 47.92 倍。世界排名从 1978 年的第 41 位跃居到第 7 位；国内旅游出游人数达 6.94 亿人次，国内旅游收入达 2 391.18 亿人民币；中国公民出境人数达 842.56 万人次，更是 20 年前所无法比拟的；国际国内旅游总收入 3 438.64 亿元人民币，同比增长 10.5%，继续高于 7.8%的国民经济增长率，“朝阳产业”的优势和作用再次得到充分显现。

2002 年，我国入境旅游达 9 791 万人次，入境过夜游达 3 680 万人次，居世界第 5 位；国内旅游达 8.78 万亿人次，居世界第 1 位；2003 年我国公民自费出境旅游达 2 022 万人次。

据最新统计,2007 年 1 ~ 12 月,我国入境旅游累计人数达 13 187.33 万人次;2007 年我国旅游业总收入达到 1.09 万亿元,几乎是 2003 年旅游业总收入的两倍。目前在世界旅游业的排名中,中国已经从 1978 年的 40 名之后,跃升至世界第 4 位;2007 年,中国旅游外汇收入 419 亿美元,国内旅游收入 7 771 亿元人民币,是全球最大的国内旅游市场之一,出境旅游 4 095 万人次,位居亚洲第一。世界旅游组织预测,到 2015 年中国将成为世界最大的旅游目的地国家。

随着旅游业的发展,中国旅游教育也发展壮大。全国从 20 世纪 80 年代开始兴办旅游专业,陆续开办了一批旅游院校和研究所。截至 2002 年底,全国开办旅游专业的院校和研究所共计 1 113 个。其中,高等院校 407 所,中等学校 706 家,在校学生 417 022 人,其中高等院校 157 409 人,中等职业学校 259 613 人。据不完全统计,到 2006 年底,中国共有高、中等旅游院校 1703 所,其中高等院校 762 所,中等职业学校 941 所,为我国成为世界旅游强国提供了强有力的人才保障。

复习思考题

1. 封建社会时期的旅行活动与现代旅游活动有哪些相似和不同之处?
2. 为什么说托马斯·库克是现代旅游业的创始人?
3. 阐述第三次科技革命对现代旅游业的贡献。
4. 阐述中国第一家旅行社的作用和意义。

主要参考文献

董观志.旅游学概论[M].大连:东北财经大学出版社,2007.
傅云新,蔡小梅.旅游学[M].广州:中山大学出版社,2007.
李天元.旅游学[M].北京:高等教育出版社,2002.
彭顺生.世界旅游发展史[M].北京:中国旅游出版社,2006.
苏勤.旅游学概论[M].北京:高等教育出版社,2001.
王淑良等.中国现代旅游史[M].南京:东南大学出版社,2005.
王淑良,张天来.中国旅游史(下册)[M].北京:旅游教育出版社,1999.
王淑良.中国旅游史(上册)[M].北京:旅游教育出版社,1998.

第三章 旅游者

旅游者是旅游活动的主体，旅游业的一切经营活动都紧紧围绕旅游者的需求而展开。也就是说，没有旅游者就不会有旅游活动，更不能使旅游活动发展成为一种广泛的社会现象，也就没有旅游市场和旅游业的存在及发展。因此，旅游者是旅游活动的核心，是旅游研究的重要领域。本章主要介绍了旅游者的概念，旅游者产生的主客观条件，旅游者类型及需求特点等基本内容。

第一节 旅游者的概念

研究旅游者定义既有重要的理论意义，又有重要的实际意义。长期以来形成的有关旅游者的定义主要有两大类：一类是概念性定义，一类是技术性定义。在旅游业发展的不同时期，不同国家和国际组织对国际旅游者和国内旅游者有不同的界定，由于目的不同，它们对旅游者的定义也有差异，各有所长。

一、国际上对旅游者的定义

(一)有关旅游者的早期定义

“旅游者”一词最早见于1811年出版的《牛津词典》，英文是tourist，意思是“以观光浏览为目的的外来游客”。1876年瑞士出版的一部字典上将“旅游者”解释为“旅游者是出于一种好奇心、为得到快乐而旅行的人”。英国人奥格威尔在1933年出版的《旅游活动》一书中，从经济角度将旅游者定义为“从经济目的来看，旅游者是具备两个条件的人：第一，离开自己的久居地到外面任何地方去，时间不超过一年；第二，离开久居地期间把他们的钱花在他们所到的地方，而不是在其所到的地方去挣钱”。

（二）国际联盟定义

国际联盟专家统计委员会在1937年第一次对“国际旅游者”或“外国旅游者”的概念作出如下规定：旅游者就是离开自己的居住国，到另一个国家访问超过24小时的人。该委员会还特别规定五种人属于旅游者：（1）出于消遣、娱乐、健康和家庭原因而出国旅行的人；（2）出于某种职责去参加会议的人（包括科学、管理、外交、宗教、体育等方面的会议）；（3）因商务而出国旅行的人；（4）在航海沿途停靠即使在当地停留不超过24小时的人；（5）其它。

同时，该委员会还确认五种情况不在国际旅游者的概念之内：（1）前来某国参加一项工作或从事任何商业活动的人（不论其是否签有合同）；（2）前来某国定居的人；（3）寄宿于企事业或学校的留学生和青年人；（4）住在边境的居民及定居者越过边界到邻国去工作的人；（5）临时过境而不停留的人，即使超过24小时也不算旅行者。

以上定义是为了规范各国旅游统计口径，对战后国际旅游业的发展起了重要作用，但不足之处是只针对外国旅游者，不包括国内旅游者。

（三）罗马会议定义

1963年，联合国在意大利罗马召开了国际旅行和旅游会议（即罗马会议）。会议对于上述定义进行了补充，提出了采用“游客”（Visitor）这一总体概念，下分两类，一类是过夜的旅游者，称为“旅游者”（Tourist）；另一类是不过夜的当日往返的旅游者，称为“短程游览者”（Excursionist）。具体定义为：游客，指除为获得有报酬的职业外，基于任何原因到一个非常住国去访问的人；旅游者，指到一个国家进行短期访问，停留时间至少24小时的游客。其目的可以是消遣（包括娱乐、度假、疗养、保健、学习、宗教、体育运动）；也可以是工商业务、探亲、公务出差、会议等目的。短程游览者，只到一个国家作短期访问，停留时间不足24小时的游客（包括乘船旅行者）。

这一定义的基本特点是：（1）将所有纳入旅游统计中的来访人员统称为“游客”；（2）以在访问地的停留时间为标准，将游客进一步划分为停留过夜的旅游者和不停留过夜的旅游者，这两种不同类型的游客需要分别进行统计；（3）根据来访者的定居国或常住国，而不是根据国籍来界定其是否属于应纳入旅游统计中的游客;(4)根据来访者的访问目的来界定是否属于应纳入旅游统计中的游客。

当然,这个定义也有不足之处,即它所界定的只是国际游客,而没有将国内旅游者或国内游客考虑进去。

(四)世界旅游组织的定义

1991 年 6 月,世界旅游组织与加拿大政府在渥太华联合召开“国际旅游统计工作会议”。会上提出了一整套关于旅游统计的建议,形成了“旅游统计国际大会建议书”。该建议书将旅游消费者类型划分为以下四类。

1. 居　民

如果一个人在他到另一个国家不满 1 年以前，在前一个国家生活了至少 1 年或者连续 12 个月,他被认为是前一个国家的居民。

2. 游　客

如果一个人到他通常居住的国家以外的另一个国家旅行,时间不超过 1 年,主要目的不是为了从访问国家获得经济利益,则他为游客。游客包括两类不同的旅行者:旅游者、当日游客。

3. 旅游者

一个游客在访问国停留至少一夜,最多不超过 1 年,主要目的不是为了从访问国获得经济利益,则他为旅游者。

4. 当日游客

一个游客在访问国停留不超过 24 小时并不过夜,主要目的不是为了从访问国获得经济利益,则他为当日游客。

(五)国际上对国内旅游者的定义

以上是国际组织对国际旅游者的定义，而对国内旅游者统计标准的界定尚未取得一致。世界上不同国家对国内旅游者的定义多是参照世界旅游组织的规定,针对本国的具体情况给出的。

1. 世界旅游组织的规定

1984 年,世界旅游组织采用与国际旅游者基本相同的界定标准将国内游客划分为过夜国内旅游者（Domestic tourist）和不过夜国内旅游者(Domestic excursionist)。

过夜国内旅游者:在本国国内旅行超过24小时而少于1年的人,其目的为休闲、度假、体育、商务、会议、学习、疗养、宗教、探亲访友,不包括那些外出就业者。

不过夜国内旅游者:出于以上任何目的的在访问地逗留不足24小时的人。

2. 北美国家的规定

北美的加拿大和美国均以出行距离为标准来区别是否属于国内旅游者,而不考虑其逗留时间。在其国内,不同省份的标准和表述方式也不尽相同。

加拿大政府部门规定,旅游者是指到离开其居住地边界至少80千米以外的地方旅行的人。而安大略省则将这一标准确定为40千米。

美国国家资源评价委员会、美国旅游数据资料中心和美国调查统计局等机构也将至少80千米作为衡量国内旅游者的临界尺度。在阿拉斯加州,"旅游者是指以娱乐或文化而非其他目的到阿拉斯加的非当地居民";在内华达州,"旅游者是指不论其目的地如何,访问本州或途经本州在某处逗留的非内华达州居民"。其他州的定义还有不同。

3. 欧洲国家的规定

欧洲国家刚好与北美的风格相反,其判断是否属于国内旅游者的标准不是出行距离,而是在异地逗留时间的长短。

英格兰旅游局在每年一度的英国旅游调查中规定,国内旅游者是基于上下班以外的任何原因,离开居住地外出旅行过夜至少一次的人。

法国旅游总署对国内旅游者的定义则是,基于消遣、健康、会议、商务或修学目的,离开自己的主要居所外出旅行超过24小时但不足4个月的人。

二、我国对旅游者的定义

(一)国际旅游者定义

1979年中国国家统计局和国家旅游局根据我国的实际情况从统计工作的需要出发,对国际旅游者作了如下的规定:"国际旅游者是指来我国探亲访友、度假、观光、参加会议或从事经济、文化、体育、宗教等活动的外国人、华侨、港澳台同胞。"在来华旅游人次统计方面,凡纳入我国旅游统计的来华旅游入境人员统称为(来华)海外游客或国际旅游者。

其中,外国人是指属外国国籍的人,包括加入外国国籍的中国血统华人;华侨是指持有中国护照但侨居外国的中国同胞;港澳台同胞指居住在我国香港、澳门地区和台湾省的中国同胞。

为了便于界定,我国规定来华海外游客是指因上述原因或目的,离开其长住国(或长住地区)到我国大陆访问,连续停留时间不超过 12 个月,并且在我国大陆活动的主要目的不是通过所从事的活动获取报酬的人。

按照在我国大陆访问期间停留时间的差别,海外游客划分为以下两类:(1)海外旅游者,即在我国大陆旅游住宿设施内停留至少一夜的海外游客(过夜游客);(2)海外一日游客,即未在我国大陆旅游住宿设施内过夜(而是当日往返)的海外游客(不过夜游客)。

(二)国内旅游者定义

国家旅游局在 2001 年针对国内旅游者也提出了三个定义,分别是国内游客、国内(过夜)旅游者和国内一日游游客。

1. 国内游客

指报告期内在国内观光游览、度假、探亲访友、就医疗养、购物、参加会议或从事经济、文化、体育、宗教活动的本国居民,其出游目的不是通过所从事的活动获取报酬。统计时,国内游客按每出游一次统计 1 人次。

国内游客包括国内(过夜)旅游者和国内一日游游客。

2. 国内(过夜)旅游者

指国内居民离开惯常居住地在境内其他地方的旅游住宿设施内至少停留一夜,最长停留时间不超过 12 个月的国内游客。国内旅游者包括在我国境内常住 1 年以上的外国人、港澳台同胞。

3. 国内一日游游客

指国内居民离开惯常居住地 10 千米以上,出游时间超过 6 小时,不足 24 小时,并未在境内其他地方的旅游住宿设施过夜的国内游客。

不能列为国内旅游者(游客)的人员包括:(1)到各地巡视的部级以上领导;(2)驻外地办事机构的临时工作人员;(3)调遣的武装人员;(4)到外地学习的学生;(5)到基层锻炼的干部;(6)到其他地区定居的人员;(7)无固定居住地的无业游民。

尽管目前各国在进行旅游统计时,采用的界定标准依然各行其是,但在概念性定义上,对国内旅游者的认识并未有太多的分歧。因此,国内旅游者就是指出于就业和移民以外的任何原因,暂时离开定居地到国内其他地方进行旅行访问的人。

三、旅游者的定义

通过以上回顾和讨论,旅游者是指出于就业和移民之外的任何原因,暂时离开定居地到异国或他乡进行旅行访问的人。

第二节 旅游者产生的客观条件

旅游活动的出现是随着人类社会的发展而产生并不断完善,旅游行为的实现是客观条件和旅游者主观心理等共同作用的结果,旅游者产生取决于多方面的条件和因素。

旅游者产生的客观条件涉及社会生活的许多方面,其中有三个最重要的条件是身体条件、经济条件和时间条件。

一、健康的身体

旅游就是人们离开自己的定居地,去异国他乡访问的活动,因此它需要较好的身体条件。虽然旅游活动的目的是为了放松身心、消遣娱乐获得享受,但是一个人的身体能力状况或者身体健康状况如何,能够单独对旅游行为产生最直接的影响。特别是到自然旅游资源丰富但条件特殊的地区或开展特别项目的旅游,对身体条件的要求就高一些,如到海拔较高的青藏高原旅游;海底潜水、骑马或骆驼在沙漠中旅游就不适合老人、孩子等身体状况较差的旅游者。

二、可自由支配的收入水平

经济条件是产生旅游者的必要条件之一。一个国家的旅游需求是否产生,受该国经济水平等因素的影响。旅游是一种社会经济现象,是建立在经济收入基础之上的活动,因此,某一国或地区的富裕程度和经济发展水平就成为导致旅游者产生的必要条件。但是经济水平和富裕程度并非全部应用于旅游活动,所以,确切地说是其可自由支配的收入影响旅游的需求。

西方经济学家经常引用三个收入概念:(1)收入水平。即家庭的全部收入。一个国家或地区的旅游业是否发达,与该国家与地区的经济发展水平密切相关。一个家庭或一个人的收入水平,是决定其能否实现旅游、能否成为旅游者的前提之一和重要的物质基础。(2)可支配收入。指扣除全部纳税后的收入。一个家庭或一个人的收入并不全部都可用于旅游，用于实现旅游的实际上是指其可支配收入,或者更确切说是其家庭或个人的可自由支配收入。(3)可自由支配收入。指扣除全部纳税和社会消费(如健康人寿保险、老年退休金、失业补贴的预支等),以及日常生活的必须消费(如衣、食、住、行、教育、卫生等)之后所剩余下来的收入。

此三个概念中,个人可自由收入水平取决于人均收入所得,个人所得又取决于国民经济发展情况以及收入分配政策,这些都影响着人们对旅游活动的选择。例如,近10多年来,美国和日本未婚而有工作的女青年(20—29岁)都属高收入阶层,但由于她们的生活方式、生活习惯和消费水平不同,其可自由支配的收入水平也不同。美国青年男女在18岁以后,一般都离开家庭独立生活,住公寓、用餐、社交等支出很大。日本这一阶层的女青年在结婚以前大都与父母一起生活,花费较少,因此可自由支配收入高于美国女青年。1984年,日本20—24岁年龄段出国旅游的女性达230万人,是同期出国的同年龄段男性的2倍,占当年女性出游的39.4%。澳大利亚、新西兰、美国的夏威夷州以及东南亚、西欧各国看好日本女青年市场,努力吸引日本女青年到该地旅游。我国在“'97中国旅游年王牌旅游产品”中,就把“日本女青年愉快之旅”列为16条旅游专线之一。

研究表明,当一个家庭的收入尚不足以购买基本生活必需品时,该家庭成员很少外出旅游。然而,一旦这个家庭的收入水平超过这个临界点,该家庭用于旅游的消费就会迅速增加。而且,一个家庭的收入超过这一临界点后,每增加一定比例的收入,旅游消费就会以更大的比例增加。可见,可自由支配的收入水平不仅决定了一个人是否有条件外出,而且决定了旅游者在旅游活动中的支付水平。此外,可自由支配的收入水平不仅影响着人们的旅游消费水平,还影响到人们的旅游消费构成。例如,经济富有的家庭会在购物、娱乐方面花较多的钱,而经济不富裕的家庭在交通、吃住方面花钱的比例更大。

旅游者可自由支配收入水平可以通过恩格尔系数进行相对衡量。恩格尔系数是一个家庭或个人收入中用于食物支出的比例,系数越低,则表明可自由支配收入越高,形成的旅游者越多,旅游者在旅游中所跨越的距离越远,花费总量越大,反之则朝相反的方向变化。据英国有关部门估计,旅游消费的这种收入弹性系数为1.5%。国际官方组织联盟(世界旅游组织前身)则估计这一系数为1.88%。

有关资料表明,1986年我国居民的恩格尔系数在50%左右，而在同期,日本和美国仅为25%上下。如此低的系数表明,美国和日本旅游者具有很高的旅游支付水平，对于他们来说，国内旅游已非常普遍，国际旅游也不断发展，而且个人消费水平很高。2005 年，我国城镇恩格尔系数已降低到 35%以下，已经具备产生大量旅游者的经济条件。事实也证明，我国国内旅游和出境旅游已经蓬勃发展。

总之，可自由支配收入水平决定着一个人的旅游支付能力，影响着一个人能否成为旅游者，影响着旅游者的消费水平和消费构成，并且还会影响到旅游者对旅游目的地及旅行方式的选择等。可自由支配收入水平是决定一个人能否成为旅游者的最重要的经济因素。

三、充足的闲暇时间

随着社会的进步、经济的快速发展，社会劳动生产率越来越高，人们用于劳动的时间越来越短，闲暇时间则不断增多。什么是闲暇时间呢？闲暇时间是指个人完成工作任务和满足生活要求之后，完全归他本身支配、进行各种消遣和娱乐或自己乐于从事任何事情的时间。事实上，闲暇时间是旅游者产生的另一个必备条件。

（一）人生时间的构成

通常，在现代社会里，人们的时间可以分为五个部分：（1）法定的就业工作时间，例如我国的每周 5 日、每日 8 小时工作制；（2）必须的附加工作时间，例如必要的加班加点、必需的第二职业工作时间；（3）用于满足生理需要的生活时间，例如吃饭、睡觉、家务等；（4）必需的社会活动时间，例如出席必要的社交活动、学校召开的家长会等；（5）闲暇时间，亦称为自由时间或可自由支配的时间。

（二）闲暇时间的分类

在以上的分类中，闲暇时间虽属于非工作时间，但并不等于非工作时间，它只是非工作时间中的一部分。闲暇时间在现代社会又可以进一步细分为 4 种。

1. 每日闲暇

是每日工作后的闲暇时间，这是在每一天之中发生的。这部分闲暇的时间很零散，虽可用于娱乐和休息却不能用于旅游。

2. 每周闲暇（周末工休时间）

当前世界上许多国家都实行 5 天工作制。我国 1997 年真正实行 5 天工作制

(此前几年实行过大小周末制),为国内短程旅游的发展提供了条件。

在有的国家中,例如美国和加拿大,有关法案还规定,每年有若干次为期3天的周末假日。这为人们利用周末外出旅游度假提供了更好时间条件。

3. 公共假日(假日闲暇)

各国公共假日与各国民族传统节日的时间分配有关。我国2000年开始实行全年10天的公共节假日制,2007年12月调整为11天并于2008年开始实施。具体为:(1) 国家法定节假日总天数增加1天,即由以前的10天增加到11天。(2)对国家法定节假日时间安排进行调整:元旦放假1天不变;春节放假3天不变,但放假起始时间由农历年正月初一调整为除夕;"五一"国际劳动节由3天调整为1天,减少2天;"十一"国庆节放假3天不变;清明、端午、中秋增设为国家法定节假日,各放假1天(农历节日如遇闰月,以第一个月为休假日)。(3)允许周末上移下错,与法定节假日形成连休。此次国家法定节假日制度调整方案的拟订体现了以下原则:一是法定休假日天数与经济社会发展阶段相适应;二是法定节假日安排有利于弘扬和传承民族传统文化;三是节假日制度安排尽量减少对经济社会运行影响和冲击;四是休假制度安排要体现社会公平,让全体公民共享经济社会发展的成果;五是法定节假日调整和带薪休假制度安排要充分考虑国民旅游需求。

西方国家中最典型的公共假日是圣诞节和复活节。节日期间多为全家团聚的日子,也是外出活动的好时机,所以形成了旅游度假的高峰期。一般而言,发达国家和地区的公共假日较多(表3-1)。

表3-1 部分国家和地区的公共假日

公共节假日(天)	国家或地区	公共节假日(天)	国家或地区
17	中国香港	11	美国、法国、中国内地
15	意大利	10	比利时
14	中国台湾、西班牙、日本	9	丹麦、澳大利亚
13	德国、英国、新加坡、希腊	8	加拿大
12	新西兰、葡萄牙	7	瑞士

4. 带薪假期

当前,大多数经济发达国家规定对就业员工实行带薪休假制度。法国是世界上第一个以立法的形式实行带薪休假制度的国家。带薪假期时间较长而且集中,加上有相应经济支持,因此是进行旅游的绝好时机(表3-2)。

表 3-2 部分国家的带薪假期

带薪假期	国家	带薪假期	国家
30 天左右	德国、丹麦、荷兰、澳大利亚、意大利、法国、西班牙	20 天	韩国
20—27 天	英国、美国	10—20 天	泰国
24 天	比利时		

我国于 2007 年 12 月 7 日经国务院第 198 次常务会议通过了《职工带薪年休假条例》,自 2008 年 1 月 1 日起施行。条例规定:机关、团体、企业、事业单位、民办非企业单位、有雇工的个体工商户等单位的职工连续工作 1 年以上的,享受带薪年休假(以下简称年休假)。单位应当保证职工享受年休假。职工在年休假期间享受与正常工作期间相同的工资收入。职工累计工作已满 1 年不满 10 年的,年休假 5 天;已满 10 年不满 20 年的,年休假 10 天;已满 20 年的,年休假 15 天。国家法定休假日、休息日不计入年休假的假期。

总之,旅游者的形成条件之一便是足够的闲暇时间,对于有工作的人员来说,需要有一定数量而且比较集中的闲暇时间才可能实现旅游,否则,外出旅游只能是奢谈。当然,并非所有的闲暇时间都可用于旅游,但闲暇时间乃是实现个人旅游需求不可缺少的重要条件。因此,闲暇时间越长,可能进行旅游的机会就越多。于是闲暇时间的产生和延长也就成为旅游业发展的必要条件。

综上所述,身体条件、收入和闲暇时间是产生旅游者的三个必要的客观条件。但是,影响旅游者产生的客观条件不是仅有此三个方面,其它还有很多方面的客观条件都影响旅游者产生。如家庭状况、旅游交通条件、旅游点的社会治安情况、政府对待旅游发展的态度等,都会影响到潜在旅游者向现实旅游者的转变。

第三节 旅游者产生的主观条件

当人们具备了旅游的经济条件和足够的闲暇时间之后,如果没有旅游的愿望,旅游行为也不能实现。不论是在发达国家和地区,还是在发展中国家和地区,也总会有一些人收入相当高却不曾或不愿外出旅游的人。因此,最终能否成为一个旅游者,还必须有旅游动机的这一主观原因。

一、旅游需要和旅游动机

通俗地讲,动机就是激励人们行动的主观因素。

旅游动机是推动人们旅游的内在原因和动力。推动和维持人们进行某种活动的内部原因或实质动力就是动机。

站在心理学角度分析，旅游行为的产生，其直接的心理上动因是人的动机，而隐藏在动机背后的原因是人的需要。需要产生动机，动机是需要的表现形式。

动机是由需要引起的，一个人的行为动机总是为满足自己的某种需要而产生。有什么样的需要，便会有什么样的动机表现出来。那么，旅游动机的产生是为了满足什么需要呢？这很难给出统一的答案，是因为人的需要是多种多样的。对人到底有多少种需要这一问题的认识，各国心理学家也不一致，但最有代表性且得到多数人公认的是美国人本主义心理学家亚伯拉罕·马斯洛(Abraham Maslow)在1943年出版的《调动人的积极性的理论》一书中提出的需要层次理论。马斯洛把人的需要由低到高划分为5个层次：生理需要、安全需要、社交需要、尊重需要和自我实现的需要(图3-1)。这五种需要由低级到高级依次排列，好似"金字塔"。

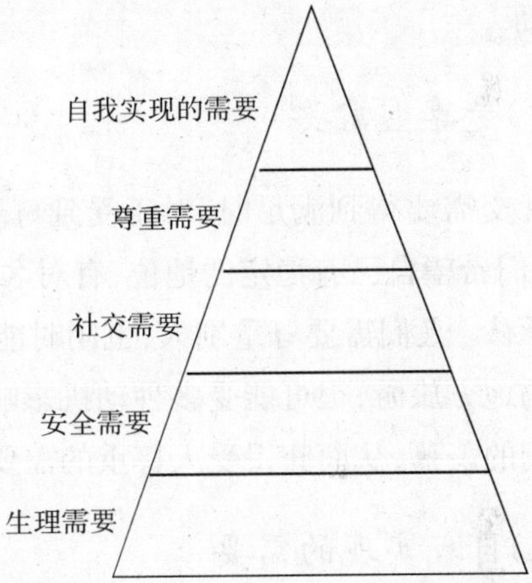

图3-1 马斯洛的需要层次理论示意图

(一)生理需要

生理需要是人的最基本需要，是人类生存所必需的，包括对食物、水、氧气、睡眠、住宅等需要。当一个人渴时，他便会产生生理上的想喝水的感觉，此种紧张感觉会驱使他去寻找饮用水水源。用这一观点我们完全可以解释人们为什么夏天要到海边、山里避暑，城里人渴望到乡村去旅游，许多工作节奏很快的人想远离原来的工作环境，这些很可能都是人体内部某种生理需要所表现出来的行为。

(二)安全需要

在人们的生理需要量得到满足后，紧接着就会产生安全需要，希望自身能够不受到伤害,生活能够有保障,处于一种安全的状况。人们对安全需要的满足在旅游活动开展的全过程中随处可见,人们选择乘坐安全的交通工具,需要在旅游中购买人身保险等。安全需要是旅游基本需要。

(三)社交需要

社交需要也称归属和爱的需要。它包括社会交往,希望得到从属于某个社会阶层或群体的承认,希望同伴之间或他人之间保持良好的友谊和融洽的关系,希望得到亲友或他人的关怀和爱等。而旅游本身就是一种广泛的积极健康的社交活动,旅游中出于满足社交需要的表现也不少,比如探亲访友、寻根拜祖等活动。

(四)受尊重需要

当社交需要得到满足时,对于受到尊重、个人声望、名誉和地位的需要便产生了。人们希望自己有稳定的地位,有对名和利的欲望,要求个人能力、成就得到社会的承认。人们需要尊重别人,也同时能够被别人和社会所尊重。有些人到高知名度的地方旅游,很可能受多种动机影响,但其中之一很可能是为了满足受到周围人们的羡慕,从而获得受人尊重的需要。

(五)自我实现的需要

它是指实现个人的理想、抱负,发挥个人的能力于极限的需要,是人所追求的最高目标,位于"金字塔"的顶端。

旅游活动是极富有象征性的,不少人参加旅游活动就是用体现自我价值来满足自我实现的愿望。人们参加旅游活动,并非都是由于自我实现的需要,但现代社会发展迅速、复杂多变,人们崇尚个性,以及对高质量生活的追求越来越多却是有目共睹的。

二、旅游动机的类型

旅游者的旅游动机是非常丰富和复杂的,不同的旅游者有不同的旅游动机,即使是同一旅游者在不同时期的旅游动机也不尽相同。结合实际情况,总结各国学者、专家的观点,把旅游动机大致分为以下几种类型。

(一)身体健康的动机

包括度假休息、参加体育活动、海滩消遣、娱乐活动,以及其他直接与保健有关的活动。另外,还包括遵医嘱或建议作异地疗法,洗温泉、矿泉,作医疗检查,以及类似的疗养活动。属于这方面的动机有一个共同点,即都是通过与身体有关的活动来消除紧张、恢复身心健康。长时期的工作压力、城市环境的喧嚣、快节奏生活的紧张、各种日常事务应付的繁琐等不仅会造成人们身体的疲劳,而且会造成人们精神上的压抑和心理上的紧张。这不仅有损人的身心健康,而且也不利于工作。因此,人们为了消除身体的疲劳、精神的疲惫和心理压力,产生了旅游动机,通过到异域的宽松环境中开展与身体锻炼和保健有关的活动来消除紧张、恢复身心健康。

(二)文化动机

旅游可以开阔人们的视野、增长知识、了解异国他乡的情况、满足人们求新求异的心理,包括了解异域的音乐、艺术、民俗、历史、教育、绘画及宗教等。出于这种动机而开展的旅游活动通常被称之为文化旅游。国外也有人把出于这种动机的外出旅游活动称之为"软探险"旅游。

(三)人际动机

是人们摆脱日常生活压力和家庭事务的繁琐,出于为了满足自己进行社会交往、与某些异域人群接触的需要而产生的一种旅游动机类型,包括希望深入他乡接触民众、探亲访友;结识新朋友、建立新友谊等。

(四)地位和声望动机

此类动机主要关心个人成就和个人发展的需要。属于这类动机的旅游包括会展、会议、考察、研究及求学等类型的旅游活动。旅游者通过旅游可实现自己想要被人承认、引人注意、受人赏识、获得好名声等愿望。

(五)经济动机

经济动机一方面是指以从事各种商业经济活动为主要目的的外出动机,随着全球经济交往日益加强,商务旅游者的数量也越来越多;另一方面,经济动机也是人们为了满足各种购物活动或低廉的旅游消费等需要的外出动机。

(六)探险动机

探险动机主要是指旅游者以探索自然奥秘、追求刺激、挑战自我、实现自我为目的的旅游动机,包括攀登雪山、穿越大沙漠、极地探险、野营、自驾长途旅游等各种旅游活动。

三、影响旅游动机的因素

旅游者的旅游动机是受到诸多方面的影响,主要有以下几个方面。

(一)文化素质

旅游者受教育程度的高低决定了其文化素质的高低, 不同文化素质的旅游者的旅游动机有很大差别。文化素质高的人,其求知欲强,富有挑战精神,对文化内涵深厚的博物馆、美术馆、歌剧院、古人类文化遗址等人文旅游资源为主题的旅游地兴趣较大,希望旅游活动的安排能变换环境,同时其旅游方式更多地表现为度假性质;文化程度低的人则喜欢盲目跟从,选择熟悉的景点或知名旅游目的地,而且以自然旅游资源为主。

(二)职业和收入水平

人们从事的职业不同,担任的社会角色不同,社会地位和环境不同,其旅游动机也不同。长期在农村劳作的农民向往到大城市旅游,现代化都市旅游成为他们的首选;生活在钢筋水泥丛林中的商务人员、公务员、科技工作者等则希望到风景优美、鸟语花香的山野农村去感受大自然恩赐的清新与古朴。而从事其他职业的人,由于职业的差异,旅游动机也各不相同。

同样,由于城乡差别、脑力劳动和体力劳动的差别、高科技行业和传统行业的差别,人们的收入水平差异很大。人们可自由支配收入的多少和一次旅游总费用的高低,直接影响旅游活动的范围和旅游动机的形成。例如,白领、金领等高收入者出游欲望和支付能力强,喜欢远程甚至出境、出国观光和度假,喜欢科技含量高的旅游项目。

(三)性　别

由于男性和女性在社会、家庭中所扮演的角色不同,又有不同的生理特点和生活情趣,即心理学中提出的作用冲突(公务和家庭冲突)和锻炼差别,因此,外出旅游动机存在较大的不同。一般地,男性外出旅游的欲望更强,并且更喜欢猎奇探险、户外体育活动等旅游项目;女性旅游更热衷于度假、购物和相关休闲活动。

(四)年　龄

青年人的好奇心和求知欲强,对旅游反应强烈;中年人的旅游动机更倾向于务实、求名或出自专业爱好和求舒适享受等专题旅游项目;老年人则喜欢怀古访友、健身疗养或体力消耗小的旅游项目。

除此之外,个体所从事的职业、旅游花费、闲暇时间、旅游业的发展程度、社会环境等外在条件,也会对旅游动机产生不同程度的影响。

当然,一个旅游者完成一次旅游活动的动机不是单一的,而是多方面动机综合作用的结果。其中一方面是主导动机,其他方面则是辅助动机;有些动机是显性的,有些动机是隐性的。

第四节　旅游者类型及需求特点

在旅游研究和实际工作中,经常需要根据研究和工作的目的,将旅游者按不同的标准划分为不同的类型,而且,不同类型的旅游者,其需求特点也各有差异。

一、旅游者类型划分

旅游者的类型划分常常与旅游活动的类型划分联系在一起的。有何种类型的旅游活动,就有何种类型的旅游者。因此,同旅游活动的划分一样,旅游者的类型划分也没有恒定的标准。常用的划分方法主要有以下几种。

(一)旅游目的

按照旅游目的,旅游者可以划分为消遣型旅游者、公务差旅型旅游者、家庭和个人事务型旅游者、特种旅游者等类型。

(二)地理范围

按照地理范围,旅游者可以划分为国内旅游者、国际旅游者、洲际旅游者、环球旅游者等类型。

(三)消费水平

按照消费水平,旅游者可以划分为经济型旅游者、标准型旅游者、豪华型旅游者等类型。

(四)组织形式

按照组织形式,旅游者可以划分为团体旅游者、散客旅游者、自助旅游者等类型。

(五)计价方式

按照计价方式,旅游者可以划分为全包旅游者、半包旅游者、非包价旅游者等类型。

显而易见,依照不同标准划分的旅游者类型,彼此之间互有交叉。在实际研究和工作过程中,有时需要采取两种或两种以上的标准同时对旅游者进行细分。值得一提的是,划分旅游者类型只是为一定研究目的服务的手段,并非单纯为了划分而划分,这种划分应该是出于实际需求。

二、不同类型旅游者的需求特点

不同类型的旅游者,各自的需求特点也是有明显差异。在对旅游者类型的不同划分中,按旅游目的划分是目前最具有代表性和典型意义的一种划分方法。下面以此为例来分析不同类型旅游者的需求特点。

(一)消遣型旅游者

此类型旅游者是以无任何负担、任务和压力的游乐为目的。具体包括度假旅游者、观光旅游者、文化旅游者等类型。其特点如下。

1. 所占比例最大

这一群体是旅游者队伍中一个最大的群体,不论是国内旅游还是国际旅游,不管是团体旅游还是散客旅游,消遣休闲型旅游者人数最多。如我国旅游部门接待的来华旅游者绝大多数是这一类型的旅游者。

2. 季节性强

在这类旅游者构成中,主要是在职人员、学生和退休人员。除退休人员以外,在职人员主要是利用带薪假期外出旅游，往往选择气候舒适的季节出游。学生主要利用寒暑假假期出外旅游。总之，选择带薪节假日和寒暑假进行外出旅游，表现出季节性较强的特点，有明显的规律性。

3. 高度自由选择性

这类旅游者对旅游地、出游方式、旅游时间、旅游交通工具及线路的选择表现出较强的自由灵活的特点。

4. 价格敏感

因为在这类旅游者构成中，多半是自费出游的，所以对各方面旅游产品的价格特别敏感。

（二）公务差旅型旅游者

公务差旅型旅游者是根据工作需要，以贸易合作、商务洽谈、出席有关会议、进行科学文化交流或举办展览会等为主要目的，在完成公务的前提下进行参观游览等活动的旅游者。主要有公务旅游、商务旅游和学术旅游等具体形式。从第二次世界大战后到现在，公务差旅型旅游者一直是一个重要的旅游客源市场。近些年来，伴随着我国商业、贸易、投资和会议等活动的不断增多，这些旅游者的数量也不断增长，已发展成为我国旅游市场的重要组成部分。

1. 出行次数频繁

特别是近些年我国的国际和国内商务活动发展较为活跃，导致商务旅游者在差旅型旅游中，出行次数最为频繁。

2. 受季节性影响较小

由于他们的出行是出于工作的需要，因而少受季节的影响，甚至没有季节性。

3. 选择的自由度小

他们对目的地的选择性较小或者根本没有选择余地。在外出动身时间方面也没有多少选择自由。在规定抵达时间限制较紧的情况下，他们甚至没有任意选择旅游方式的自由。

4. 消费水准较高

在对旅游服务的要求方面，他们较强调舒适和方便，因而消费较高。

5. 价格不敏感

一方面是因为他们的外出并非自费，另一方面则是由于他们没有选择或更改目的地的自由。

(三)家庭和个人事务型旅游者

这类旅游者的外出活动主要是以解决家庭及个人事务为主、消遣娱乐为辅。主要是出于探亲访友、疗养治病、购物和解决其他家庭个人事务而选择外出的,因而在需要方面既不同于前两类旅游者,但又兼有前两类旅游者的特点。

1. 出游的目的各不相同

探亲访友、寻根问祖、出席婚礼等,都是围绕家庭及个人的各项事务而选择外出。

2. 时间选择上不固定,地点选择上缺乏自由

出于解决不同事务的实际需要选择外出时间,有利用带薪假期出游的,有选择传统节假日出游的,有利用双休日出游的,还有不固定的需要请假出游的。地点的选择和公务差旅型旅游者接近,很少有选择旅游地的自由。

3. 出游的季节性较弱

因为有很多家庭及个人事务,如出席婚礼、参加开学典礼等日程限制较紧,所以总的来说,这类旅游者具有出行的季节性和公务差旅型接近的特点。

4. 价格十分敏感

主要还是因为费用主要来自自身的缘故。

总的来说,家庭及个人事务型旅游者因具体事务差异性很大,所以表现出的特点较为复杂。因此,对这类旅游者的情况,只能对具体情况进行具体的分析。

(四)特种旅游者

特种旅游者追求刺激、浪漫、挑战自我为目的的旅游活动。人们物质生活和精神生活的日益丰富,导致旅游活动更趋多样化。人们崇尚和追求新、奇、险,游客不再满足于对旅游客体的观光、游览,而是产生了强烈的主体参与的欲望。随着各种形式的特种旅游的产生,涌现出一批特种旅游者——探险旅游者、生态旅游者、农业旅游者、志愿旅游者、登山旅游者等。

1. 所占比重最小,人数最少

这是当今各国旅游者中人数最少的一个群体。由于特种旅游对身体、能力、经验、知识等都有较高的要求,故这一群体人数最少。

2. 旅游目的特殊而鲜明

他们选择的旅游环境包括自然环境和文化环境,具有浓郁的原始自然性,也就是要保持“原汁原味”。他们通常选择的目的地为边（边疆）、古（古老悠久文明）、荒（沙漠或人迹罕至之处）、奇（地形地貌奇特）、险（地势险峻）、少（少数民族）地区，个性化很强。

3. 对旅程要求较高

通常旅游距离较远。旅游者往往是在运动中感知和体验外部世界，通过冒险、感官刺激获得一种精神上的享受与满足，对旅程的安排和组织有较高的自主性、能动性和适应性。

4. 旅游的季节性强

由于是特种旅游，对旅游目的地的天气、地形等自然条件要求较高。如到南、北极探险，就要在当地的夏季进行；漂流就要在河流湍急的时节进行；滑雪就要在冬季。

5. 良好的素质

由于特种旅游是一种高层次、赋予文化内涵的旅游，故要求参加者具有一定的知识修养和良好素质。一是具有较强的环境保护意识和法规意识，要有可持续发展的观念，防止旅行中生态环境和旅游资源被破坏的行为和事件；二是有十分健壮的体魄和坚强的意志，经得起各种困难的磨练及险恶环境的考验。

复习思考题

1. 什么是旅游者？旅游者形成的客观条件有哪些？
2. 分析说明旅游者的收入情况对其旅游活动的影响。
3. 旅游者的旅游动机有哪些类型？影响旅游动机的因素是什么？
4. 旅游者的基本类型有哪些？比较不同类型旅游者的旅游活动特点。

主要参考文献

董玉明，王雷亭. 旅游学概论[M]. 上海：上海交通大学出版社，2005.
冯霞敏. 旅游学概论[M]. 北京：科学出版社，2007.
韩军，舒晶. 旅游学概论[M]. 北京：北京师范大学出版社，2006.
李天元. 旅游学概论[M]. 天津：南开大学出版社，2007.
马勇，周霄. 旅游学概论[M]. 北京：旅游教育出版社，2004.
苏勤. 旅游学概论[M]. 北京：高等教育出版社，2004.
袁俊. 旅游学概论[M]. 武汉：华中师大出版社，2006.
张东明，张建国.旅游学概论[M]. 郑州：郑州大学出版社，2006.

第四章 旅游资源

旅游资源(tourism resources)是构成旅游活动的三大要素之本。旅游者是旅游活动的主体,旅游资源是旅游活动的客体,旅游业是旅游活动的媒介。旅游资源是一个国家或地区发展旅游业的基础,其特色、丰度、组合特点、利用程度和开发条件,直接影响到该国或地区旅游总体发展水平。因此,研究旅游资源,加强对旅游资源的管理、开发和保护,才能实现旅游业的可持续发展。

第一节 旅游资源的概念和特点

人类对旅游资源的认识历史很久远,古代人们在各种实践活动中认识了主要以外观为主的物质型旅游资源。到了近现代,旅游活动逐渐大众化,旅游主体发生了明显的变化。除了观光游览外,休憩、康乐、健身、探险、求知、生态与环境保育等旅游活动渐次加入,旅游者选择的空间迅速扩大,使旅游资源几乎到了无所不包的地步。

一、旅游资源的概念

资源在自然界和社会中是客观存在的,旅游资源是资源的一种。

(一)旅游资源的定义

目前,国内外关于旅游资源的概念有很多不同的表述,尚无统一的定义。在旅游研究起步比较早的西方,学者通常使用"旅游吸引物"这个概念。我国学术界对旅游资源的认识既有共同性,也存在差异。

郭来喜在《人文地理学概论》中认为：凡能为人们提供旅游观赏、知识乐趣、度假疗养、娱乐休息、探险猎奇、考察研究以及人们之间友好往来和消磨闲暇时间的客体和劳务都可以称为旅游资源。

陈传康等在《旅游资源鉴赏与开发》中提出：旅游资源是在现实条件下，能够吸引人们产生旅游动机并进行旅游活动的各种因素的总和。

李天元在《旅游学》中指出：凡是能够造就对旅游者具有吸引力环境的自然事物、文化事物、社会事物或任何其他客观事物，都可构成旅游资源。

保继刚等在《旅游地理学》中表述为：旅游资源是指对旅游者具有吸引力的自然存在和历史文化遗产，以及直接用于旅游目的人工创造物。旅游资源可以是具有具体形态的物质实体，如风景、文物，也可以是不具有具体物质形态的因素。

马勇等在《旅游学概论》中提出：旅游资源是指在自然界或人类社会中凡能对旅游产生经济效益与社会效益的现象和事物。

王洪滨等在《旅游学概论》中提出：凡是能激发旅游者的旅游动机并使其产生旅游行为，能成为旅游业所利用并产生一定经济、社会及生态环境效益的自然和社会因素，都可称之为旅游资源。对旅游者具有吸引力的自然因素、社会因素或其他任何因素，都可构成旅游资源。

中华人民共和国国家质量监督检验检疫总局 2003 年发布的国家标准（GB/T18972—2003）《旅游资源分类、调查与评价》和国家标准（GB/T17775—2003）《旅游区（点）质量等级的划分与评定》，将旅游资源定义为：自然界和人类社会凡能对旅游者产生吸引力，可以为旅游业开发利用，并可产生经济效益、社会效益和环境效益的各种事物和因素。国家标准同时将“旅游资源单体”（object of tourism resources）定义为：可作为独立观赏或利用的旅游资源基本类型的单独个体，包括“独立型旅游资源单体”和由同一类型的独立单体结合在一起的“集合型旅游资源单体”。

（二）科学认识旅游资源的内涵

经过认真对比分析，可以发现，上述定义既存在对旅游资源核心功能的共识，也存在对旅游资源范畴划分的差异。共性主要体现在核心功能的认识，即旅游资源的吸引功能；差异表现在对旅游资源范畴划定方面。

旅游资源的最大特点就是能激发旅游者的旅游动机并实施旅游行为，这是作为旅游资源与其他资源相比最为突出的方面，也是区别其他类型客观实体或其他类型资源的重要标志，因此有人直接将"旅游吸引物"作为旅游资源的代名词。当然，我们在认识旅游资源的吸引功能时，也要注意到任何一项旅游资源的吸引功能是有定向性的，即旅游资源的吸引是针对某些客源市场，而不是对所有的旅游市场都有同样大的吸引力。因而旅游资源的界定只能是针对一定的旅游客源市场而言，在不同的历史时期，旅游资源的含义和吸引功能是有区别的。

旅游资源的吸引功能源于其本身所具有的特殊的美学价值，它能对旅游者——旅游主体有吸引力，从而成为旅游主体实践活动和认识活动的具体对象。旅游资源的吸引功能与以下三个方面密切相关：一是旅游资源本身所特有的，即旅游资源的内部因素，包括旅游资源的美感、丰度、组合状况、历史文化价值、科学考察价值、资源容量、环境质量等；二是旅游资源开发的外部因素，包括通达性、已开发程度、硬件配置水平、管理与服务水平等；三是旅游主体方面，主要是指旅游者的审美倾向、经济水平等内容。

在旅游资源范畴划定上，存在有"广义"与"狭义"差异。一种认为旅游资源具有三个基本条件：一是对旅游者具有吸引力；二是能被利用；三是旅游资源的开发能产生效益。即只有能被旅游业开发利用并能产生效益（包括经济效益、社会效益和环境效益）的资源才能称为旅游资源，或称为现实的旅游资源。这种观点从旅游产业的经济行为出发，强调旅游资源吸引功能产生的效益，可称为"狭义"的旅游资源。至于一般旅游设施和常见的旅游服务，旅游开发中的旅游环境和旅游条件，大多数不能成为旅游资源；目前限于条件暂时不能开发的，可以不认为是现实的旅游资源；至于未来的，甚至难以预料的吸引因素，一般不构成旅游资源。预计旅游资源开发后不能同时产生经济效益、社会效益和环境效益，达不到要求的任何事物和因素，目前都不能称为旅游资源。另外一种观点则认为，无论是否被旅游业开发利用，或开发利用的效益大小怎样，只要能对旅游者产生吸引力，能激发旅游者的旅游动机，促使旅游者开展旅游活动的"所有因素"都是旅游资源，其强调旅游资源对旅游者的吸引功能，由于这种观点认识的旅游资源范畴相当广泛，所以称之为"广义"的旅游资源。

旅游资源包括自然界和人类社会中的各种事物和因素，可以是物质形态的，也可以是精神形态的；有有形的，也有无形的。例如，湖光山色、园林建筑等是物质有形的，文学艺术、民俗风情等是无形的。旅游资源的范畴非常广泛，既包括自然生成的，也包括人类社会创造的，甚至有些从不是作为旅游资源产生而随时间变化演变成旅游资源的，如名人故居、革命胜地、卫星发射中心、众多影视拍摄基地等,都发展成为具有游览或娱乐功能的旅游资源。因此,旅游资源的范畴随着时间的推移和旅游需求的多样化而逐渐扩展。

综上所述,旅游资源的内涵随着人们认识和社会发展而不断丰富,为便于解决发展中的旅游学科面临的问题,如旅游资源调查、规划、开发等,现阶段需要界定具有一定技术性的旅游资源的定义。在本书中,认同国家2003年发布的国家标准(GB/T18972—2003)《旅游资源分类、调查与评价》中的旅游资源定义:自然界和人类社会凡能对旅游者产生吸引力,可以为旅游业开发利用,并可产生经济效益、社会效益、环境效益的各种事物和因素。

二、旅游资源的特点

旅游资源与其它类型资源相比,其特点十分明显。

(一)观赏性和体验性

旅游资源的吸引功能在于其具有特殊的观赏价值或审美价值。旅游者进行旅游的动机一般包括审美愉悦动机和情感体验动机两方面。这是旅游者产生旅游行为的内在动力。旅游资源的结构、形态、色彩、动态等给旅游者带来美的享受,其美学特征越突出明显,其观赏性就越强,声誉越高,对旅游者的吸引力越大。如黄山有“四绝”:奇松、怪石、云海和温泉;著名胜景有二湖、三瀑、二十四溪、七十二峰,享有“五岳归来不看山,黄山归来不看岳”的声誉。

体验性是旅游资源区别于其他资源的又一特性。通过体验,旅游者可以满足不同层次的心理需要,即在美感陶醉中获得精神愉悦,在广闻博见中得到充实自我的精神满足,在移情寄情中得以释放情感的欲望。比如民俗旅游资源中的民歌舞蹈、婚庆仪式、水上漂流、攀岩活动等,只有亲身体验才能真正实现旅游活动。

(二)地域性和时限性

地域性是指旅游资源在地理空间分布上具有的基本特征。各类旅游资源总是分布在一定的地理环境或一定的区域之中,由于不同地域具有不同的自然环境和历史文化背景,反映着所在地的地质、地貌、气候、水文、生物、土壤等自然要素及其相互作用的特征,以及所在地自然、人类社会、风土人情、经济活动作用的特点,形成旅游资源的地域性。地域性主要表现在旅游资源的地方和民族特色上,成为旅游者空间移动的外在动力。如我国园林有南方园林、北方园林和岭南园林,南方园林明媚秀丽、朴素淡雅;北方园林多富丽堂皇,具有皇家园林气派;岭南园林则具有明显的亚热带风光特色。旅游资源的地域分异,是受自然环境和人类活动的一般规律所决定的,表现在不同纬度和经度上旅游资源分布的地带性,以及可能在同一纬度上表现出的垂直地带性。

当然,旅游资源的吸引功能是有地域性的,这与旅游者的审美和情感体验的特定要求是相一致的。即旅游资源的吸引功能在一定程度上受旅游者主观影响。如生活在大山里的居民对山的认识,与长期生活在城市的居民对山的认识存在很大差异,大山对前者的吸引力就无法与后者相比。从这一角度出发,可以得出旅游资源的吸引功能具有地域性的结论。即某一类旅游资源只能吸引某些特定的市场,而不可能所有的旅游市场具有同样的吸引力。

时限性主要表现在三个方面:时间上的季节性、特定性和变异性。

旅游资源的季节性主要由其所处地理位置、地形地貌、日月运动等因素决定。季节性在自然旅游资源中表现得特别明显。气候的季节性转换对生物界的影响最大,所以生物景观的季节变化最为突出。旅游资源随季节变化而变化,这些变化使旅游资源增加了动态美,如春兰、夏荷、秋菊、冬梅四季不同。

特定性在人文旅游资源方面表现尤为突出。如一些国家和地区传统的节庆,欧美国家每年的狂欢节吸引大量的旅游者前往;2008 年在北京举行的奥运会迎来众多的海内外旅游者;每年八月十五左右出现的钱塘江大潮吸引成千上万的旅游者观潮。

变异性是指随着时间的推移,原先不是旅游资源的事物和因素,经过开发成为旅游资源,如名人故居、历史遗迹等,随着航天技术的发展,将来登月旅游就会实现。另一方面,以前是旅游资源,随着旅游者旅游需求的变化和旅游业的竞争,逐渐失去吸引力,如曾创造辉煌业绩的主题公园逐渐被旅游者冷落,而新的旅游资源不断诞生,如坐落在风景秀丽的太湖之滨,中央电视台为拍摄电视连续剧《三国演义》而兴建的大型影视文化景区——三国城。

(三)综合性和独特性

旅游资源的各个要素,处在特定的地理环境中,相互联系、相互制约,不断产生和发展。其综合性表现在品种的多样性、类型的复杂性和分布的广域性。风景名胜区常常是自然风光和人文景观融为一体,自然风光是由山、水、气候、土壤、动植物等自然因素综合在一起，人文景观则包括典故、传说、习俗、建筑、艺术、饮食等人文因素。很少存在与周围其他景观要素互不联系的单一旅游景观现象。

旅游资源之所以能成为旅游资源，是因为其本身具有审美上或体验上的独特性。旅游资源的价值在于满足旅游者的心理需要。由于旅游者生活在不同的地域和社会文化背景之中，因此其旅游需要自然受到文化因素的影响，从而影响旅游者对旅游资源的价值评判。旅游资源的独特性还表现在旅游资源在空间和时间上独到特有的特点，在空间上不可移动或复制，如我国的万里长城、被誉为“世界第八大奇迹”的秦始皇兵马俑、长江三峡、埃及的金字塔、意大利的古罗马斗兽场、美国的自由女神，都是如此。即使在现代经济和技术条件下，某些小型的景观可以进行仿制并迁移到别处，但由于脱离了特定的自然、历史和社会环境，不具有原来旅游资源本身所具有的特定审美价值或体验价值。

（四）永续性和可创性

旅游资源的永续性是指它具有无限重复使用的价值，即开发、利用的永续性，旅游业因此也被称为“出口风景”的行业。旅游资源在利用过程中，给旅游者带来心灵上情感体验或精神上的愉悦感受，本身不会被带走。尽管有部分旅游资源，如狩猎、采集、品尝风味等，被旅游者消耗掉，但可以通过自然繁殖、人工饲养等再生产来补充。所以，只要对旅游资源合理开发利用，保护得当，在理论上可以说，旅游资源具有开发利用的永续性。旅游资源的永续性，正是形成旅游业投资少、收效快、利用时间长等优点的基本原因。

但是，在旅游资源的开发利用中，要客观全面地看待其永续性。虽然旅游资源一般不存在耗竭问题，但存在利用不当导致旅游资源质量下降，甚至完全被破坏的恶果。更为严重的是，不论自然旅游资源、人文旅游资源还是社会旅游资源，一经破坏就万劫不复，即使人工复原，也不能回到从前。如此看来，在开发利用旅游资源的同时，应注意对旅游资源和旅游环境的保护。

旅游资源是通过开发、利用形成的，旅游资源也是可以创造的。如香港旅游业是在“购物天堂”、“美食之都”的形象基础上，注重社会旅游资源开发，建成了仿古建筑宋城、仿生建筑海洋公园等旅游资源。国内现在出现的名目众多的节庆，如时装节、戏剧节以及各种美食节等，都是借节名吸引旅游者，发展旅游业。国外也有很多创造旅游资源的例子。如法国是世界旅游大国，每年接待约7000

万名国外游客,但并没有满足于现状,开创了“绿色子午线”计划:沿着经过巴黎的约1千公里的子午线上337个大小城镇和一些乡村,从最北的敦刻尔克到最南端的普拉德莫洛,疏密有致地种上10000棵橡树、雪松、鹅枥树,让子午线成为一条“绿线”。而且还要在这条线上的城镇举办各种风味小吃以及文化、体育活动、飞机展览等各项特色活动,让绿色子午线成为世界性的大郊游,创造了一项新的世界旅游记录。

认识旅游资源的以上特点,对于发展旅游业,进行旅游规划与开发、旅游市场营销以及旅游资源的保护,都具有重要的现实意义。

第二节 旅游资源的分类

对旅游资源进行科学分类,是认识旅游资源、合理开发利用旅游资源的客观需要。旅游资源的分类是根据旅游资源本身存在的同质性和异质性,按照一定的目的需要和分类原则,将其进行合并归类的科学区分过程。

一、按旅游资源的基本属性分类

从旅游资源的基本属性出发,对旅游资源进行分类,是较为传统的旅游资源分类方法,也是目前应用最广泛的一种分类方法。

(一)“二分法”

学术界大多按旅游资源的成因或其属性分类,将旅游资源分为自然旅游资源和人文旅游资源两大类型。自然旅游资源是指自然界在其演变过程中形成的旅游资源,它本身就是自然地理环境的组成部分,具体是指地貌、水体、气候、动植物等自然地理要素所构成的、吸引人们前往进行旅游活动的天然景观,具有明显的天赋性质;人文旅游资源是指人类社会历史和文化的产物,其分布受到政治、经济、文化、意识形态和自然环境的影响,其内容广泛、类型多样,包括各种历史古迹、古今建筑、民族风俗等等,是人类活动的艺术结晶和文化成就。人文旅游资源的构成比较复杂,它包括有形的和无形的两种。在有形的人文旅游资源中,又可分为历史的人造资源和今人有意识的建造的当代人造旅游资源。也有的将其分为三类,除上述两大类型外,还有复合型旅游资源,其形式主要是以城市和乡村的综合景观面貌表现出来。

(二)"三分法"

魏向东按旅游资源的基本属性,将旅游资源分为自然旅游资源、人文旅游资源和社会旅游资源,即所谓的三分法(表4-1)。

表4-1 旅游资源的三分法

自然旅游资源	人文旅游资源	社会旅游资源
地质旅游资源	历史文化名城旅游资源	民俗风情旅游资源
地貌旅游资源	古迹旅游资源(含地面和地下的历史遗存、古迹等)	购物旅游资源
气象、气候旅游资源	宗教文化旅游资源(含各类宗教建筑、宗教园林、宗教艺术、宗教文化现象等)	城市景观旅游资源
水文旅游资源	交通旅游资源(含古代交通和现代交通旅游资源)	会议旅游资源
生物旅游资源	建筑与园林旅游资源(含古代与近现代建筑、园林及现代人造建筑)	商务旅游资源
太空旅游资源	文学艺术旅游资源	体育保健旅游资源
		娱乐旅游资源

在该分类系统中,自然旅游资源与人文旅游资源具有相对的稳固性和长期性,具有供人们反复使用的价值,是静态的。而社会旅游资源与人类社会生活息息相关,随着社会的发展而不断变化的,是动态的。

也有学者认为,自然旅游资源是可见可闻的客观实在,突出的是物质特性,特别强调人的感官感受;人文旅游资源则是以形写神,表现历史文化的内蕴和精神,突出的是一种历史特性,强调的是一种凝重的感性形象,是动态历史的静态沉淀;社会旅游资源则是以人为载体的一种社会现实,突出人的心理特征,注重现实中人的一种心理触动。

二、按中国国家旅游局提出的标准分类

2003年国家颁布了《旅游资源分类、调查与评价》国家标准(GB/T 18972-2003,2003),该标准由3个核心内容和3个规范性附录组成,分别是旅游资源分类、旅游资源调查、旅游资源评价和附录A(旅游资源基本类型释义)、附录B(旅游资源单体调查表格式)、附录C(调查区实际资料表格式)。该标准首先将旅游资源划分为自然旅游资源和人文旅游资源(表4-2),然后分为"主类"、"亚类"、"基本类型"3个层次,包括8个主类、31个亚类、155个基本类型。每个层次的旅游资源类型均有相应的代码(表4-3)。

表 4-2 《中国旅游资源普查规范》的旅游资源分类结构

层次	数量	自然资源类型	人文旅游资源类型
主类	8	地文景观 水域风光 生物景观 天象与气候景观	遗址遗迹 建筑与设施 旅游商品 人文活动
亚类	31		
基本类型	155	大部分按自然单元分类	大部分按人工建设单元分类,少部分按人类活动方式或活动结果分类

表 4-3 《中国旅游资源普查规范》的旅游资源分类

主类	亚类	基本类型
A 地文景观	AA 综合自然旅游地	AAA 山丘型旅游地 AAB 谷地型旅游地 AAC 沙砾石地型旅游地 AAD 滩地型旅游地 AAE 奇异自然现象 AAF 自然标志地 AAG 垂直自然地带
	AB 沉积与构造	ABA 断层景观 ABB 褶曲景观 ABC 节理景观 ABD 地层剖面 ABE 钙华与泉华 ABF 矿点矿脉与矿石积聚地 ABG 生物化石点
	AC 地质地貌过程形迹	ACA 凸峰 ACB 独峰 ACC 峰丛 ACD 石(土)林 ACE 奇特与象形山石 ACF 岩壁与岩缝 ACG 峡谷段落 ACH 沟壑地 ACI 丹霞 ACJ 雅丹 ACK 堆石洞 ACL 岩石洞与岩穴 ACM 沙丘地 ACN 岸滩
	AD 自然变动遗迹	ADA 重力堆积体 ADB 泥石流堆积 ADC 地震遗迹 ADD 陷落地 ADE 火山与熔岩 ADF 冰川堆积体 ADG 冰川侵蚀遗迹
	AE 岛礁	AEA 岛区 AEB 岩礁
B 水域风光	BA 河段	BAA 观光游憩河段 BAB 暗河河段 BAC 古河道段落
	BB 天然湖泊与池沼	BBA 观光游憩湖区 BBB 沼泽与湿地 BBC 潭池
	BC 瀑布	BCA 悬瀑 BCB 跌水
	BD 泉	BDA 冷泉 BDB 地热与温泉
	BE 河口与海面	BEA 观光游憩海域 BEB 涌潮现象 BEC 击浪现象
	BF 冰雪地	BFA 冰川观光地 BFB 长年积雪地
C 生物景观	CA 树木	CAA 林地 CAB 丛树 CAC 独树
	CB 草原与草地	CBA 草地 CBB 疏林草地
	CC 花卉地	CCA 草场花卉地 CCB 林间花卉地
	CD 野生动物栖息地	CDA 水生动物栖息地 CDB 陆地动物栖息地 CDC 鸟类栖息地 CDE 蝶类栖息地
D 天象与气候景观	DA 光现象	DAA 日月星辰观察地 DAB 光环现象观察地 DAC 海市蜃楼现象多发地
	DB 天气与气候现象	DBA 云雾多发区 DBB 避暑气候地 DBC 避寒气候地 DBD 极端与特殊气候显示地 DBE 物候景观

续 表

E 遗址遗迹	EA 史前人类活动场所	EAA 人类活动遗址 EAB 文化层 EAC 文物散落地 EAD 原始聚落
	EB 社会经济文化活动遗址遗迹	EBA 历史事件发生地 EBB 军事遗址与古战场 EBC 废弃寺庙 EBD 废弃生产地 EBE 交通遗迹 EBF 废城与聚落遗迹 EBG 长城遗迹 EBH 烽燧
F 建筑与设施	FA 综合人文旅游地	FAA 教学科研实验场所 FAB 康体游乐休闲度假地 FAC 宗教与祭祀活动场所 FAD 园林游憩区域 FAE 文化活动场所 FAF 建设工程与生产地 FAG 社会与商贸活动场所 FAH 动物与植物展示地 FAI 军事观光地 FAJ 边境口岸 FAK 景物观赏点
	FB 单体活动场馆	FBA 聚会接待厅堂（室）FBB 祭拜场馆 FBC 展示演示场馆 FBD 体育健身馆场 FBE 歌舞游乐场馆
	FC 景观建筑与附属型建筑	FCA 佛塔 FCB 塔形建筑物 FCC 楼阁 FCD 石窟 FCE 长城段落 FCF 城(堡) FCG 摩崖字画 FCH 碑碣(林) FCI 广场 FCJ 人工洞穴 FCK 建筑小品
	FD 居住地与社区	FDA 传统与乡土建筑 FDB 特色街巷 FDC 特色社区 FDD 名人故居与历史纪念建筑 FDE 书院 FDF 会馆 FDG 特色店铺 FDH 特色市场
	FE 归葬地	FEA 陵区陵园 FEB 墓(群) FEC 悬棺
	FF 交通建筑	FFA 桥 FFB 车站 FFC 港口渡口与码头 FFD 航空港 FFE 栈道
	FG 水工建筑	FGA 水库观光游憩区段 FGB 水井 FGC 运河与渠道段落 FGD 堤坝段落 FGE 灌区 FGF 提水设施
G 旅游商品	GA 地方旅游商品	GAA 菜品饮食 GAB 农林畜产品与制品 GAC 水产品与制品 GAD 中草药材及制品 GAE 传统手工产品与工艺品 GAF 日用工业品 GAG 其他物品
H 人文活动	HA 人事记录	HAA 人物 HAB 事件
	HB 艺术	HBA 文艺团体 HBB 文学艺术作品
	HC 民间习俗	HCA 地方风俗与民间礼仪 HCB 民间节庆 HCC 民间演艺 HCD 民间健身活动与赛事 HCE 宗教活动 HCF 庙会与民间集会 HCG 饮食习俗 HGH 特色服饰
	HD 现代节庆	HDA 旅游节 HDB 文化节 HDC 商贸农事节 HDD 体育节
		数量统计
8 主类	31 亚类	155 基本类型

[注] 如果发现本分类没有包括的基本类型时,使用者可自行增加。增加的基本类型可归入相应亚类,置于最后,最多可增加 2 个。编号方式为:增加第 1 个基本类型时,该亚类 2 位汉语拼音字母+Z、增加第 2 个基本类型时,该亚类 2 位汉语拼音字母+Y。

三、其他分类方法

(一)按旅游资源的主体功能

以观光游览为主的观赏型旅游资源,如黄山、桂林山水等;以娱乐设施为主体的康乐型旅游资源,如深圳锦绣中华、无锡唐城等;以科学考察为主要内容的科考型旅游资源,如湖北神龙架、广东鼎湖山等;体验型旅游资源,如长江漂流、滨海潜水等;以度假为主要内容的度假型旅游资源,如庐山、北戴河等;以购物为主要内容的购物型旅游资源,如香港、新加坡等。

(二)按旅游资源价值与管理级别分类

世界级旅游资源、国家级旅游资源、省级旅游资源和市(县)级旅游资源。

世界级旅游资源主要包括被联合国教科文组织批准列入《世界遗产目录》的名胜古迹、世界级地质公园和列入联合国"人与生物圈"计划的自然保护区等旅游资源。

在我国,国家级、省级和市(县)级旅游资源,分别由国务院、省级和市(县)级人民政府审定批准,具有较高的权威性。

国家级旅游资源具有极高的游览价值、历史人文价值和科学价值等,具有较强的吸引力,其客源市场定位于国际游客及国内游客,在国内外享有盛誉,主要包括由国务院审定公布的国家重点风景名胜区、国家历史文化名城、国家重点文物保护单位,还有国家地质公园、国家级水利风景区,以及由国家林业局批准建立的国家级自然保护区和国家级森林公园。

省级旅游资源的客源市场定位于省内外游客,在省内有较大影响力,主要包括为数众多的省级风景名胜区、省级历史文化名城(名镇)、省级文物保护单位、省级自然保护区、省级森林公园等。

市(县)级旅游资源的客源市场定位于邻近地区或本地游客,主要包括市(县)级风景名胜区、市(县)级文物保护单位及市(县)级自然保护区和森林公园等。

(三)按开发现状分类

现实旅游资源和潜在旅游资源。现实旅游资源是指已经被开发利用,已经配套了基础设施和服务设施,并产生了经济、社会和环境价值。潜在旅游资源是指有一定游览、观赏价值,但目前尚未开发的旅游资源。这类旅游资源可以是自然景观、历史遗存或者独特的吸引物。

(四)按利用性质分类

可再生旅游资源和不可再生旅游资源。可再生旅游资源主要以水域风光、生物景观、气象景观类为主,只要其存在的环境或条件没有遭到破坏,其旅游观光价值随季节变化或岁月变迁而反复得以体现。如黄果树瀑布、黄山云海等。不可再生旅游资源一经破坏就失去其美学价值,如一些地质地貌、遗址遗迹等,如失去的楼兰古城、阿富汗塔利班组织炸毁的文化遗产巴米杨佛像等。

(四)按资源地域分类

一是都市旅游型旅游资源,它是以都市文化、都市景观以及商业休憩设施为主的吸引物和场所,一般是经济发达并具有相当区域影响力的大城市,如上海;二是森林旅游型旅游资源,一般来说就是吸引人们进行观赏自然风光景色、开展娱乐活动、享用林木产品等旅游行为的场所,如森林公园;三是乡村旅游型旅游资源,指以各种类型的乡村为背景,以乡村文化、乡村生活和乡村风光为主的旅游吸引物,如安徽西递、宏村。

第三节 旅游资源的评价

旅游资源评价是在旅游资源调查的基础上,对旅游资源的特色、价值及其开发条件和潜力进行的科学分析、比较和评判。它为旅游资源的开发规划和管理提供科学依据。旅游资源的评价是旅游资源开发建设的基础和前提,是旅游地建设的核心内容之一。

一、旅游资源调查

旅游资源调查(investigation of tourism resources)是按照旅游资源分类标准,对旅游资源单体进行的研究和记录。开展旅游资源调查,是为了全面了解区域的旅游资源状况,掌握所在区域旅游资源的开发、利用和保护现状,科学认识旅游资源的价值,为旅游资源规划提供具体详实的资料,为合理开发和有效保护旅游资源提供基本的科学依据。

(一)旅游资源调查的方法

现有资料收集法是指收集现有资料,并进行分析、评价、整理,审核资料的权威性、准确性、可靠性,提取有用的材料进行进一步研究,初步掌握该地区旅游资源的概况。

野外实地调查法是旅游资源调查的最主要方法,它可以核实、补充现有资料，形成整体印象，发现真实信息，提供正确的决策依据。根据调查范围可以分为旅游点调查、旅游线调查和旅游区调查。

现代手段法是应用现代声像摄录设备，如摄象机、照相机等，真实地记载旅游地的原貌，不仅有静态的描述，还有声音、图象带来的动态景观。另外，还可以使用飞机和卫星，对旅游资源进行实地航空、航天遥感调查。对于地下文物的考古，可以使用物理勘测手段。同时，随着计算机多媒体技术的发展，可以将以上调查资料转化为数字、文字、图表、影像等信息，以便进行查询、分析、处理，进一步掌握旅游资源的特征，揭示其发展规律。

(二)旅游资源调查的类型

旅游资源调查的类型可分为旅游资源详查和旅游资源概查。

旅游资源详查是用于了解和掌握整个区域旅游资源全面情况的旅游资源调查。完成全部旅游资源调查程序，包括调查准备、实地调查。要求对全部旅游资源单体进行调查，提交全部"旅游资源单体调查表"。

1. 调查准备

首先要成立调查组。调查组成员应具备与该调查区旅游环境、旅游资源、旅游开发有关的专业知识，一般应吸收熟悉该调查区自然、人文的历史与现状，具备旅游、环境保护、地学、生物学、建筑园林、历史文化、宗教、民族、旅游管理等方面的专业人员参与。根据标准的要求，对调查成员进行技术培训。培训可以采取对标准集中宣贯的方式，也可以结合实际调查进行。由于旅游资源的变数较大，对条款的理解和各成员之间的交流是很有必要的。同时，准备实地调查所需的设备，如定位仪器、简易测量仪器、影像设备等；准备多份"旅游资源单体调查表"。

其次，明确资料收集范围。资料应包含与旅游资源单体及其赋存环境有关的各类文字描述资料，包括地方志书、乡土教材、旅游区与旅游点介绍、规划与专题报告等。还有与旅游资源调查区有关的各类图形资料，重点是反映旅游环境与旅游资源的专题地图、与旅游资源调查区和旅游资源单体有关的各种照片、影像资料。

2. 实地调查

首先确定调查区内的调查小区和调查线路。为便于运作和此后旅游资源评价、旅游资源统计、区域旅游资源开发的需要，将整个调查区分为"调查小区"。调查小区一般按行政区划分(如省级一级的调查区,可将地区一级的行政区划分为调查小区;地区一级的调查区,可将县级一级的行政区划分为调查小区;县级一级的调查区,可将乡镇一级的行政区划分为调查小区),也可按现有或规划中的旅游区域划分。调查线路按实际要求设置,一般要求贯穿调查区内所有调查小区和主要旅游资源单体所在的地点。

其次选定调查对象。选定下述单体进行重点调查:具有旅游开发前景,有明显经济、社会、文化价值的旅游资源单体;集合型旅游资源单体中具有代表性的部分;代表调查区形象的旅游资源单体。对下列旅游资源单体暂时不进行调查:明显品位较低,不具有开发利用价值的;与国家现行法律、法规相违背的;开发后有损于社会形象的或可能造成环境问题的;影响国计民生的;某些位于特定区域内的。

然后填写《旅游资源单体调查表》。对每一调查单体分别填写一份"旅游资源单体调查表"(表 4–4)。调查表各项内容填写应按要求进行。

表 4–4　旅游资源单体调查表(评价赋分标准)

基本类型:

代　号	;其他代号:①	;②
行政位置		
地理位置	东经　°　′　″,北纬　°　′　″	
性质与特征(单体性质、形态、结构、组成成分的外在表现和内在因素,以及单体生成过程、演化历史、人事影响等主要环境因素):		
旅游区域及进出条件(单体所在地区的具体部位、进出交通、与周边旅游集散地和主要旅游区[点]之间的关系):		
保护与开发现状(单体保存现状、保护措施、开发情况):		
共有因子评价问答(你认为本单体属于下列评价项目中的哪个档次,应该得到多少分数,在最后的一列内写上分数):		

评价项目	评价因子	评价依据	赋值	你认为应得的分数
资源要素价值(85分)	观赏游憩使用价值(30分)	全部或其中一项具有极高的观赏价值、游憩价值、使用价值	30—22	
		全部或其中一项具有很高的观赏价值、游憩价值、使用价值	21—13	
		全部或其中一项具有较高的观赏价值、游憩价值、使用价值	12—6	
		全部或其中一项具有一般观赏价值、游憩价值、使用价值	5—1	
	历史文化科学艺术价值(25分)	同时或其中一项具有世界意义的历史价值、文化价值、科学价值、艺术价值	25—20	
		同时或其中一项具有全国意义的历史价值、文化价值、科学价值、艺术价值	19—13	
		同时或其中一项具有省级意义的历史价值、文化价值、科学价值、艺术价值	12—6	
		历史价值、或文化价值、或科学价值,或艺术价值具有地区意义	5—1	

续 表

资源要素价值（85分）	珍稀奇特程度（15分）	有大量珍稀物种，或景观异常奇特，或此类现象在其他地区罕见	15—13
		有较多珍稀物种，或景观奇特，或此类现象在其他地区很少见	12—9
		有少量珍稀物种，或景观突出，或此类现象在其他地区少见	8—4
		有个别珍稀物种，或景观比较突出，或此类现象在其他地区较多见	3—1
	规模、丰度与几率（10分）	独立型旅游资源单体规模、体量巨大；集合型旅游资源单体结构完美、疏密度优良级；自然景象和人文活动周期性发生或频率极高	10—8
		独立型旅游资源单体规模、体量较大；集合型旅游资源单体结构很和谐、疏密度良好；自然景象和人文活动周期性发生或频率很高	7—5
		独立型旅游资源单体规模、体量中等；集合型旅游资源单体结构和谐、疏密度较好；自然景象和人文活动周期性发生或频率较高	4—3
		独立型旅游资源单体规模、体量较小；集合型旅游资源单体结构较和谐、疏密度一般；自然景象和人文活动周期性发生或频率较小	2—1
	完整性（5分）	形态与结构保持完整	5—4
		形态与结构有少量变化，但不明显	3
		形态与结构有明显变化	2
		形态与结构有重大变化	1
资源影响力（15分）	知名度和影响力（10分）	在世界范围内知名，或构成世界承认的名牌。	10—8
		在全国范围内知名，或构成全国性的名牌。	7—5
		在本省范围内知名，或构成省内的名牌。	4—3
		在本地区范围内知名，或构成本地区名牌。	2—1
	适游期或使用范围（5分）	适宜游览的日期每年超过300天，或适宜于所有游客使用和参与	5—4
		适宜游览的日期每年超过250天，或适宜于80%左右游客使用和参与	3
		适宜游览的日期超过150天，或适宜于60%左右游客使用和参与	2
		适宜游览的日期每年超过100天，或适宜于40%左右游客使用和参与	1
附加值	环境保护与环境安全	已受到严重污染，或存在严重安全隐患	–5
		已受到中度污染，或存在明显安全隐患	–4
		已受到轻度污染，或存在一定安全隐患	–3
		已有工程保护措施，环境安全得到保证	3
本单体得分		本单体可能的等级　　级　　填表人	调查日期

旅游资源概查适用于了解和掌握特定区域或专门类型的旅游资源调查。要求对涉及到的旅游资源单体进行调查。调查的技术要点与方法参照“旅游资源详查”中的各项技术要求。旅游资源概查与旅游资源详查有明显区别，可根据实际需要简化工作程序，如不需要成立调查组，调查人员由其参与的项目组织协调委派；资料收集限定于专门目的所需要的范围；可以不填写或择要填写“旅游资源单体调查表”等。

二、旅游资源的评价

旅游资源的评价是在旅游资源调查的基础上，对旅游资源的特色、价值及其开发条件和潜力进行的科学分析、比较和评判。为此，我们按照尹泽生、陈田《旅游资源调查需要注意的若个问题》内容，建立旅游资源评价体系（表 4–5）。它为旅游资源的开发、建设、规划和管理提供科学依据。其评价结果直接影响区域旅游资源开发利用的方向、规模和程度。因此，客观科学地进行旅游资源评价是旅游区综合开发的基础和前提，是开发不可缺少的重要环节。

表 4–5 旅游资源评价体系

体系	旅游资源评价		旅游资源开发评价
	旅游资源单体评价	旅游资源基本类型评价	旅游地开发评价
内容	对旅游资源单体和旅游资源基本类型性状，包括单体资源要素价值（观赏、游憩、使用、历史、文化、科学、艺术、珍稀、奇特、规模、丰度、完整性等）、资源影响力等的评价		对若干旅游资源单体和旅游资源基本类型所在的旅游地开发前景的评价，包括旅游资源系统、旅游设施、旅游服务旅游管理、市场效益等的评价

（一）旅游资源的评价内容

旅游资源的评价是一项复杂的工作，它涉及到自然、历史、地理、生态、经济、文学、艺术、技术等各方面的知识。在旅游资源评价体系中，评价内容主要包括三个方面：一是旅游资源的系列要素评价，二是旅游资源的开发条件评价，三是旅游资源开发的效益评价。

旅游资源的系列要素评价主要包括旅游资源的密度（旅游资源丰富度）、旅游资源的容量（旅游承载力或旅游饱和度）、旅游资源的性质与特质（特色）、旅游资源的价值与功能，以及旅游资源的地域组合特点等。旅游资源开发条件评价是对开发的可行性作出评价，对资源的市场影响力、适用期、使用范围作出评价。主要包括区位条件、环境因素（自然环境、社会环境、政治环境、投资环境等）、客源条件、地区经济发展水平、建设施工条件和旅游开发序位等方面内容。旅游资源的效益评价包括经济效益、社会效益和环境效益三方面，效益评价是决定旅游资源是否具有开发价值的决定因素。

（二）旅游资源的评价方法

国外旅游资源的评价工作始于 20 世纪 50 年代，评价的方法多种多样，有单要素技术评价，有多要素综合评价，有定量评价，也有定性评价。使用的方法具有三个显著特点：指标数量化、评价模型化和标准科学化。我国旅游资源评价工作始于20世纪70年代末，它是为适应旅游资源的开发利用而发展起来的。其发展过程经历由定性评价为主转向定量评价作为定性评价的辅助，现在则将两种方法有机结合使用，达到比较理想的评价结果。

1. 定性评价法

定性评价法又称经验法，一般是在旅游资源调查的基础上，评价者凭经验主观判定旅游资源的开发利用价值和潜力。定性评价可采用公众评议与专家评议两种形式。常见的定性评价方法有以下两种。

(1)"三三六"评价法。该方法由北京师范大学的卢云亭首创。"三三六"是指"三大价值"、"三大效益"和"六大条件"。三大价值包括旅游资源的历史文化价值、艺术观赏价值和科学考察价值。历史文化价值一般是指历史古迹的类型、年代、规模、保存状况及其在历史上的地位。艺术观赏价值主要是指客体景象的艺术特征、地位和意义。科学考察价值指景物的某种研究功能，在自然科学、社会科学和教学上各有何特点，能否作为科教工作者现场研究的场所。三大效益包括经济效益、社会效益和环境效益。经济效益主要指旅游资源利用后可能带来的经济收入。社会效益是指对人类智力开发、知识储备、思想教育等方面的功能。环境效益通常指旅游资源的开发是否带来环境和资源本身的破坏。六大条件指旅游资源分布区的地理位置和交通条件、景物或景类的地域组合条件、景区旅游的容量条件、旅游的客源市场条件、旅游开发投资条件和施工难易条件。

(2)资源及环境综合评价法。上海社会科学院的黄辉对旅游资源分别从两个方面来进行评价：一是从旅游资源本身来评价，另一方面从旅游资源所处的环境来进行评价。对旅游资源本身的评价有美、古、名、奇、特、用六个标准。"美"是指旅游资源是否给人以美感。美感是欣赏者对于美的认识以及由于美所引起的主观感情。在评价旅游资源时，要注意旅游资源给人的联想和旅游资源构成要素给人的综合美。"古"是指有悠久的历史，它指旅游资源反映了古代文化和古人类的生活，可以使人产生联想，增加新的感受，资源越古就越有历史和科学价值。在评价旅游资源时一般要与美结合观赏，以领略历史文物的艺术价值。"名"是指具有闻名的事物或与名人有关的事物。"特"是指当地特有的、别处没有的或极为少见的资源。"奇"是指给人新奇之感的旅游资源。"用"是指给人以使用价值的资源。对旅游资源所处的环境评价，使用七个指标：季节、污染、联系、可进入性、基础结构、社会环境经济、市场。

2. 定量评价法

定量评价是运用数理方法，通过建立分析模型，对旅游资源及其环境和开发利用条件进行的综合评价，评价的结果为数量指标。旅游资源定量评价的核心是确立评价指标体系。与定性评价相比，定量评价具有更为客观、准确和全面的优点。这里介绍层次分析法和《旅游资源分类、调查与评价》国家标准的旅游资源评价方法。

层次分析法(简称 AHP 法)，是美国匹兹堡大学运筹学家萨迪(T.L.Saaty)教授于 20 世纪 70 年代初期提出的一种多层次权重分析决策方法。它的优点是具有系统性、实用性、简洁性和适用性。

保继刚在我国首次将层次分析法运用于北京某个区域的旅游资源的评价。首先确定了资源价值、景点规模和旅游条件等评价指标的权重，然后对所研究问题的各种影响因素进行归类和层次划分，析解出属于不同层次和不同组织水平的各因素之间的相互关系，在总目标层之下划分出评价综合层、评价项目层以及评价因子层等，不同层次间的因素便构成多目标决策树(图 4-1)，然后对决策树中的总目标及子目标分别建立反映影响因素之间关系的判断矩阵。

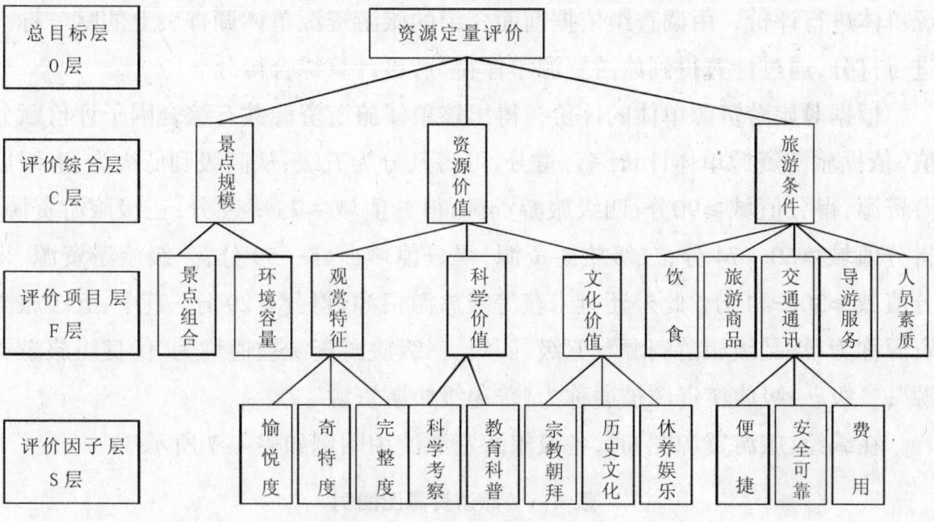

图 4-1 层次分析法示意图

对于一个总目标 μ，各影响因素 Pi (i=1，…n) 的重要性分别为权重 ωi ($\omega>0$, $\Sigma\omega i=1$)，则 $\mu=\Sigma\omega iPi$，P 为第 i 个评价因子的评分。运用该方法进行定量分析，首先确定各项因子的本底权重(表 4-6)，然后依据这一标准对旅游资源分项打分，得到综合评价结果。

表 4–6 评价因子权重表

评价综合层	权重	评价项目层	权重	评价因子层	权重
资源价值	0.72	观赏价值	0.44	愉悦度	0.20
				奇特度	0.12
				完整度	0.12
		科学价值	0.08	科学考察	0.03
				教育科普	0.05
		文化价值	0.20	历史文化	0.09
				宗教朝拜	0.04
				休养娱乐	0.07
景点规模	0.16	景点组合	0.09		
		环境容量	0.07		
旅游条件	0.12	交通通讯	0.06	便捷	0.03
				安全可靠	0.02
				费用	0.01
		饮食	0.03		
		旅游商品	0.01		
		导游服务	0.01		
		人员素质	0.01		
合计	1.00		1.00		

《旅游资源分类、调查与评价》国家标准的旅游资源评价方法。它是对旅游资源单体进行评价，由调查组依据前面介绍的旅游资源单体调查表上的赋分标准进行打分,通过计算得到旅游资源单体得分,再计算综合得分。

根据对旅游资源单体的评价，得出该单体旅游资源共有综合因子评价赋分值。依据旅游资源单体评价综合得分,可将其分为五级,从高级到低级为:五级旅游资源,得分值域≥90分;四级旅游资源,得分值域≥75—89 分;三级旅游资源,得分值域≥60—74 分;二级旅游资源,得分值域≥45—59 分;一级旅游资源,得分值域≥30—44 分。此外还有未获等级旅游资源,得分≤29 分。其中:五级旅游资源称为“特品级旅游资源”;五级、四级、三级旅游资源被通称为“优良级旅游资源”;二级、一级旅游资源被通称为“普通级旅游资源”。

在编绘《旅游资源图》时,各级旅游资源使用图例如表 4–7 所示。

表 4–7 旅游资源图图例

旅游资源等级	图 例	使用说明
五级	■	1、图例大小根据图面大小而定,形状不变。 2、自然旅游资源(旅游资源分类表中主类 A、B、C、D)使用蓝色图例;人文旅游资源(旅游资源分类表中主类 E、F、G、H)使用红色图例。
四级	●	
三级	◆	
二级	□	
一级	○	

第四节　旅游资源的开发和保护

旅游资源开发是在旅游资源调查评价的基础上，依据规划进行的一项目的性很强的技术经济活动。在旅游资源开发过程中要遵循一定的原则，使旅游资源得到保护，以得到永续利用，实现旅游资源价值。

一、旅游资源的开发

旅游资源开发是根据旅游资源的特性，运用资金和技术手段，使潜在的旅游资源能被利用，并产生经济、社会和环境效益，或使已被利用的资源拓展利用的广度和深度，提高综合利用价值从而进行开拓和建设活动的过程。它是一种综合性开发，除了资金和技术，还要充分发挥人的创造性，将存在的各种现实和潜在的资源先后有序、科学合理的组合利用和有效保护，最终达到永续性利用。

(一)旅游资源的开发意义

发挥旅游资源的综合效益。旅游资源的开发会带来经济效益、社会效益和环境效益。具体表现为两种形式，一是经过初始开发和建设，使潜在的旅游资源变成现实的旅游资源。旅游资源在开发前，可进入性差，旅游设施和旅游服务缺乏滞后，不能实现规模效益，因此，开发是使潜在旅游资源成为现实旅游资源的必经之路，初步实现旅游资源的综合效益。另一方面，现实的旅游资源必须经过再生性开发，挖掘旅游资源的价值潜力，保持长久的旅游吸引力，不断带来综合效益。

延长旅游地生命周期。通常，一个以旅游吸引物为核心的旅游点形成后，都要经过一个由从无到有、逐渐兴旺、再由盛到衰的最终冷落的演变过程，该发展过程称为该旅游地的生命周期。它可分为初创期、成长期、成熟期、衰退期几个阶段。在自然状态下，旅游资源受自然环境影响，可能发生侵蚀、风化、生物危害；在人文活动中，由于管理和服务不善，或者旅游者旅游，也可能对旅游资源造成破坏，使旅游资源的吸引力逐步降低。为延长旅游点的生命周期，必须对它不断进行开发与更新，才能保持长久的吸引力。比如，迪斯尼公园是“永远建不完的迪斯尼”，它一贯实行“三三制”，即充分利用现代化的电子设备，每年补充和更新 1/3 的新概念项目，淘汰 1/3 落后过时的硬件设备。

(二)旅游资源开发的原则

根据旅游资源开发的目的和要求,进行旅游资源开发应遵循市场导向、特色突出、效益均衡、综合协调的原则。

以市场为导向,是旅游资源开发的第一原则。所谓市场或消费者导向,是指市场的存在与否及其规模和结构特征,是决定旅游资源开发规模、指向和层次定位的基本依据。自20世纪90年代以后,我国旅游资源开发更加注重市场,基于以下三个原因:一是在大多情况下,旅游资源仅仅是构成开发的基础;二是即便是优质的旅游资源,可能因为进入性差(如存在空间障碍)而不具有开发价值;三是在没有旅游资源的地方,如果市场需求强劲,也可创造出旅游资源。这说明旅游资源在旅游业中不是唯一的决定性因素。所以,很多学者认为,在开发旅游资源时,市场是否存在是第一位因素。

旅游市场决定于许多因素,如旅游者的动机与需求,旅游资源的吸引力,旅游资源的种类、性质、数量、特异功能、地理位置、交通条件、经营水平、服务质量等。因此,旅游资源开发要进行市场调查和预测,准确掌握市场需求和竞争状况,结合资源状况,积极寻求与其相匹配的客源市场,确定目标市场,以市场需求变化为依据,最大限度地满足旅游者的需求。例如,当前旅游需求正在由大众型观光游览式向个性化、多样化、参与性强的方向发展,因此旅游资源的开发应增加活动项目品种,设计多样的、参与性强的旅游活动项目,以适应市场的变化趋势。

特色突出原则是旅游资源开发的中心原则。有特色,才有生命力和竞争力。猎奇、喜新是旅游者的共同心理特征,特色越突出,旅游资源的吸引力就越大。对于一个旅游点而言,具有鲜明的特色,是其生命线所在。旅游资源开发要尽最大可能突出旅游资源的特色,包括原有特色、民族特色、地方特色,努力反映挖掘当地文化内涵。"只有民族的旅游资源,才是世界的旅游吸引物"。开发不仅要使旅游资源原有的特色得以保持,还要使其原有特色更加鲜明,力求有所创新和发展,形成竞争优势。同时,旅游资源开发一定要避免旅游资源的原有特色遭到破坏。

效益均衡是指开发旅游资源要兼顾经济效益、社会效益和环境效益,力求三者共同发展提高。首先要关注的环境效益,通过旅游资源的开发,使旅游资源所在的环境中的山水更加优美、空气更加清新、水质更加清洁、植被得到保护,整个环境质量得到改善和提高。其次要注意社会效益，即对社会进步能产生积极影响。包括对人类的智力开发、知识普及、思想教育、社会风尚形成等有正面积极作用。反之，对社会进步产生负面消极作用的旅游资源就不能开发。最后，追求旅游资源开发获得的经济效益。作为一种产业，必然要讲究投入与产出的对比关系。这里既要注意投资者和经营者的经济效益（或微观经济效益），也要关注整个旅游产业和社会的经济效益（或宏观经济效益）。只有微观经济效益与宏观经济效益共同得到提高，旅游资源的经济效益才得以真正体现。

特别需要强调的是，旅游资源开发是在旅游资源得到保护的前提下进行。如果旅游资源遭到破坏或者旅游资源得到耗劫，旅游资源的开发就毫无意义，并最终失去其开发效益。

综合协调原则是指旅游资源开发要紧密结合开发地环境现状、经济水平、历史文化背景、技术条件等因素，进行客观综合的评估、研究和论证，按照主次分明、先后有序的指导思想组织实施。同时还要注意与环境相协调，既利于突出各旅游资源的特色，又构成集聚旅游资源的整体美，如建立保护区与视觉保护"通廊"。

（三）旅游资源的开发内容

旅游资源开发具有丰富的内容，不仅包括对单项旅游资源的开发，应更重视对多项相关资源的开发。在对旅游资源本身开发的基础上，更好地利用旅游资源对旅游设施进行建设，提高旅游点的建设和管理水平。

1. 树立旅游形象，开拓旅游市场，提高旅游地的可进入性

旅游形象是一个国家或地区、城市或旅游地给旅游者留下的总体印象和感受，也是旅游消费各要素服务特色的集中体现。加强宣传促销，在旅游者心目中树立旅游形象，对旅游者旅游行为的选择和决策具有重要作用。

旅游市场开发包括市场预测和市场定位，以及市场营销和形象宣传等内容。对于市场开拓，一方面景点建设及旅游活动的设置要紧密联系旅游需求趋向，即根据旅游者的消费行为特征进行旅游资源开发的具体工作；另一方面，要通过多种媒介加强宣传促销，将旅游产品介绍给旅游者，不断开拓市场，扩大客源，实现旅游资源开发的目的。

可进入性是指旅游目的地同外界的交通联系及旅游目的地内部交通运输的通畅和便利程度。首先必须解决旅游者到目的地的交通问题，在旅游者到达目的地后,还要保证旅游者"进得来、散得开、出得去",方便旅游者旅游和出入。解决和提高可进入性,不仅包括陆路、水路和空中通道的基础设施建设,还包括各种交通运输工具的运营安排。

2. 加强旅游点或风景区的规划,建设和完善旅游配套设施

旅游点是表征具有同一性质可供旅游的基层单位,是构成风景区的基本细胞。旅游点的大小与范围不一,也可以是若干个景点组成。旅游点或风景区的规划要坚持保护旅游资源原有特征,突出独特性,挖掘当地特有的旅游资源,创建"人无我有,人有我特",增强旅游资源的吸引力和竞争力。对于当地的人文旅游资源,注意保持原有的历史风貌和传统风格。

旅游配套设施包括旅游基础设施和旅游服务设施。旅游基础设施是主要为旅游地居民生产生活需要所提供使用的设施,如一般公用事业设施中的供水系统、供电系统、供气系统、道路系统等,以及与此相关的配套设施,如机场、车站、码头等,还有满足现代社会生活需要的基本设施或条件,如医院、银行、公园、治安管理机构等。以上服务设施是旅游服务部门和企业必不可少的设施。旅游服务设施也称上层设施,是指主要供外来旅游者使用的服务设施,如宾馆饭店、旅游问讯中心、某些娱乐与体育设施、旅游商店等服务设施,这些服务设施也可为本地居民提供服务。

3. 加强管理培训,完善旅游服务

旅游资源是客体,旅游者是主体,而旅游业是旅游资源与旅游者旅游活动的媒体,它是世界上最大的服务性产业,需要各类管理和服务人员。相应地,旅游资源开发也需要众多管理与服务人员,因此,加强相关人员的培训,提高管理水平和服务质量是旅游资源得以开发的重要支撑。旅游服务是满足旅游者旅游需要的各种综合服务,它由各种单项服务组合而成。提供服务的人员是来自旅游业各个部门的从业人员。随着社会生产力水平的不断提高,旅游者对旅游服务的需求品种更多、质量更高,所以,加强培训,也是完善服务的重要途径。

二、旅游资源的保护

旅游资源保护是指对具有旅游开发价值的景点、景物进行保护,使之不受破坏和污染,保持旅游资源的原有特色,主要包括文物古迹、碑刻等人文旅游资源的保护,以及山水、林木等自然旅游资源的保护,同时对已造成损坏的旅游资源进行治理,使其得以恢复和保护。

(一)旅游资源的破坏与衰退

造成旅游资源破坏与衰退的原因很多，从外作用力的来源可以分为自然因素和人为因素。

1. 自然因素

自然风化是指旅游资源在大气、水、风、太阳和生物的作用和影响下,所遭受到缓慢的物理风化和化学风化的破坏。这是最为常见的一种自然破坏因素,其中尤以文物古迹遭受的破坏最为严重。如埃及的狮身人面像,由于遭受含盐的水分侵蚀,石灰石不断剥落,使有4500多年历史的古迹逐渐发生颓败。

自然灾害是指由于地震、火山爆发、台风、海啸、洪涝灾害、地质灾害等造成的对旅游资源的破坏。自然灾害带来的破坏严重,往往是毁灭性的。如印度尼西亚的巴厘岛是世界著名的旅游胜地,具有典型的“3S”(Sun、Sea、Sand)特征,吸引着来自世界各地众多的旅游者。2004年发生的印度洋海啸,彻底摧毁了巴厘岛的旅游设施,严重破坏旅游资源,给当地的旅游业带来巨大损失。

生物危害是指生物原因造成的损害。生物活动如病虫害和细菌对动植物和某些文物古迹的破坏比较明显。如白蚁对古建筑的破坏。欧洲许多城市风景名胜区流行养鸽,给城市带来生机,营造了人与自然和谐相处的氛围。但是鸽子也给旅游资源带来破坏,特别是鸽粪污染了旅游资源和环境,对建筑物和雕塑的腐蚀严重,甚至超过工业废气带来的破坏。

2. 人为因素

游客对环境的污染和旅游资源的破坏。旅游者的地面践踏影响植物吸收水分和营养,容易造成旅游景区古树的生长不良。如故宫御花园的土地,因严重踩踏而板结,几棵古树已濒临死亡,颐和园蜿蜒700多米的彩饰长廊的路面砖,几年就要更换一次。在比较封闭的旅游环境中,旅游者呼出的二氧化碳和散出的体热对文物造成损害。如敦煌石窟随游客的增多,石窟内的雕塑和壁画失去了以往的光泽,红色和肉色逐渐变成黑色。在野生动物生活地区,由于游客的增多,破坏了野生动物的生活环境和生活规律,造成野生动物迁徙或数量减少。此外,游客的不文明行为直接造成旅游资源的破坏。如乱扔垃圾、随地吐痰、乱刻乱画、攀木折枝、在禁区吸烟等造成对旅游资源的破坏。

当地部门不合理的开发、建设和管理造成的破坏。在旅游资源开发中,规划不当会造成旅游资源特色及景观的破坏。如云南大理古城系国家首批公布的历史文化名城,在开发建设中,为行车方便,将原来石板地面换为柏油路面,破坏了古城特色。各种文物古迹是一项历史价值和科研价值很高的旅游资源,这是先人为后人留下的一份宝贵遗产。但今天因各种建设需要,拆毁文物古迹的现象比较普遍。如为城市建设拆毁古城墙在中国十分典型,除西安及少数地方比较完好外,其他各地的古城墙大多被拆毁。再如,苏州拙政园是著名的旅游景点,但周围建了6家工厂,烟囱、水塔和高楼等建筑挡住了旅游者视线,站在园内已见不到雄伟挺立的北寺塔,破坏了风景区的自然美。建筑物体量和布局,色彩和风格与旅游资源格调不协调,也影响景观视觉完整和美感。如在有些旅游区(点),存在随意摆放摊点,生活垃圾不能及时收集处理等乱建、乱堆、乱放的现象。

当地居民生产、生活造成环境污染和生态恶化。如山水甲天下的桂林漓江两岸,由于当地居民开山取石、挖河淘沙、乱砍滥伐,破坏了沿岸风景,造成的水土流失加剧了漓江航道变窄变浅,到了枯水季节,从桂林到阳朔的航线有一半不能通航。非洲的野生动物园由于当地出生人口的急剧增加而日渐缩小,造成野生动物的生存环境不断恶化,更有甚者,犀牛和大象等稀有动物因遭受偷猎而面临灭绝的危险。

此外,政策失误和战争对旅游资源的破坏也是毁灭性的。战争造成旅游资源破坏的典型事例就是圆明园的毁坏,造成中国珍贵的历史文物无法估量的损失,也是世界旅游资源的损失。当时为修建圆明园,清朝政府花了150余年,耗资天下财力,而毁坏却是几周时间。政策失误造成的损坏也是比比皆是,如泉城济南因长期开采地下水造成地下水位下降,结果是泉水断流,难以再现历史上泉城的景象。

(二)旅游资源保护的对策

旅游资源质量下降和破坏,有的通过自然调节和人类保护,可以在一定程度上得到恢复,但有的损失则无法弥补。因此,必须加强旅游资源的保护。旅游资源的保护要预防为主,治理为辅,防治结合。

1. 健全法规,科学规划

健全旅游资源开发管理保护的法律体系。在《中华人民共和国文物保护法》、《国家风景名胜区管理暂行条例》、《中华人民共和国自然保护区条例》等法律法规基础上,2007年国家旅游局研究制定了《旅游资源保护暂行办法》。根据实际情况,应尽快制定《循环经济促进法》,进一步完善相关的法律法规管理体系,及时修改完善地方的旅游法规。地方法规要突出地方特色及可操作性，同时并重维护法制的统一，并加大执法监察力度。

《中国21世纪初可持续发展行动纲要》规定，要按照“严格保护、统一管理、合理开发、永续利用”的原则，编制风景名胜区规划并严格实施。《可持续旅游发展宪章》及其附件《可持续旅游发展行动计划》指出，“可持续发展的实质，就是要求旅游与自然、文化和人类生存环境成为一个整体”，“必须考虑旅游对当地文化遗产、传统习惯和社会活动的影响，在制定旅游发展战略过程中，要充分认识当地传统习惯和社会活动，要注意维护地方特色、文化和旅游胜地，尤其在发展中国家更是如此”。所以，要制订一个科学合理、开发利用与保护建设并重的旅游发展规划，健全旅游管理体制，是旅游资源得以保护的前提。

2. 加强教育，完善管理

通过加强保护旅游资源的宣传教育，使广大民众增强旅游资源保护意识，掌握保护旅游资源的基本方法，提高旅游者和当地居民的素质，在社会形成开发保护旅游资源的共识，使旅游从业人员成为旅游资源开发和保护的先锋，使旅游者成为文明的资源保护者。大力培养熟悉旅游资源开发和保护的高素质旅游专门人才。完善旅游资源开发和管理，特别是风景名胜区保护系统，应严格按照有关条例管理，政府和相关部门进一步从政策、理论、技术、管理等方面对风景名胜区保护加以充实。

旅游资源开发保护和可持续旅游发展都是一个长期的复杂过程。旅游资源的开发和保护需要政策支持、引导和适度的管理力度，努力开发和推广绿色旅游产品。加大节能减排力度，重视环保，减少污染。如在瑞士，5300公里的铁路线全部采用电气化，城市大力发展有轨和无轨电车，近年来还开发了电瓶车等环保项目；宾馆饭店、办公楼直至私家住宅，没有特别许可不得安装空调，提倡自然通风或使用电风扇；游客上雪山或其他林区旅游，都得自带背包或手袋，将喝完的矿泉水瓶或野餐后的垃圾背下山投入垃圾箱里。

3. 积极保护，协调发展

首先要讲究保护的方法和方式。在一定意义上，旅游资源的保护是为了更好地利用，利用的过程中必须注意保护，才能实现旅游资源的可持续利用。针对破坏的不同程度，采取不同的手段，运用相应措施，如有将景区分为重点保护区、一般保护区和外围保护区。根据自然因素的变化可能带来的破坏，可以主动采取措施，减轻自然因素造成的破坏。对于人为因素的破坏，可以通过制订完善法律法规、加强宣传教育和管理等方面进行主动保护。对于已遭破坏的旅游资源,则根据破坏的实际情况,结合当地资金、技术等方面条件进行整修和重建。其次,创造保护的条件和环境。发展旅游是利用资源、赢得经济收入、支持对资源保护的最有效途径,也扩大了资源的社会效益,对国家、民族乃至整个人类都起到了积极作用。依靠科技进步,采取更有效的保护措施,寻求旅游资源保护和利用的两全之策。

当然,在保护旅游资源的同时,也要注意对旅游环境的保护。旅游环境保护是指对影响文物保护、游客旅游行为的周围环境进行保护,主要包括气候、地形、水体、林木以及社会文化环境等。旅游环境是社会、自然环境大系统的一个子系统,旅游资源开发和保护有必要与整个旅游大环境协调一致,以形成具有强大凝聚力的整体,使开发和保护得到协调发展。

复习思考题

1. 什么是旅游资源?

2. 如何认识旅游资源的特征?

3. 旅游资源有哪些类型?

4. 怎样进行旅游资源的评价?

5. 如何正确处理旅游资源开发与保护的关系?

6. 你作为旅游者能为旅游资源保护做些什么?

主要参考文献

邓清南. 旅游学概论[M]. 成都:四川大学出版社, 2007.

傅云新. 旅游学概论[M]. 广州:暨南大学出版社, 2004.

何丽芳, 旅游学概论[M]. 北京:北方交通大学出版社, 2006.

李丽等. 旅游学概论[M]. 广州:广东经济出版社, 2007.

李映辉. 旅游学概论[M]. 长沙:中南大学出版社, 2005.

李志仁. 旅游学概论[M]. 北京:中国物资出版社, 2007.

苏勤. 旅游学概论[M]. 北京:高等教育出版社, 2001.

尹泽生,陈田.旅游资源调查需要注意的若干个问题[J].旅游学刊, 2006,21(1).

第五章 旅游业

旅游业是国民经济的重要组成部分，与国民经济的其他产业联系密切，但同其它产业相比较既有自身的特点，又有自已的构成体系，因此成为一个相对独立的产业部门，其中的旅行社业、旅游交通客运业、旅游住宿业（旅游饭店业）是其中的三大支柱，各自在旅游业中发挥着重要的作用。本章主要介绍旅游业的概念、性质、特点，并对旅游业三大支柱进行概述，最后阐述旅游景区的基本内容。

第一节 旅游业的概述

近代旅游业产生之前，人类的旅行活动主要是一种自发的个体行为，是极少数人参加的、带有很强目的性的社会活动。产业革命的发展使人类社会经济活动发生了巨大的变化，近代旅游业应运而生。第二次世界大战以后，社会经济的迅速发展促进了旅游活动的普及和旅游规模的扩大，现代旅游业已逐渐成为国民经济的重要组成部分。

一、旅游业的概念

旅游业是一种跨越传统经济部门的活动，需要有经济、社会、文化、环境等各方面的投入，因此，旅游业常常被称为一个综合产业。

（一）旅游业的概念

在传统经济学中，“产业”是指“其主要业务或产品大体相同的企业类别的总称”。也就是说一个产业是由同类企业或生产相同类型的产品，作为一个具体的产业,其投入和产出应当是能准确地测算和确定的。

与传统产业的定义相比,旅游业包括食、住、行、游、娱、购等各个方面,涉及众多的行业和部门,而且产业界限非常模糊。从表面上看,它不是一个旅游要素生产产业,而是一个旅游要素配置产业,其范围包括各种各样的企业和组织,是一个具有极强依附性和关联性的泛产业。这些产业本质上是属于服务行业,它们之所以组合在一起形成一个广大而实在的产业,是因为它们有共同的服务对象——旅游者。

因此,旅游业就是规划发展和组织安排旅游活动,提供旅游者在整个旅游活动过程中所需要的直接产品和服务的一系列相关的行业。

(二)"旅游事业"与"旅游业"

"旅游事业"是一个需要与"旅游业"加以区分的概念,它是特指那些由政府机关、社会团体、教育部门等非营利性机构所从事的旅游行政工作与社会活动,如政策制定、行政管理、监督指导、学术研究、信息传递、宣传教育等,又称为旅游行政事业。

二、旅游业的性质

旅游业是一种包括食、住、行、游、购、娱等多种行业的综合性产业,它有着自身的性质,对旅游业性质的认识也存在分歧。

(一)旅游业的经济性

回顾我国旅游业发展的历史,从新中国成立以后到改革开放之前,旅游业基本上被认为是民间外交的事业接待性质,即从事以外交、政治接待为目的的事业,那个时代的旅游业被认为是"事业性质"。

随着经济体制和行政管理的变革,旅游业的性质也发生了很大的变化,最突出的就是旅游业成为一项经济产业,即旅游业已"从事业接待型向经济产业型转变",这是改革开放以来旅游业最重要的变化之一。旅游业通过旅游产品的生产与销售,为旅游者提供便利的服务来从中获取经济效益,并促进和带动与旅游有关的其他经济行业和发展,进而带动整个地区经济的发展。旅游业在我国国民经济中发挥着巨大的作用,成为我国非贸易外汇的重要来源,成为促进社会消费、拉动经济增长的重要因素,成为调整和优化产业结构、发展区域特色经济的重要取向,成为贫困地区脱贫致富的重要路径。

和其他经济产业一样,旅游业也存在投入营运和产出等经济过程,是以盈利为目的并进行独立核算的经济组织,追求的是利润最大化,其生产的商品亦具有价值和使用价值两重性,也存在市场竞争。因此,旅游业从根本上说是一项经济产业。

(二)旅游业的文化性

旅游活动也属于一种文化活动,因此,旅游业的性质也应该体现在其文化性上。文化是人类在社会发展过程中所创造的全部物质财富和精神财富的总和。旅游业赖以存在和发展的旅游资源,如自然景点、历史古迹、现代设施等都具有丰富的文化内涵。在旅游活动中,旅游者通过学习,对包含在一定历史条件下具有文化内涵的人文旅游景点和自然旅游景点的浏览,可以丰富文化知识、增长见识、陶冶情操。旅游消费是旅游者为满足自己经济、文化需要而进行的消费活动,本质上是一种文化消费。因此旅游业又可以看作是具有文化性质的服务行业。

总之,旅游业具有经济属性和文化属性,旅游业的性质应该是具有文化性质的经济产业。

三、旅游业的特点

旅游业是一个主要以生产旅游劳务的新兴的综合性产业,与其它产业相比,它有着自己本身的特点。

(一)旅游业的联动综合性

旅游业是特殊的产业,属于第三产业,但不仅仅局限于第三产业,而是一个横跨二、三产业的一个综合性产业。旅游业是以通过提供并满足旅游者的需要而获得盈利的,旅游的综合性根本是由旅游者需要的多样性决定的。旅游者外出有各种各样的需要,要有效满足和解决旅游者的食、住、行、游、购、娱等多样化的旅游需要单靠一个行业或部门是无法实现的,需要不同的部门、行业、机构为旅游者提供不同的产品和服务。所以旅游业需要连同国民经济中相关的物质生产资料部门和非物质资料生产部门一起来完成对旅游者需要的满足。

旅游业的发展必定会直接拉动为旅游者服务的交通运输业、餐饮住宿业、观赏娱乐业等行业的发展,也会间接带动为旅游者提供产品和服务的行业发展,如园林、外贸、邮电、食品等行业。据世界经济组织估算,旅游行业每增加一个直接从业人员,全社会就会增加3至5个就业机会;旅游行业每增加1元的直接参与收入,就能带动相关产业增加4.3元的收入。

(二)旅游业的涉外性

旅游服务从业务上划分，主要有三项：一是接待外国人来国内进行旅行活动;二是组织国内人员出国进行旅行浏览活动;三是组织国内人员进行旅行浏览活动。前两项业务活动,都是涉外性质的业务。我国的国际旅游,接待服务的对象是来自不同国家和地区的外国旅游者、华侨、华人和我国港澳台同胞。

发展国际旅游业除能赚取外汇外，还可以增进我国同世界人民的相互了解和友谊。旅游业素有“民间外交”的称号,是一种典型的外向型的经济产业。通过旅游活动可加强世界各国人民的了解,增进相互之间的友谊,有利于维护世界和平与稳定地发展。

(三)旅游业的敏感性

旅游业的综合性强、涉及面广,比其它经济部门更具有敏感性,也更容易受到来自外部和内部的多种因素的影响和制约。

从旅游业的内部看,由于旅游业是由许多部门构成的,在对旅游者提供服务的过程中,需要在时间上有精确的安排,在旅游活动内容上有周到细致的计划,需要食、住、行、游、购、娱的各个环节有机衔接,紧密配合,任何一个环节出现问题,耽误了旅游者的行期,就会引发一系列的连锁反应,造成整个旅游供给的失调,影响旅游业经济效益的实现。

从旅游业的外部看,各种涉及自然界、政治、经济、社会、文化、法律等方面,都会对旅游业产生明显的影响。如自然因素中的地震、灾害性天气、疾病以及经济因素中的世界性的经济危机;政治因素中的国际关系紧张、战争、恐怖活动事件等都会不同程度的导致旅游业的停滞甚至倒退。如:1997年的亚洲金融风波、伊拉克战争、欧洲的禽流感、西班牙马德里的爆炸案、2008年初的中国南方雪灾、肯尼亚内部动乱等事件都对全球或区域旅游业造成了很大的影响。

(四)旅游业的季节性

旅游资源是一个国家和地区发展旅游业的基础，旅游资源重要组成部分的自然旅游资源最易受到季节性自然条件的影响,如气候变化、天体运动、四季更迭,都会引起观赏价值的变化,增加或减少旅游吸引力,从而形成旅游资源使用价值的旺淡季差异。如在中国要进行滑雪旅游、看冰雕只能在冬季去北方；观钱塘江大潮，最大涌潮出现在农历8月16至18日几天，如错过这几天，游客就看不到钱塘秋潮胜景；许多瀑布在夏季雨后最为壮观。又如，庐山、承德等一些避暑胜地在夏季游人如织，而在冬季游客相对少许多。

此外，一个国家或地区的假日安排，也会影响到旅游业的淡旺季，形成旅游业的另一种"季节性"，如西方国家在圣诞节前后会出现一个旅游旺季；我国在黄金周也会出现旅游旺季。

(五)旅游业的密集性

旅游业提供的大部分产品成本是以服务形式表现出来的无形产品，因此以出售劳务为主的行业特征十分明显，组成旅游业的企业大多为劳动密集型企业。而判断一个行业或企业是否属于劳动密集型的标准是看其工资成本在全部营业成本中所占的比重的多少。在旅游业企业中，工资成本占所有营业成本的比重较高，因此习惯上称旅游业为劳动密集型产业。在旅游业中，旅行社、饭店业、旅游商品店等都是劳动力密集型的企业，这些企业都是以提供劳务为主的经营单位，在旅游业中扩大服务生产的规模和增加旅游收入主要是依靠投入更多的劳动力。因此，世界各国都把旅游业作为吸纳社会剩余劳动力的重要渠道。

四、旅游业的构成

旅游业的职能是为旅游者提供服务，满足旅游活动过程中的所有需求。由于旅游者需求的多样性和旅游的全方位性，旅游业的行业范围十分广泛，由此人们对旅游业的构成有着不同的认识。

传统的三大支柱观点。根据联合国《国际产业划分标准》在对开展旅游业务联系的具体部门加以分析的基础上，提出旅游业主要构成涉及三个部分，即旅行社、旅游交通运输部门和以旅游饭店为代表的旅游住宿接待部门。在我国人们习惯于将旅行社、旅游饭店业和旅游交通运输业称为旅游业的"三大支柱"。有学者针对三大支柱对旅游业整体经营所发挥的重要作用，把它们形象地比喻为拉动我国旅游业经济发展的"三驾马车"。近年来旅游景区在旅游业中的作用越来越引起旅游实业界和学术界的重视和关注，旅游景区也成为旅游业的重要支柱。

有些专家认为，旅游业是以旅游目的地（国家或地区）为单位来进行划分的。所以，从国家或地区的旅游发展角度来讲，旅游业通常应有五大部分构成，即除了上面提到的“三大支柱”部门，还应包括游览场所的经营部门和各级旅游管理组织。这种划分是因为站在旅游目的地的角度去认识，这五个部门之间有着共同的目标和紧密的联系，它们各自分工并联合起来共同促进旅游目的地的经济发展。虽然旅游目的地的各级旅游管理组织不是以盈利为目的的企业，但它们在促进其他部门的盈利方面却发挥着重要的支持作用。

第二节 旅行社

1854年英国人托马斯·库克在英国创建全球第一家旅行社——托马斯旅行社，成为世界旅行代理业务的开端，标志着近代旅游业的诞生，并成为旅游业的集中代表。

一、旅行社的含义

旅行社是为旅游者提供服务的机构，是旅游业的重要组成部分。在1996年10月我国国务院正式颁布的《旅行社管理条例》中规定：“旅行社是指经过旅游行政区域管理部门审批设立的、有营利目的的、从事旅游业务的企业。本条例所称的旅游业务，是指为旅游者代办出境、入境和签证手续，招徕、接待旅游者，为旅游者承办食宿等有偿服务的经营活动。”

二、旅行社的性质

从旅行社的定义可以看出，旅行社的性质表现为以下几个方面。

（一）行政审批

我国的相关法规明确规定，经营旅行社必须通过旅游行政管理部门审批同意；《旅行社管理条例》规定旅行社业为实行经营许可证制度的行业，就是经审批后获得“旅行社业务经营许可证”。

（二）营利性

旅行社是以盈利为目的的企业。旅行社首先是一种企业形态，营利性是其所有企业应具有的共同基本性质。作为独立的企业法人，应当自主经营、自负盈亏、自我约束和自我发展，独立承担民事责任，也独立承担盈利责任。

(三)服务性

作为旅游服务企业,旅行社的业务是为旅游提供各种服务。主要包括为旅游者代办出境、入境和身份证手续;招徕接待旅游者;向旅游者提供导游咨询等;为旅游者安排交通、浏览、住宿、饮食、购物、娱乐等活动。

三、旅行社的分类

由于世界各国的国情不同,旅行社的发展水平不同,使旅行社的经营规模、范围不一致以及经营方式方法各有特色,旅游社的分类也不尽相同。

(一)欧洲国家,一般旅行社分为旅游经营商和旅游代理商

1. 旅游经营商

旅游经营商也称旅游批发商,是指以组织和经营批发业务的旅行社或旅游公司。所谓批发业务,是指旅游批发商根据自己对市场需求的了解和预测,大批量地订购交通运输公司、饭店、目的地经营接待业务的产品和服务,然后将这些单项产品组合成不同的包价旅游线路产品或包价度假集合产品,最后通过自己的公司或者通过零售代理商用单一价格将包价产品向旅游消费者出售。这类旅行社一般不从事零售和实地接待业务,但为了企业发展,必须做大量促销工作,如广泛印发宣传旅游产品的宣传品,在各种传播媒体上做广告,参加旅游展览会和交易会等。旅游经营商的规模一般都比较大,经济实力较雄厚,与社会联系面较广,企业的数量相对较少。

2. 旅游代理商

旅游代理商又称旅游零售商,是指那些从旅游经营商处批发出旅游产品,然后再直接出售给旅游者的企业,它在旅游经营商和旅游者之间起着纽带作用。其基本职能是为公众提供旅行咨询和旅游接待服务,它们是产品供应商或"委托人"的代理者。委托人可能是旅游批发经营商招徕和组织旅游者。旅游代理商所提供的咨询和服务是不向顾客收费的,企业的利润全部取自销售佣金。旅游零售商一般规模小,但数量多。

(二)美国的旅行社主要包括旅游批发商、旅游经营商和旅游零售商

旅游经营商和旅游零售商与欧洲相同。旅游批发商专门进行旅游产品的设

计、组装；旅游经营商除了从事旅游产品的设计、组装外，还提供旅游接待服务。旅游批发商和旅游经营商一般不直接面向公众销售产品，主要是通过旅游零售商进行销售。旅游零售商则以旅游代理商为主体，专门从事旅游产品的代理销售。旅游批发商、旅游经营商和旅游零售商构成了美国旅行社的垂直分工体系。

（三）我国旅行社的分类

我国的旅行社按照经营和业务范围可以分为国际旅行社和国内旅行社。

1. 国际旅行社

即经营入境旅游业务、出境旅游业务和国内旅游业务的旅行社。其中出境旅游业务为特许经营业务。具体业务内容包括：(1)招徕外国旅游者来中国，华侨与香港、澳门、台湾同胞回内地旅游，为其安排交通、游览、住宿、饮食、购物、娱乐及提供导游等相关服务。(2)招徕我国旅游者在国内旅游，为其安排交通、游览、住宿、饮食、购物、娱乐及提供导游等相关服务。(3)经国家旅游局批准，招徕、组织中华人民共和国境内居民到外国和中国香港、澳门、台湾地区旅游，为其安排领队及委托接待服务。(4)经国家旅游局批准，招徕、组织中华人民共和国境内居民到规定的与我国接壤国家的边境地区旅游，为其安排领队及委托接待服务。(5)经批准，接受旅游者委托，为旅游者代办入境、出境及签证手续。(6)为旅游者代购、代订国内外交通客票和提供行李服务。(7)国家旅游局规定的其他旅游业务。

2. 国内旅行社

其经营范围仅限于国内旅游业务。具体内容包括：(1)招徕我国旅游者在国内旅游，为其安排交通、游览、住宿、饮食、购物、娱乐及提供导游等相关服务。(2)为我国旅游者代购、代订国内外交通客票和提供行李服务。(3)国家旅游局规定的与国内旅游有关的其他业务。

与国外旅行社相比，除了业务经营范围不同外，我国旅行社在业务职能上并无根本区别。与欧美国家相比，我国旅行社既经营批发业务，也经营零售业务。在批发业务方面，我国同欧美国家的旅行社并无大的不同；但在零售业务方面，特别是在代理预定方面，我国旅行社一般不是向被代理企业收取代理佣金，而是向顾客收取手续费。

四、旅行社的基本业务

在不同的国家和地区旅行社企业类型众多，旅行社的经营规模、经营方式和业务范围各有不同。但是,旅行社是从事旅游业务的企业,不同旅行社企业在业务内容上具有很多共性。旅行社的基本业务有以下几类。

(一)设计、组织和促销旅游产品

旅游产品是综合性的服务产品。旅游者完成一次旅游活动需要有食、住、行、游、购、娱等各项旅游服务,而各项旅游服务又是由相关旅游企业生产提供的。作为旅游中间商,旅行社把旅游者需要的多面服务集中起来,通过对旅游市场的分析和预测、设计、组合适销对路的旅游产品。经旅行社设计或组合的旅游产品在现实中多以旅游线路或旅游项目的形态出现。

(二)公关协调

旅行社是旅游活动组织者、安排者和联系者,在整个旅游活动中处于核心地位。要保证旅游活动的圆满成功,旅行社必须和饭店、交通运输部门、参观游览点、餐饮部门、娱乐部门、邮电通讯部门、旅游商店、保险公司等方面进行良好协作,组织各项旅游服务的供给,安排落实旅游者旅游活动所涉及的各项事宜。旅行社公关协调的好坏,直接影响到旅行社的生存和发展。

(三)接待服务

根据旅游者的组织形式不同,接待服务可以分为组织接待团体和接待安排散客旅游。在组织接待团体游客时,应参照国家的有关规定,制定接团服务标准化和接团程序化,对接团过程中的每一个环节和每一道程序都作出详细规定,并依此向旅游者提供服务。这样既保证了游客的合法权益,又保证了接待服务质量。相对团队而言,散客旅游在活动内容上选择性较大,游客活动比较自由,对旅行社的工作效率与服务质量要求较高。因此,在服务过程中要充分考虑到旅游者个性化需求的差异,如旅行社业务中的选择旅游和委托代办业务就是主要针对散客的需求开办的。同时,旅行社还要通过电子商务手段形成完备的咨询服务功能,按旅游者给定的初始条件如线路类型、饭店等级、交通条件、旅游景点、天数、预期花费等自动控制生成多种建议和解决方案,供旅游消费者选择。

旅行社具体业务:(1)代客订购车、船、飞机票。(2)代客预订旅馆。(3)推销旅游产品,组织旅行团。(4)接送旅客行李,办理包装、搬运手续。(5)指导或代办出入境、过境、居留和旅行的必需证件,如护照、签证,介绍医生、免疫注射和签发健康证明等。(6)代办旅客意外保险,行李保险等有关保险手续。(7)代办兑换外币,旅行支票。(8)制定旅游路线、旅游节目和旅游日程等。(9)编印旅游指南、旅游节目和旅游日程等。(10)拍摄旅游纪录片、录像片,制作旅游幻灯片等。(11)向旅游者提供导游和陪同人员。(12)根据旅游者的要求,联系有关部门,组织对口专业旅游,安排座谈会、学术报告、技术交流和文艺表演等。(13)发售旅行支票。(14)旅游业务咨询。

五、旅行社产品的类型

旅行社产品不同于一般的物质产品，它是一种以无形服务为主体内容的特殊产品。是包含了旅游住宿、旅游餐饮、旅游交通、旅游景点、旅游线路、旅游购物、旅游娱乐和旅游服务等诸多要素的“组合产品”。以上各种要素的有机结合,构成了旅行社产品的重要内容。旅行社产品是一个完整的、科学的组合产品。

旅行社产品的形态是多种多样的,主要包括单项服务、团体包价旅游、散客包价旅游、半包价旅游、小包价旅游、零包价旅游和组合旅游等多种类型。

(一)单项服务

单项服务又称零星代办业务或委托代办业务。它是旅行社根据旅游者的具体要求而提供的按单项计价的服务。其中常规性的旅游服务项目包括导游服务、代办签证、代订饭店客房、交通集散地接送服务、代客联系参观游览项目、代办交通票据和文娱票据、代办旅游保险等。单项服务的主要对象是零散客人。

(二)团体包价旅游

团体包价是指团体综合服务包价旅行。这一产品在第二次世界大战后逐渐形成,20世纪60年代后广泛流行。旅行社根据旅游市场供求关系,选定旅游路线,将线路中涉及的有关服务买下来,组成产品,以整体价格卖给旅游者,并组成旅行团。一般在10人以上配一名领队,并有导游陪同。综合服务采取全包形式,包括往返交通,旅行中住宿、饮食、旅游点游览及保险等。团体包价旅游对旅游者来说,一是省心,二是省钱。对旅行社而言,好处是客房、机票预定期长,操作管理方便,人均收入和创利比较高。缺点是旅游者不自由,个性化需求得不到满足。

(三)散客包价旅游

散客包价旅游属单个旅游,即旅游者不参加团体,而是一个人或几个人组成小组或举家外出旅游，旅游者采取一次性预付费的方式将各种有关旅游服务全部委托旅行社办理。散客包价旅游不能享受团体包价旅游的优惠,但其他内容与团体包价旅游相同。散客包价旅游的特点是自由灵活,缺点是散客旅游者拿不到较低的房价和机票折扣,单人车费高,导游不爱接。对旅行社讲,成本较高,麻烦较多,为一两个客人同样需要电话的联络和确认,各项手续办理和团体旅游几乎一样不能缺少。散客旅游的特点决定了散客旅游业务只有做到多品种、大批量才能取得经济效益。

（四）半包价旅游

半包价旅游是一种在全包价旅游基础上扣除中晚餐费用的一种包价形式。旅行社设计半包价旅游可以降低产品的直观价格,提高竞争力,还可以方便旅游者能够自由地选择品尝各地方风味。团体包价和散客包价都可以采用这种包价形式。

（五）小包价旅游

小包价旅游也叫可选择性旅游。由可选择和非选择部分构成。可选择部分包括导游、风味餐、节目欣赏和参观浏览等,旅游者可根据自己的实际需要进行自由选择费用支付,可以采取预付或是现付的形式。非选择部分一般包括接送、住房和早餐,旅游费用事先预付。

（六）零包价旅游

零包价旅游也被称为自由包价旅游,是一种独特的旅游包价形式,多见于旅游发达国家。要求旅游者必须随团前往和离开旅游地,但在旅游目的地的活动则是完全自由的,就象散客一样。游客可以获得团体机票价格的优惠,并且可以由旅行社统一代办旅游签证。

（七）组合旅游

这是一种介于团体旅游和散客旅游之间的一种产品。改变以前单一的集体行动方式,旅游者分别从不同的地方来到旅游地,然后由事先确定的旅行社组织旅游。或者是采取集体出发,就地分散;或者是就地集中,游后分散等多种形式。这种旅游的特点是组团时间短、无领队、选择性强,而且也有较多的自由时间。

第三节 饭店业

随着旅游经济的发展,饭店业已成为现代旅游经济中规模最大、范围最广的部门之一,它是为旅游者提供综合服务的重要场所,是一个国家或地区旅游业发展的标志,并为当地经济、政治、文化、体育等方面的发展带来影响。

一、饭店业的发展

旅游饭店业随着人们的旅行及旅游活动的发展而发展起来的。饭店业的发展过程大体上可分为五个阶段:古代客栈时期、大饭店时期、商业旅馆时期、现代新型饭店时期和饭店集团时期。

(一)古代客栈时期

古代客栈的产生是为了满足早期人类外出旅行活动的需要，人们习惯上把19世纪中叶以前这一漫长的发展时期称为客栈时期。古罗马时期,由于贸易、传教和朝圣等活动的发展,各交通要道都设置了驿站,为过往的商人和宗教信徒提供简单的食宿,满足人们外出生活的基本需要。12世纪以后,客栈开始真正发展起来。在15世纪中叶的英国,客栈经营规模有了较大的扩张,并配备了酒窖、食品室、厨房等餐饮设施,有些客栈已经具备了现代饭店的雏形。

(二)大饭店时期

大饭店时期是指从19世纪50年代到20世纪初这一历史时期。1760年,在英国首先发生了产业革命,并很快波及整个欧洲。产业革命的发生,摧毁了封建王朝,却丝毫没有影响上流社会那种高雅奢侈的生活方式,产业革命后,这种豪华的服务方式和内容便从宫廷转移到社会，大饭店正是在这种背景下应运而生的。它取代了宫殿,成为了新的富裕阶级的社交场合。

大饭店时期的代表人物是塞扎路·里兹(1850—1918),是他建立了大饭店建设和经营模式。这一时期的大饭店的经营是追求豪华,饭店的主要接待对象是享有特权的富裕阶级的上流人物。

里兹是瑞士人,自他以后瑞士人经营的饭店得到了高度评价,至今世界上许多高级饭店仍由瑞士人统治着。

(三)商业饭店时期

商业饭店时期大约从20世纪初到50年代。随着西方资本主义的发展,差旅型旅游者的人数不断增加，而交通工具的更新与发展为人们出行提供了更多的机会和可能,但却受到了住宿业的极大制约。一方面是设施豪华的大饭店,另一方面是设施简陋的客栈,二者都不太适合商务旅游市场,于是,介于二者之间的商业饭店应运而生。

美国人埃尔斯沃思·斯塔特勒是商业饭店的倡导者和开创者。20世纪初,他凭着多年来从业经验和对市场的了解,立志要建造一种“为一般公众既能负担得起又能享受到必要的舒适与方便、优质服务与清洁卫生”的新型商业饭店。1908年,他直接参与设计了布法罗斯塔特勒饭店,创立了一切为顾客着想,完全服务于顾客、方便经营、提高工作效率的设计思路。在服务设施与服务项目上奠定了现代商业饭店的基础,开创了大众化商业饭店的新篇章。斯塔特勒继承并发展了“顾客至上,服务第一”的思想,提出“饭店从根本来说,只销售一样东西,这就是服务”。

商业饭店服务项目上主要是商务旅行者。服务设施与服务项目讲究清洁、舒适、方便、安全,而不刻意追求奢侈;价格合理,物有所值;经营管理注重科学化、标准化,强调成本控制。商业饭店是饭店发展史上最为重要的阶段,奠定了现代饭店业的基础。

(四)现代新型饭店时期

二次世界大战后,出现了世界范围的经济发展和人口增长,而工业化的进一步发展增加了人民大众的可支配收入,汽车、飞机成为主要的旅游交通工具,这些都向饭店业的发展提出了新的要求。为了适应这种变化,新型饭店改变了过去以商业旅行者为主要服务对象的经营策略而转向大众旅游市场，开展多样化经营和综合性服务。如饭店除可以提供住宿和餐馆外,还可以提供商务、会议、度假、康乐等多种项目的综合服务。

(五)饭店管理集团时期

由于受经济全球化发展趋势的影响,20世纪50年代起,饭店业逐步从独立经营朝着连锁经营、特许经营及附属经营方向发展,形成国际集团化经营的趋势和潮流。随着饭店业竞争的不断加剧,以资产为纽带的集团化、以品牌经营为纽带的连锁化、以信息技术为联动的联合体化等横向联盟以及与旅行社、旅游经营商、航空公司等建立的纵向战略联盟已成为现代饭店的新阶段。

二、旅游饭店的地位和作用

旅游饭店是旅游者外出进行旅游活动的“生活基地”,常被称为旅游者的“家外之家”,旅游者的基本生活需要在这里得到满足。

(一)旅游饭店是发展旅游业的重要物质基础

旅游业的综合性特点,决定了一个旅游地(国家或地区)要想发展旅游业、进一步做大做强这个产业,就必须依赖于旅游业相关的诸多行业,尤其是旅游业的三大支柱。旅游饭店是旅游地旅游综合接待能力的重要构成要素,旅游饭店的规模大小、数量多少,直接反映了发展旅游业的物质基础条件,是衡量旅游地旅游接待能力的重要标志之一。具有特色和良好市场竞争力的知名饭店,不仅能吸引众多旅游者前来光顾,而且还可以被整合进入旅游产品,对旅游者的吸引力强度就更为突出。一般来说,凡是旅游业发达的国家,其饭店业也必将是较为发达的。

(二)旅游饭店体现旅游业服务质量

在构成旅游活动的食、住、行、游、购、娱中,至少有两项发生在饭店。从时间上,旅游者有近一半的时间是在饭店度过的。因此,旅游饭店服务质量的高低在很大程度上代表东道国旅游业服务质量的高低。

(三)旅游饭店是旅游业创收的重要部门

旅游饭店多功能多元化的发展方向和趋势决定了旅游饭店是增加旅游业收入的重要部门。旅游者在旅游饭店消费期间,不仅基本的饮食、住宿的旅游生活需要能得到很好满足,而且还能享受到文娱、购物、康体健身、订票等多种服务,提供的这些服务项目增加了旅游饭店的收入,提高了整体经济效益。更使得旅游饭店业的收入在整个旅游业收入中所占的比重越来越大,据有关统计资料显示,在世界旅游业收入中通常占一半左右。旅游饭店经营的涉外性明显,通过直接向海外旅游者提供高档次的产品和服务,成为赚取外汇的重要场所和手段。

(四)旅游饭店是创造社会就业的重要途径

旅游饭店是一个劳动密集型的服务性行业，可以比其他部门提供更多的直接就业机会。另外饭店还为向饭店提供物资的相关行业带来许多间接的就业机会。欧美地区旅游饭店的每间客房可为1.5人提供直接的就业岗位,并提供5个间接就业机会。

三、饭店的类型

随着世界旅游业的发展,饭店业也得到了迅速的发展。目前,针对不同客源市场的各种类型的宾馆、饭店层出不穷,世界各地的宾馆、饭店设施按不同的划分标准,种类也有所不同。按不同的划分标准有以下几种基本类型。

(一)汽车旅馆

随着交通业的发展,小汽车在一些发达的资本主义国家已非常普遍,如美国平均1~2人就拥有一辆汽车。这些人常常自己驾车外出旅游,他们对旅馆的要求不高,只需具备基本的食宿条件和停车场就行。这样,大量的汽车旅馆便应运而生。它们主要分布在公路沿线、汽车出租率较高的地方或交通中心,其设计多采用规范标准。它们除接待汽车游客以外,还接待大量的货运卡车司机和消费水平较低的普通旅游者。近些年来,中国随着家庭轿车的普及程度越来越高,未来的汽车旅馆业亦将越来越繁荣。

(二)度假饭店

根据世界旅游组织的定义，度假饭店是为旅游者较长时间的住留而设计的住宅群。它一般位于风景区或疗养度假胜地,交通十分方便。其设施类型包括住宿设施、餐饮设施、游憩设施等四类。其中广义上的游憩设施系统是度假地设施的主要活动空间,可以开展观光、娱乐、购物、康复、疗养和各种休闲娱乐项目。度假饭店的建筑设计风格各具特色，一般能反映当地的传统特色并能与周围的自然景观融为一体。

(三)青年旅馆

青年旅馆最早出现在1912年的德国,很快在欧洲普及并建立了协作网。青年旅馆由于收费低廉、设备简单、方便、自助服务，极受青年学生及“背包客”的欢迎，一般也位于交通方便的风景旅游城市，它对于发展、支持青年旅行和探险假日市场起到了非常重要的作用。

青年旅馆是当今世界上最大经济型住宿连锁组织，全球有60多个成员国，共有4000多家连锁店。我国首批青年旅游旅馆兴建于广东省的广州市、珠海市和肇庆市，并于1998年投入运营，很受旅游者的欢迎。

（四）小型旅馆或家庭旅馆

在旅游景区或人口集散中心都有一些规模较小的乡村旅馆或家庭旅馆。这些旅馆投资少、成本低，既可满足游客欣赏自然风景、观赏民俗风情、体验家庭温馨和满足实用节约的个性化需求，同时也解决了旅游旺季时的供需矛盾，丰富了旅游产业的内涵，扩大了旅游产业的关联。特别是随着乡村旅游活动的兴起，一些旧房改造成小型旅馆，保留了传统风貌，价廉物美，赢得大多数旅游者的青睐。

（五）会议旅馆

会议旅馆是以接待各种国际、国内会议为主的旅馆。设有会议厅、宴会大厅，备有同声翻译装置等会议所需的各种设备。近年来，这种形式发展很快有两方面的原因，一是随着各国社会经济的发展，各种会议层出不穷，因而对会议旅馆的需求不断增加。其次，从旅游供给一方讲，由于会议旅游消费水平高，停留时间长，而且常常带有家属，接待会议旅游者能够取得较多的收入，因此旅游经营者一般都很重视对这一市场的开发。

（六）合资饭店

合资饭店在我国指与外商合资建造或合作经营的旅游饭店，分为股权式合资饭店和契约式合作饭店两种。前者是指以合伙人提供的资金作为股份，按股份多少分享利润，分担风险；而后者则把两方提供的资金、物资和服务等当作股本投入，企事业赢利和亏损都按合同规定分配办理。此外，两者的组织形式和法律依据也有所不同。

（七）商务酒店

商务酒店是指那些为从事商业活动或公务活动的旅游人士提供所需设施服

务的饭店。多建于人口流动较大的大、中城市的中心地区。商务型饭店适应性强，在饭店业中所占的比例较大。商务型饭店的地理位置优越，交通便达、设施完备功能齐全、通讯手段先进，为满足商务客人求实效、讲效率和追求舒适的需求，通常饭店服务项目全面、服务质量较高。总的来讲，这种类型的饭店发展较快，需求一直经久不衰。

(八)旅游饭店

旅游饭店是以团队或散客旅游者为主要接待对象的普通饭店，与商务饭店相比，价格比较便宜。

四、旅游饭店的等级评定

饭店等级评定是世界上旅游发达国家通行的一项制度。改革开放前，我国旅游饭店业没有统一的行业管理标准，总体管理水平落后。改革开放后，我国旅游饭店在行业管理上推出星级评定制度。我国于1988年颁布了《中华人民共和国旅游涉外饭店星级规定和标准》。实行饭店星级评定制度，是我国饭店业与国际接轨的重要里程碑，它标志着我国饭店业已经走向全面成熟，跨入了国际现代化管理的新阶段。

(一)国外饭店等级评定的制度

在世界范围上，各国饭店等级评定的机构是不同的，有的是由饭店业协会主持的，如美国、澳大利亚、瑞士、奥地利等国家；有的是由国家旅游管理部门主持评定工作的，如西班牙、日本、韩国等国家；还有一些国家是两者的结合。

世界各国各地区饭店级别进行划分时，也采用不同的分级制度，而且表示级别的标志也有所不同。有的采用星级制；也有部分使用钻石级和皇冠级；有的使用字母级别制；有的采用数字级别制。

(二)我国饭店等级评定的制度

我国采用的饭店分级制度是欧美地区流行的“五星制”。即把旅游饭店划分为五个等级，由低到高依次为一星级、二星级、三星级、四星级、五星级。五个等级相应以不同数量的★符号表示。依据国家2003年新修改的星级评定规定和标准，其中五星级中还含有白金五星级表示最高档次。一般讲，五星饭店是超豪华级饭店,是最高级别的饭店;四星级饭店是豪华饭店;三星级饭店是中档饭店;二星级、一星级饭店属于低档次饭店或经济型饭店。

(三)我国旅游饭店星级评定的范围、组织及权限

我国接待海外旅游者以及国内客人的任何饭店、度假村都属于评定范围。凡属于准备开业或正式开业不满1年的饭店,给予预备星级,正式开业1年以上的正式评定星级。

我国国家旅游局设立旅游饭店星级评定机构,负责全国旅游饭店评定的领导工作,并具体负责全国五星级(含预备五星级)饭店的评定与复核工作。省、自治区、直辖市旅游局设饭店星级评定机构,具体负责本地区四星级(含预备四星级)以下饭店的评定与复核工作,并负责向国家旅游局推荐五星级(含预备五星级)饭店。计划单列市、副省级城市旅游局和地(市)级优秀旅游城市旅游局在各省、自治区旅游局指导下,具体负责本地区三星级(含预备三星级)以下饭店的评定与复核工作,并向所在省、自治区旅游局推荐四星级(含预备四星级)饭店。非优秀旅游城市的地(市)级旅游局和县级优秀旅游城市旅游局在上级旅游局指导下,具体负责本地区二星级(含预备二星级)以下饭店的评定与复核工作,并向上级旅游局推荐三星级(含预备三星级)饭店。

(四)我国旅游饭店星级评定的标准

依据星级饭店评定规定和标准,我国饭店星级评定标准围绕饭店设施设备、服务和管理水平三方面进行综合评价,主要涉及六个具体项目,即饭店建筑、设备、设施和服务项目的必备条件要符合分数标准;饭店设施、设备检查评分表;饭店维修保养状况检查评分表;饭店清洁卫生检查评分表;饭店服务质量检查评分表;饭店宾客意见检查评分表。

第四节 旅游交通

旅游交通指旅游者利用某种手段和途径,实现从一个地点到达另外一个地点的空间转移过程。它既是指旅游者"抵达目的地的手段,同时也是在目的地内活动往来的手段"。在这个意义上,旅游交通与旅游交通运输实为同义语。

"发展旅游,交通先行",旅游交通是旅游业的支柱之一,旅游交通的发达与

否直接影响到旅游业的发展。现代旅游活动的异地性使交通成为人们外出旅游的前提条件,它为旅游者顺利往返于出发地和旅游目的地之间活动,以及旅游景点之间的往返过程提供了条件和手段,因此,旅游与交通有着十分密切的联系。事实上可以说,旅游之所以能成为现代人的一种生活方式并在全球范围内广泛开展,是现代化交通运输发展的结果。

一、旅游交通的层次

旅游交通的任务就是要帮助旅游者解决旅游活动中的空间转移。从分析旅游者的一次完整的旅游活动过程不难发现,完整的旅游活动是分阶段进行的,那么,旅游活动的各阶段就构成了旅游交通的几个层次。

在旅游活动的各个阶段,通常旅游者所选择的交通方式是有所区别的。一般来说,旅游交通网络可以分为三个层次。第一层次是外部交通,是旅游者往返于出发地和旅游目的地的交通,属于中远距离的空间转移;第二层次是中间交通,是旅游者从中心城市到旅游目的地景区的交通,属于中短途距离的空间转移;第三层次是内部交通,基本上是旅游者在旅游目的地各景点之间的空间转移。应该说,旅游交通贯穿于旅游者旅游活动的全过程,对于旅游者每一阶段的活动顺利实现,旅游交通都发挥作用。

二、旅游交通的特点

由于旅游交通是社会公共交通运输体系的组成部分,所以旅游交通具有和一般公共交通运输相同的特性,但旅游活动的特殊性和旅游主客体的特殊性,又决定了旅游交通必须具备与旅游活动相适应的一些特点。因此,旅游交通的特点是既有其自身的特性又兼有一般交通的特征。

(一)游览性

游览性是旅游交通区别于普通交通运输的最明显的特征。旅游交通在线路设计、工具设施以及站点建设等方面都应考虑浏览观赏的需要。从旅游交通路线的设置来看,旅游交通尽量不走回头路,做到“旅短游长”、“旅速游慢”,使一次旅行能到达尽量多的旅游景点。在旅游交通设施方面,旅游交通工具一般都装饰豪华,车窗宽大而明亮,有的是豪华双层,方便旅游热线间的旅客;旅游交通工具富有特色,如代表高科技水准的磁悬浮列车、有传奇色彩的东方列车、有浓郁民族特色的羊皮筏、轿子、滑杆、马匹、骆驼等,这些独特旅游交通工具本身对旅游者就具有巨大的吸引力。

(二)舒适性和安全性

现代旅游是一种享受、娱乐活动。旅游的食、住、行、游、购、娱各个环节都应注意满足旅游者追求享受、舒适的要求。旅游交通和社会交通相比较,既要快速、安全、正点,更应注重舒适性。因而旅游交通工具更加注重了运输工具的豪华性,服务水平的全面优质性。旅游专列无论车厢设施、服务质量和项目、乘客定员、列车速度等各方面都优于一般旅客列车。旅游车船公司提供的交通工具,也是尽可能带空调、音响、电视的豪华型车船。航空交通工具也是既舒适又安全的大中型客机,最为豪华舒适的旅游交通当属巨型远洋游船,它们拥有星级客房、各式风味餐厅、购物中心和各种娱乐、健身设施,被游客称赞为"海上浮动的旅游胜地"。

(三)季节性

旅游活动的季节性决定了旅游交通带有明显的季节性特征。往往在旅游旺季或双休日的交通客运量要比平时常常会增加数倍。我国国内的旅游旺季主要集中在二个旅游"黄金周"、三个新增的"清明、端午、中秋"传统节假日和暑期,在平时,外出旅游的时间主要是在双休日里。旅游交通的季节性变化,导致旅游旺季和旅游高峰时间内旅游交通的运力紧张,旅游淡季和低谷时间则出现旅游交通运力浪费。在国际上,实行季节性差价是保持旅游交通客运量相对稳定的常用措施之一。旺季和高峰期间提高交通票价,限制客流量,淡季和低谷期间适当降低票价,刺激客流量的增加,从而保持旅游交通客流量在全年各季节和时间的相对均衡性。

(四)区域性

受旅游者的流向(流动方向)、流量(游客数量)、流时(旅行时间)和流程(旅游距离)等因素的影响,旅游交通线集中分布在旅游客源地与旅游目的地之间,以及旅游目的地内各旅游集散、居留、餐饮、游览、购物、娱乐等场所之间,具有明显的区域性。

(五)无形性

旅游者所购买的旅游交通商品,是旅游者从一地到另一地的空间位置移动。

旅游者所乘坐的各种交通工具不为旅游者所占有，旅游交通商品中是由有形的座位和无形的交通服务综合构成。而交通服务是无形的商品，旅游者在购买前看不见，摸不着，只能在购买后感受到商品的质量高低。旅游交通企业必须在长期经营过程中，借助良好的运输工具，提供优质服务，才能在市场上树立良好的企业形象和声誉，在竞争中处于主动地位。

（六）不可储存性

旅游交通商品与一般商品有很大的区别，一般市场商品今天卖不出去，还可储存起来今后再卖，而旅游交通商品却不能。今天的座位没能出租出去，今天所能创造的价值就不能实现。因此，旅游交通商品具有不可储存性。

（七）供给消费的同步性

旅游交通商品和其他旅游商品一样，具有供给消费的同步性特征。从旅游交通运输供给开始，旅游者的交通运输消费也随之开始，交通运输结束，消费也随之结束。

三、旅游交通的主要类型

根据交通工具、交通线路和地理环境的不同，旅游交通可以划分为航空、铁路、公路、水路等基本类型。在旅游业中，对旅游交通的基本要求是安全、快速、舒适、方便、经济。各种旅游交通类型由于运输方式都存在不同的弱点和局限性，它们的特点、地位和作用也各不相同。因此，各类旅游交通方式应充分发挥各自的优势，克服其自身的弱点，开展联合运输如空陆联运和水陆联运等，形成综合运输网和综合运输能力，以便更好地为旅游业服务。

（一）公路旅游交通

公路旅游交通是世界上最受人们欢迎的短途运输方式，其最大的优点是自由灵活、方便舒适，可以随时随地停留和任意选择旅游地点，实现旅游地“门到门”的运送。公路交通的主要运输工具是汽车，乘坐汽车旅游有很多优点：(1)对自然交通条件适应性强，一般道路都可以行驶，随时停留，可以任意选择旅游点和旅游活动的范围；(2)用途多，既可以代步，又可以捎带简易的行李和娱乐器具，解决旅游食宿；(3)旅游交通道路建设投资少、占地少、工期短、见效快。

同时汽车旅游交通也有一定的局限性，它运载量小、运费高、受气候变化影响大、安全系数低，适合于短途旅游。

汽车旅游是世界旅游交通发展的大趋势之一。目前在西方经济发达国家，高速公路密集成网，汽车普遍进入家庭，很多人喜欢驾车在国内旅游或到邻近国家旅游。随着我国高速公路网的修建，轿车越来越多地进入家庭，现在汽车旅游也表现出强劲的发展势头。在很多地区的旅行社已经开展了自驾游的旅游项目，一些拥有轿车的家庭也会采取驾车自助出游的方式。

（二）水路旅游交通

水路旅游交通主要包括远程定期班轮服务、海上短程渡轮服务、游船服务和内河客运服务。水路旅游交通具有运载力大、能耗小、成本低、舒适等优点。大型的渡轮一次可以运载数百甚至上千名旅客，远远超过了大型飞机的运载量。在各种旅游交通的价格中，乘坐轮船的价格是最为便宜的。现代水路旅游交通中，游轮是一种比较受欢迎的交通工具。旅游客轮之所以被人们誉为“流动的旅馆”，是因为其在水中行驶平稳，船上活动空间大，游客可以在游轮上进行食宿和娱乐，在巡游过程中人们可以在不同地点登岸游览观光，也可以在船上尽情地观赏湖光山水、两岸美景或海上日出。游船还配有各种大众娱乐设施，游客可以在船上享受悠闲舒适的旅游生活。水路旅游交通不利的方面是行驶速度慢，受季节、气候和水域情况的影响，准时性、连续性和灵活性相对较差，时间较长。

（三）铁路旅游交通

铁路交通是19世纪初发展起来的，它促进了旅游业的发展是现代空间位移的主要形式。铁路旅游交通在我国仍是长距离旅游交通的主要旅行方式。游客在乘坐铁路列车时，可以在车厢内饱览铁路沿线的自然风光，开阔视野。铁路旅游交通的优点是运量大、速度快、价格低、安全系数高、连续性强、安全正点、环境污染小，缺点是建设投资大、修筑周期长等。

（四）航空旅游交通

航空旅游交通分为定期航班服务和旅游包机服务。定期航班服务是民航公司在国内和国际航线上按照对外公布的航班时刻表飞行的民航服务；旅游包机服务是一种不定期的航空包乘服务业务，它可以按旅行社的要求定时间、定航线，很受旅游者的欢迎。航空交通是各种交通运输中历史最短、发展最快的方式。

航空旅游交通是各种类型旅游交通中速度最快的，它的交通线路短，可以跨越地面上的各种自然障碍航行于相距遥远的世界各地之间，使旅客乘坐时舒适、安全、省时。民用喷气式客机在20世纪五六十年代出现之后，发展非常迅速，到了20世纪70年代宽体客机又得以发展，使得飞机的载客量大为增加，条件也更为舒适。如豪华空中巨无霸——空客A380已在2007年10月28日正式启航，也是第一次商业化飞行。载客555人，三级布局，航程为15,000公里，国际航线多是由这类飞机承担。但是航空旅游交通也有不足之处：飞机的购置费用太高，能耗大，运量相对小，受气候条件影响大，只适合远距离、点对点之间的旅行，不适合做近距离的运输。因为这些弱点，航空旅游交通必须和其他交通工具相互配合、取长补短，共同完成旅游交通服务。

（五）特种旅游交通

特种旅游交通主要是指为满足旅游者某种特殊需求而产生的旅游交通方式。这种交通工具除了为旅游者提供空间位移服务之外，还可以满足游客的娱乐需求。特种旅游交通可分为以下几类：(1)用于景点和景区内的专门交通工具，如观光游览车、电瓶车等。(2)在景点和景区内的某些特殊地段，为了游客旅行安全或减少行走距离、节省体力而设置的交通工具，如缆车、索道、渡船等。(3)在特殊需要情况下使用的交通工具，有些是探险娱乐项目，比如帆船、飞翔伞、热气球等。(4)带有娱乐性质，辅助旅游者游览观赏的旅游交通工具，如骆驼、轿子、竹排、滑杆、三轮车等。

其优点是便于游客通过一些难行路段，可以辅助老弱病残的人完成旅游，有些还带有娱乐、观赏性质，可以提高旅游价值，能够招徕游客；不足之处是有些特种旅游交通，如索道、缆车等，有时会造成与风景名胜的不协调现象和对风景区的破坏现象。

第五节　旅游景区

旅游景区是旅游业的重要组成部分，是一个国家和地区旅游资源的精华所在。作为一种文化地域空间载体，其功能是向旅游者提供层次丰富、形式多样的游览和娱乐活动，以满足人们观光度假、康体娱乐、探险猎奇、科学研究、扩大交往等较多层次的精神需要。

在旅游业中,旅游景区或旅游景点是最重要的组成部分,是导致旅游者产生旅游动机并外出旅游的主要因素。没有旅游景区,旅游和旅游业是不能发展的。

一、旅游景区的概念

在介绍旅游景区的概念之前,要先介绍几个平时容易混淆的概念:旅游景点、旅游风景名胜区、旅游区。

旅游景点是一个独立的单位、一个专门的场所或者是有一个明确界限的、范围不太大的区域,交通相对便利,能够吸引大批游客至此浏览。

国务院《风景名胜区管理暂行条例》规定:凡是具有观赏、文化或科学价值,自然景观、人文景观比较集中,环境优美,具有一定规模和范围,可供人们浏览、休息或进行科学、文化活动的地区,为风景名胜区。

旅游区的含义较为广泛,是指一定地或范围内,旅游资源、旅游服务设施和机构、旅游交通设施等相互作用而形成的旅游地域系统。旅游区也被称为旅游地或旅游目的地,其地域范围比较大,所涵盖的类型也较为丰富,一般以多个景点组成一个地域上并不连成一片,但交通便利,旅游设施配套,旅游管理协调,旅游服务体系相对独立的地域。它可以是一座城市,也可以是一个或多个旅游景区。

旅游景区是以特定地域的旅游资源为基础,以开展旅游活动为主要功能,并能提供综合旅游设施和服务,实现旅游者各种旅游活动目的的地域系统单元。

二、旅游景区的类型

旅游景区的分类方法很多,而且不同的分类方法分出的类型也不相同。实际上,人们很难把一个旅游景区在以下几个方面截然分开,绝大多数具有多种特点、同时有多种名称,如黄山既是世界文化和自然遗产,也是著名的旅游度假区,还是世界地质公园、国家5A级风景名胜区、国家森林公园。这里我们只把几种常见的旅游景区类型作介绍。

(一)主题公园

主要以地域人文景观为背景,以现代娱乐休闲设施为基础,向游客提供一种主题鲜明、具有创意性的旅游体验,是一种大型的人造游览娱乐园区,具有明显的商业性。例如:香港的迪斯尼公园、北京的世界公园、深圳的锦绣中华及世界之窗等。

(二)旅游度假区

旅游度假区一般有优质的环境,优越的区位条件,是游客度假、观光、健身和进行商务、会议活动的场所。除了传统的城市、海滨、温泉、内陆湖泊和乡村田园度假旅游目的地外,还有各种各样为特定目的建造的度假野营地和度假村。

(三)森林公园

森林公园是指森林景观优美,自然景观和人文景物集中,具有一定规模,可供人们浏览、休息或进行科学、文化、教育活动的场所。一般地,森林公园分为三级:国家级、省级和市(县)级。

森林公园是以良好的生态环境为主体,充分利用森林生物的多样性、多功能,经科学保护和适度开发,使之成为人们实现回归自然、开展有益人体健康活动的场所,适宜为游人提供远足、宿营、打猎、划船等多项活动。

(四)国家级水利风景区

水利风景区是指以水域(水体)或水利工程为依托,具有一定规模和质量的风景资源与环境条件,可以开展观光、娱乐、休闲、度假或科学、文化、教育活动的区域。水利风景区在维护工程安全、涵养水源、保护生态、改善人居环境、拉动区域经济发展诸方面都有着极其重要的作用。

(五)风景名胜区

国务院《风景名胜区管理暂行条例》规定:凡是具有观赏、文化或科学价值,自然景观、人文景观比较集中,环境优美,具有一定规模和范围,可供人们浏览、休息或进行科学、文化活动的地区,为风景名胜区。风景名胜区分为国家重点、省级、市(县)级三级。

建设部主管全国风景名胜区工作,各地建设行政主管部门主管本地风景名胜区工作。风景名胜区是经政府审定命名、区域范围明确、级别分明的法定区域,其目的是保护生态、生物多样性与环境;通过合理开发,为旅游业所利用;开展科研和文化教育,促进社会进步。

(六)自然保护区

自然保护区是指有代表性的自然生态系统、珍稀濒危野生动植物的天然集中分布区、有特殊意义的自然遗迹等保护对象所在的陆地、陆体水域或海域,依法划出一定面积予以特殊保护和管理的区域。

自然保护区是保护自然环境和自然资源、拯救濒危的生物物种、进行科学研究的重要基地,对促进科学技术、生产建设、文化教育、卫生保健、旅游等事业的发展,具有重要意义。自然保护区分为国家级、省(自治区、直辖市)、市(自治州)级和县(自治县、旗、县级市)级四级,由同级人民政府批准设立。

(七)地质公园

地质公园是以地质遗迹为核心内容,具有旅游休闲功能的地质遗迹的保护区。地质遗迹是指在漫长的地球演化的地质时代里,由于地球内外力的地质作用形成、发展并遗留下来的不可再生的地质自然遗产。如安徽黄山、江西庐山等。

(八)世界遗产

联合国教科文组织于1972年11月16日通过了《保护世界文化和自然遗产公约》(简称《世界遗产公约》),它分为文化遗产、自然遗产、文化与自然双重遗产、文化景观、人类口述与非物质遗产。

世界遗产是国际公认的具有杰出和普遍价值的文化古迹和自然景观,是旅游业发展特别珍贵的资源,具有唯一性和不可替代性。我国目前列入联合国教科文组织《世界遗产名录》的自然与文化世界遗产地已经有31处,预计到本世纪中叶,我国的世界遗产地数量将突破100处。

三、旅游景区的质量等级

根据《旅游区(点)质量等级的划分与评定》(GB/T17775-2003)国家标准,旅游景区(点)质量等级划分为五级,从高到低依次为5A、4A、3A、2A、1A级旅游景区(点)。

旅游景区(点)质量等级的标志、标牌、证书由国家旅游行政主管部门统一规定并负责颁发。

3A级、2A级、1A级旅游景区由市旅游景区等级评定委员会负责评定。4A级旅游景区由市旅游景区质量等级评定委员会推荐，全国旅游景区质量等级评定委员会组织评定。5A级旅游景区从4A级旅游景区中产生，被公告为4A级旅游景区一年以上的方可申报5A级旅游景区。5A级旅游景区由市旅游景区质量等级评定委员会推荐，全国旅游景区质量等级评定委员会组织评定。国家旅游局启动5A级旅游景区试点，目的是为了推选出一批质量过硬，在国际上具有竞争力，真正成为标杆的旅游精品。到2006年，全国共有A级旅游景区2449个，其中4A级旅游景区754个。2006年开始，国家开始启动5A级旅游景区创建工作，并对66家5A级旅游景区创建试点单位进行公示。

5A旅游景区名单(66家)

北京:故宫博物院、天坛公园、颐和园、八达岭长城。

天津:天津古文化街旅游区(津门故里)、天津盘山风景名胜区。

河北:秦皇岛市山海关景区、保定市安新白洋淀景区、承德避暑山庄及周围寺庙景区。

山西:大同市云冈石窟、忻州市五台山风景名胜区。

辽宁:沈阳市植物园、大连老虎滩海洋公园.海洋极地馆。

吉林:长春市伪满皇宫博物院、长白山景区。

黑龙江:哈尔滨市太阳岛公园。

上海:上海东方明珠广播电视塔、上海野生动物园。

江苏:南京市钟山风景名胜区－中山陵园风景区、中央电视台无锡影视基地三国水浒景区、苏州市拙政园、苏州市周庄古镇景区。

浙江:杭州市西湖风景名胜区、温州市雁荡山风景名胜区、舟山市普陀山风景名胜区。

安徽:黄山市黄山风景区、池州市九华山风景区。

福建:厦门市鼓浪屿风景名胜区、南平市武夷山风景名胜区。

江西:九江市庐山风景旅游区、吉安市井冈山风景旅游区。

山东:烟台市蓬莱阁旅游区、济宁市曲阜明故城(三孔)旅游区、泰安市泰山景区。

河南:登封市嵩山少林景区、洛阳市龙门石窟景区、焦作市云台山风景名胜区。

湖南:衡阳市南岳衡山旅游区、张家界武陵源旅游区。

湖北:武汉市黄鹤楼公园、宜昌市三峡大坝旅游区。

广东:广州市长隆旅游度假区、深圳华侨城旅游度假区。

广西:桂林市漓江景区、桂林市乐满地度假世界。

海南:三亚市南山文化旅游区、三亚市南山大小洞天旅游区。

重庆:重庆大足石刻景区、重庆巫山小三峡——小小三峡。

四川:成都市青城山－－都江堰旅游景区、乐山市峨眉山景区、阿坝藏族羌族自治州九寨沟旅游景区。

贵州:安顺市黄果树大瀑布景区、安顺市龙宫景区。

云南:昆明市石林风景区、丽江市玉龙雪山景区。

陕西:西安市秦始皇兵马俑博物馆、西安市华清池景区、延安市黄帝陵景区。

甘肃:嘉峪关市嘉峪关文物景区、平凉市崆峒山风景名胜区。

宁夏:石嘴山市沙湖旅游景区、中卫市沙坡头旅游景区。

新疆:乌鲁木齐市天山天池风景名胜区、吐鲁番市葡萄沟风景区、阿勒泰地区喀纳斯景区。

第六节 旅游产品

旅游业生产的产品就是旅游产品,它是旅游业赖以生存和发展的基础,是满足旅游者特定旅游需求、获得旅游经历的基础,是旅游经济活动的主体、旅游业经营的核心。旅游产品的品种、数量和质量,关系到旅游业的兴衰和旅游经济的可持续发展。因而,旅游产品的开发和更新至关重要。

一、旅游产品的概念

旅游产品是旅游市场的核心,它是旅游资源、旅游设施和旅游服务项目的组合体。长期以来,我国旅游理论界对旅游产品的定义存在着很大的分歧,相继出现过旅游产品、旅游商品、旅游购物品、旅游品和旅游纪念品等名词。已有的旅游产品概念的研究,往往从不同的角度入手,得出的结论也就多种多样。有的是从旅游需求角度作出的总体旅游产品的概念; 有的是从旅游者角度作出的组合旅游产品的概念;有的是从旅游市场营销角度作出的整体旅游产品的概念。本章采用的是较为广泛使用的广义旅游产品和狭义旅游产品的概念。

狭义的旅游产品即旅游商品,是指旅游者在旅游过程中所购买的有形物品。包括旅游者在旅游期间购买的生活用品、纪念品等各种物质形态的商品。

广义的旅游产品是指通过交换能满足旅游者在旅游过程中所需要的有形产品和无形服务的总和。它以旅游线路为主体,与各部门、各行业相结合,从而满足旅游者伴随旅游活动所产生的食、住、行、游、购、娱六大要素的基本需求。

二、旅游产品的特性

旅游产品属于服务性产品,同工农业所生产的物质产品相比较,服务产品有许多自身的特点。正是由于这些特点的存在,决定了服务企业与物质产品生产企业在经营方法,特别是在市场营销做法上的不同。所以,了解和认识旅游产品的特点,对于旅游企业的成功经营是非常重要的。此外,作为一种特殊的服务产品，旅游产品也有其不同于一般或者其他服务产品之处，旅游产品具有如下特点。

(一)综合性

旅游产品的综合性，首先表现在它是由多种多样的旅游资源、旅游设施和旅游服务构成的，其中不仅包含了劳动产品，而且包含了非劳动的自然创造特性，既有物质成分，又有社会精神成分，是一种组合型产品，能够同时满足旅游者在吃、住、行、游、购、娱等方面的综合性需求。其次表现在旅游产品的生产涉及众多行业和部门，其中有直接向旅游者提供产品和服务的饭店业、餐饮业、娱乐业、交通业、浏览点、娱乐场地以及旅行社等旅游企业和部门，也有间接向旅游者提供产品和服务的部门和行业，如工业、农业、商业、邮电、文化、教育、卫生、公安等等。如此表明，旅游产品作为一种综合性产品，其开发所涉及的因素较复杂，制约条件也较多。

(二)无形性

虽然旅游产品构成中确有一部分物质产品供应，如航班的机位、住宿的客房、餐饮、景点设施等，但服务性的产品供应如导游、接待服务等却占有很大比重，旅游线路、日程、节目的设计编排，更属于构成旅游产品的不可缺少的软件部分。因而，旅游产品的无形性首先表现在旅游产品的主体内容是旅游服务。

服务既是一种活动，也是一种行为。它无法被人们触摸，许多服务产品在旅游者心目中只是一种感受。而旅游产品主要表现为服务，只有当旅游者到达旅游目的地时，在心目中只有从媒体宣传里得到的一种印象，这是旅游产品无形的反映。这一点要求在旅游业经营过程中，经营者要注重服务过程的各个环节和细节，树立良好的口碑，同时对有形的部分要有最佳的正面展示。

(三)生产和消费的同步性

旅游产品生产表现为旅游服务的提供，没有旅游者的需要就没有旅游服务对象。只有当旅游者来到旅游目的地，旅游服务的提供才会发生；也只有旅游者接受旅游服务时，其旅游消费才开始。一般的物质产品生产与消费往往是两个先后发生的过程，即先有产品的生产，再进入市场被消费者购买，生产与消费之间往往都有一个时间差，消费者和消费行为均产生于生产过程之后。而服务产品则与之不同,服务产品的生产过程与消费过程是同时进行的,也就是说服务人员提供服务时,也正是消费者消费服务的时刻,二者在时间上不可分离。旅游产品包括有形的物质产品和无形的服务产品,其消费过程总是同时发生的,这就要求旅游者具有空间上的位移,而旅游者一旦踏上旅途就开始了对旅游产品的消费,这就说明旅游产品的生产和消费过程是同步进行的。

(四)不可储存性

由于旅游产品具有生产和消费的同步性,决定了旅游产品具有不可储存性。一间客房一日无人租用,这一天应分摊的价值就得不到实现和补偿,虽然这间客房可能在第二天被租用,但该客房所实现的价值只是第二天应分摊的部分,而未被租用的那一天的客房价值则无法得到补偿。根据旅游产品的这一特点,旅游企业应对其产品实行差别定价,以及运用各种营销手段去解决供求不平衡的问题。

(五)不可转移性

旅游产品的交换与一般商品中的交换不同。一般商品的交换是商流与物流的统一,即由于商品中价值的运动及商品所有权的转移,相应要产生商品中使用价值的运动,即商品实体在空间位置的移动。而旅游产品是不可转移的,首先旅游产品在地点上的不可转移性,旅游产品进入市场后,其本身依旧固定于原定的地点方位上,旅游者只能到旅游产品的生产地点进行消费。其次,同服务相关的设施和用品在所有权上的不可转移性。在旅游消费活动过程中,旅游产品的所有权、经营权与使用权是分开的。一般而言,旅游产品的所有权在任何时候都属于目的地拥有,作为旅游企业只拥有旅游产品的经营权,当其出售旅游产品时,旅游者获得的是对其一定时段内的使用权,而不是像购买一般物质产品那样同时拥有所有权。

三、旅游产品的组成

旅游产品的构成十分复杂,考察角度不同,其构成成分也就不同。从物质上考察其构成,旅游产品既有物质形态的成分,也有非物质形态的成分;从形态上考察其构成,旅游产品既有社会提供的,也有自然存在的。为了更好地了解旅游产品,有必要对旅游产品的组成成分进行分析。

(一)旅游吸引物

旅游吸引物是指一切能够吸引旅游者前往旅游地旅游的客体。它是一个地区旅游业存在和发展的基础,也是旅游者选择旅游地的决定因素。旅游吸引物的存在形式,既可以是物质实体,如黄山、乐山大佛、长城等;也可以是一种现象,如山东蓬莱的海市蜃楼、九华山的佛光等。

(二)旅游设施

旅游设施是完成旅游活动所必须具备的各种设施、设备和相关的物质条件的总称,是旅游经营者向旅游者提供旅游服务所凭借的各种物质载体,是构成整体旅游产品的必备要素。旅游设施不是旅游者选择旅游地的决定因素,但是不齐备的旅游设施又必然会影响旅游者对旅游地的选择。旅游地的旅游设施一般包括专门设施和基础设施两大类。

(三)旅游服务

旅游服务是旅游产品的核心,是旅游经营者向旅游者提供劳务的过程。旅游者在旅游过程中,离不开旅游服务,没有旅游服务便没有现代旅游的发展。旅游者在旅游活动期间,除了购买部分物质产品以满足基本生活和纪念性需要外,其余部分主要是享受旅游过程中的各种服务,其消费主要是以劳务产品的形式实现的。任何服务,总是要借助于一定的物质条件,没有这些必要的物质条件,服务便难以展开。尽管旅游吸引物和旅游设备本身不是服务,但却是"生产"旅游服务产品不可缺少的物质条件。假如没有旅游吸引物,导游服务便没有内容;没有酒店旅馆,就不存在住宿餐饮服务;没有交通运输工具,就不存在交通服务。可见,服务与设施两者之间密切相关、相辅相成。离开旅游设施,服务工作就无法实现;同样离开了旅游服务,旅游设施只能作为潜在状态下的设施,并不能真正发挥作用。

(四)旅游可进入性

旅游可进入性指旅游者进入旅游地的难易程度和时效性。旅游活动异地消费的特点,决定了旅游产品的提供只能存在于旅游地,旅游者是否能够按时顺利到达旅游地是构成整体旅游产品的重要因素。因此,旅游可进入性是连接旅游者需求与各种具体旅游产品的纽带,是旅游产品组合起来的前提条件。

四、旅游产品的分类

(1)按旅游产品存在的形态来划分:有形产品和无形产品。

(2)按旅游产品的组成状况划分:整体旅游产品和单项旅游产品。

(3)按旅游产品所能满足的旅游功能划分:观光旅游产品、度假旅游产品、专题旅游产品、修学型旅游产品、探险型旅游产品、健身养性型旅游产品。

(4)按旅游产品的等级划分:豪华型、标准型、经济型旅游产品。

(6)按旅游者的年龄划分:老年型、青年型、儿童型旅游产品。

(7)按旅游者的品位和质量划分:世界级、国家级和地方级旅游产品。

(8)按旅游产品的大致用途划分:旅游用品和非旅游用品。

五、旅游商品

旅游商品,是指旅游者在旅游过程中所购买的有形物品。

(一)旅游商品的种类

(1)文化艺术品。包括书画、古玩、历史文物、拓片、仿古书画、古董复制品以及文房四宝、乐器等。

(2)工艺美术品。通常分为两类,即日用工艺品和陈设工艺品。前者是经过装饰的生活实用品,后者是供欣赏的各类摆设。

(3)风味土特产。包括各种有地方特色的名酒、名茶、风味小吃、药材和其他农副产品。

(4)名贵饰品。指珠宝、金银、玉石等首饰,如项链等。

(5)特色服装。包括有地方特色的丝绸制品、棉毛制品和皮毛、皮革等制品。

(6)旅游纪念品。各种各样的旅游商品,凡标上产地地名,或用产地的人地事物特征做商标的都属于有纪念性的商品。还有专门为纪念著名旅游景点、文物或特定事件而生产的旅游纪念商品,如在北京奥运会期间,旅游部门和北京奥组委等有关方面向厂商订制了一大批有奥运会标志和吉祥物标志的书包、打火机、纪念币、毛绒玩具、服装等纪念商品。

(7)其它商品。如机场的免税商店里出售的来自世界各国,特别是发达国家的特色商品,包括日本的家用电器、摄影器材,美国和德国的高级轿车,法国的名酒、香水,意大利的皮革制品,澳大利亚的毛织品,南非的钻石,美洲的咖啡等。

(二)旅游商品的特点

旅游商品一般具有以下几个特点。

1. 纪念性

纪念性是旅游商品的一个最基本的属性。旅游活动是一种精神享受和亲历感受,旅游商品尤其是一些纪念品是旅游者旅游活动的见证和物化,是日后重温美好旅游经历的象征和载体。旅游商品的纪念性主要体现在两个方面:(1)旅游目的地的地方特色和民族特色;(2)旅游活动的主题特色。

2. 艺术性

艺术性是指旅游商品要整体设计新颖奇特、美观别致,具有艺术欣赏价值,能给人带来美的艺术享受。要使旅游购物品具有艺术性,不仅需要提高生产技术水平,而且要把民族特色、地方文化特色同时代及现代人的艺术欣赏习惯结合起来。

3. 实用性

实用性是指旅游商品中应具有旅游者可使用和消费的效能。要使旅游商品具有实用性,就必须做到因人制宜、因时制宜和因地制宜。

4. 地方性

旅游商品要突出地方特色,从根本上讲,是因为旅游活动异地性的特征决定的。缺少地方色彩的旅游商品就失去了特色、失去了对旅游者的吸引力、失去了旅游纪念意义,也不可能产生良好的效益。

(三)旅游商品的开发

无论是国内旅游者,还是国外旅游者,都有希望在旅游活动中买点值得纪念的旅游商品的消费需求心理，旅游商品要求具有地方特色和主导商品大众化的特点,同时能满足不同游客不同层次的需要。因此开发适合旅游购物市场要求的特色旅游商品是旅游购物业市场规模能否进一步扩大的关键。旅游商品的开发要注意几点。

1. 充分反映一个国家或地区的民族文化特色

这是旅游商品生命力之所在。旅游商品的文化特征越鲜明,文化品味越高,地域特征越明显,它的价值就越高,就越易受旅游者的欢迎。

2. 做到多元化、多品种、多品格

旅游商品要能满足各种层次旅游者的需要,切忌单一、粗糙。旅游商品要走

多元化、多品种、多品格的道路，要小巧精致，便于旅游者携带，便于赠送，同时要有文化内涵，以引起旅游者的购买欲望。

3. 树立品牌

品牌效应在今天越来越明显，一个知名品牌可以带来不可估量的经济效益，所以树立品牌对旅游商品来说也是至关重要的。旅游商品一定要有自己的品牌，而且最好与当地的风景名胜紧密结合，使旅游商品和旅游地结成一个整体。

当前我国的旅游商品开发与发达国家相比还比较落后，跟不上旅游产业的快速发展，根本问题是旅游商品缺乏特色，与民族或地方特色结合不紧密；另外，我国的旅游商品的制作工艺粗糙，吸引不了旅游者的购买欲望。因此，要向旅游业发达的国家学习，借鉴他们的成功经验，努力打造我国旅游业的新形象，促进旅游业的健康发展，达到一个新的里程碑，成为世界旅游强国。

复习思考题

1. 什么是旅游产品？它的特点是什么？

2. 欧美旅行社的分类与我国的分类的差别是什么？

3. 简述我国饭店业的分类及发展趋势。

4. 简述当前国际上各旅游交通工具的发展状况。

5. 什么是旅游景区、旅游景点、旅游风景名胜区、旅游区？旅游景区有哪些类型？

6. 谈谈如何结合当地实际做好旅游商品的开发。

7. 试述旅行社如何应对当前我国自驾车旅游、自助旅游升温的现象。

主要参考文献

董玉明，王雷亭. 旅游学概论[M]. 上海：上海交通大学出版社，2005.

冯霞敏. 旅游学概论[M]. 北京：科学出版社，2007.

韩军，舒晶. 旅游学概论[M]. 北京：北京师范大学出版社，2006.

李天元. 旅游学概论[M]. 天津：南开大学出版社，2007.

马勇，周霄. 旅游学概论[M]. 北京：旅游教育出版社，2004.

苏勤. 旅游学概论[M]. 北京：高等教育出版社，2004.

袁俊. 旅游学概论[M]. 武汉：华中师大出版社，2006.

张东明，张建国. 旅游学概论[M]. 郑州：郑州大学出版社，2006.

第六章 旅游市场

市场产生于原始社会末期，随着社会分工和商品生产的发展而逐步扩大,特别是在近、现代,社会分工越来越细,产品日益丰富,市场也得到了充分的发展。旅游市场是旅游产品交换的场所,是旅游活动发展到一定阶段而出现的必然结果。随着生产力的发展和社会分工的深化,旅游活动变成商品并进入市场交换，而随着旅游产品生产和交换的发展,旅游市场也随之产生和扩大。旅游市场也是实现旅游供求平衡的重要机制,旅游市场在旅游经济发展中具有重要的作用。本章主要介绍了旅游市场概念、特点、功能、分类等基本情况,阐述了国际旅游市场客流状况,还简要分析旅游市场营销的方法和手段。

第一节 旅游市场概述

旅游市场是旅游产品能够顺利实现其价值的重要保证,也是旅游供给企业、旅游决策部门以及相关政府部门研究的一个重点。为了把握旅游市场的动向,成功地对旅游产品进行旅游市场促销和旅游市场开拓等，我们必须了解什么是旅游市场,掌握它的特征和功能。

一、旅游市场的概念

(一)市　场

市场有广义和狭义之分。狭义的市场是指商品交换的具体场所,“市场”一词中的“市”指的是交换关系、“场”是指交易场所;广义的市场是指商品交换关系的总和,诸如价格体系、供求关系、市场竞争机制等等,都包含在广义的市场里。当我们说市场机制的时候,这里的市场并非指商品交换的具体场所,而是指与计划机制相应的一种经济关系,即一种经济联系形式。

(二)旅游市场

早期的旅游活动是一种社会现象,并不是以商品形式出现,如武林人士的浪迹江湖、早期的宗教活动、皇室成员和王侯将相等贵族阶层的巡游等,这些活动由于没有产生商品的交换行为,所以不构成旅游市场。旅游市场的广义和狭义概念如下。

1. 广义的旅游市场

广义的旅游市场,是指旅游产品交换过程中所反映的有关旅游者与旅游经营者之间各种经济行为和经济关系的总和。

2. 狭义的旅游市场

狭义的旅游市场,是指在一定的时间、某一地区中存在的对旅游产品具有支付能力的现实和潜在的购买者。简而言之,狭义的旅游市场就是指旅游客源市场或旅游需求市场,主要由旅游者、旅游购买力和旅游购买欲望所构成。

狭义旅游市场是客源市场,即由对旅游产品有需求的购买者和潜在购买者所组成,属于买方市场,购买方可以是旅游者本人,也可以是受旅游者委托的旅游中间商。

(三)旅游市场的三个要素

旅游者、旅游购买力和旅游购买欲望是形成旅游市场的三个基本要素,缺一不可。

1. 旅游者

旅游产品的消费者数量是构成旅游市场主体的基本要素,因而旅游市场规模大小主要取决于该市场上旅游者数量的多少。通常,如果一个国家或地区总人口多,则产生的旅游者就多,需要的旅游产品的基数就大;反之,需要的旅游产品的基数就小。因此,一个国家或地区的总人口数量决定了旅游者的数量,而旅游者数量多少又反映了旅游市场规模的大小。

2. 旅游购买力

旅游市场规模大小不仅取决于人口数量,还取决于人们对旅游产品的购买力。所谓旅游购买力,是指人们用其可自由支配收入购买旅游产品的能力。通常,旅游购买力是由人们的收入水平所决定的,随着人们收入水平的提高,用于购买旅游产品的支出也会相应提高。如果没有较高的收入水平和足够强的支付能力,旅游者的旅游活动便无法进行,旅游市场也只是一种潜在市场。

3. 旅游购买欲望

旅游购买欲望是决定旅游者购买旅游产品的主观愿望和需求,是把旅游者潜在购买力变成现实购买力的重要条件。若没有旅游购买欲望,即使有旅游购买力,也不可能形成现实的旅游市场;同时,旅游者也不可能主动地选择各种旅游产品。因此,只有当潜在的旅游者既有旅游购买力,又有旅游购买欲望时,才能形成现实的旅游市场,旅游产品才能得以销售。

此外,旅游市场的形成还受到其它一些因素的影响,如法律上或社会习惯,旅游目的国、旅游客源国的政策限制,以及一些自然灾害和政治、军事冲突等事件。

二、旅游市场的特点

旅游市场不同于一般产品市场和服务市场,具有异地性、多样性、全球性、季节性和波动性等特点。

(一)旅游市场的异地性

旅游市场通常远离旅游产品的生产地(旅游目的地),旅游产品的购买者一般是非当地居民。其他行业的产品是可以做到当地生产、当地销售、当地消费的,即使要在异地开发市场,也主要通过产品的移动来实现。旅游活动的特点,决定了旅游市场与旅游生产地、消费地必须在空间上分开,旅游活动是通过旅游者由客源地向目的地的移动,而不是通过旅游产品的移动实现。

(二)旅游市场的多样性

旅游市场的主体是旅游者,而旅游者的需求是多种多样的;旅游产品组成复杂、供给形式丰富、类型多种多样,从而形成旅游市场的多样性。这种多样性主要表现在三方面:一是表现为旅游产品种类的多样性,即不同国家、地区的自然风光和人文景观的不同,必然形成不同的旅游产品,从而使旅游者从中获得的经历与感受也不同。二是表现为旅游购买形式的多样性,即包价旅游、零售价旅游、包价与零售价旅游相结合的旅游购买方式等。三是表现为交换关系的多样性,即旅游者可以直接购买单项旅游产品。也可以通过旅行社购买旅游线路产品,还可以通过国际旅行社购买综合性旅游产品。

(三)旅游市场的全球性

旅游市场的全球性主要表现在两个方面:一是旅游者的活动范围遍布世界各地,不仅人类居住的五大洲早已成为各国旅游者的目的地,就连无人居住的南极洲和北极也留下了旅游者的足迹;二是世界各国或各地区都积极发展旅游业,把旅游业作为经营对象,面向其他国家或地区的居民生产或销售旅游产品。旅游市场的全球性,使人们可以以较少的时间、较少的支出而获得更多的旅游需求的满足,使旅游者的足迹遍布世界各个地区和大部分国家,促进了世界各国旅游的发展,丰富了人们的旅游活动。

(四)旅游市场的季节性

由于旅游目的地国家或地区自然条件、气候条件的差异和旅游者闲暇时间分布的不均衡,造成旅游具有突出的季节性特点。例如,某些与气候有关的旅游资源,如气候旅游资源、植物旅游资源等,会因季节不同而产生淡旺季;某些旅游目的地直接受气候影响,而具有明显的季节差异性,如海滨旅游、漂流旅游等。旅游者的闲暇时间分布不均也会造成旅游市场的淡、旺季之分,如我国的“黄金周”、暑假等都会引起相应的旅游市场的旺盛期。

(五)旅游市场的波动性

从总体上看,整个世界旅游市场将保持持续发展的趋势,但这种发展不是直线型的,而是在波动中前进的。由于旅游是人们的一种高层次需求,而影响旅游者需求的因素又是多种多样的,从而使旅游市场具有较强的波动性,任何一个因素的变化都会引起旅游市场的变动。诸如工资、物价、通货膨胀、汇率、国际局势、重大节假日或社会活动以及旅游者自身心态的变化等等,都会导致游客构成、旅游流向、旅游价格变化,甚至旅游者总人数的变化。

三、旅游市场的功能

旅游市场是社会经济高度发展的产物,是旅游业赖以生存和发展的条件,对旅游经济活动的有效运行起着十分重要的作用。旅游市场的功能主要表现在以下几个方面。

(一)旅游产品的交换功能

旅游市场是实现旅游产品的价值和使用价值，保证旅游经济正常运行的重要环节。通常,旅游市场上总是存在着许多不同的旅游产品供给者和需求者。旅游产品开发出来之后,必须经过市场才能销售,使旅游产品的价值得以实现,旅游者的需求得以满足,旅游企业的再生产才得以继续维持和扩大。而旅游产品需求者则通过市场选择并购买自己感兴趣的旅游产品，旅游市场把旅游供给者和旅游需求者衔接起来,解决了供求之间的矛盾。旅游市场是联结旅游产品供给者和需求者的纽带,承担着旅游产品交换和价值实现的任务。

(二)旅游资源的配置功能

资源配置是指在社会经济活动中,如何把社会经济资源(人、财、物等要素)进行有效分配,以充分利用稀缺资源生产出更多、更好的产品。通过旅游市场的资源配置功能作用,可以促进整个旅游业中的食、住、行、游、购、娱等按比例地发展,实现社会经济资源的优化配置,并通过市场机制使旅游企业按照市场供求状况,及时调整自己经营的旅游产品结构、投资结构,以适应旅游者需求和旅游市场的变化,不断提高旅游经济效益。

(三)旅游信息的反馈功能

在市场经济条件下，旅游市场的动态变化是旅游供求动态变化最直观的反映。一方面,旅游企业可通过市场将产品信息传递给旅游者,以引导、调节旅游需求的变化;另一方面,通过旅游市场,可以搜集大量信息,了解竞争者的动态,掌握旅游者的需求,使本国、本企业的旅游产品开发和经营适应旅游者的需要,适应世界旅游市场的发展变化趋势。因此,旅游市场通过信息传导和反馈功能,成为旅游活动的"晴雨表",综合地反映着旅游市场的供求变化和旅游经济的发展状况。

(四)旅游经济的调节功能

旅游市场是调节旅游经济活动和旅游供求平衡的重要杠杆。在旅游市场上,当旅游供求双方出现矛盾时,就会引起旅游市场竞争加剧和价格波动,影响到旅游经济活动的顺利进行。于是就需要通过市场机制和价格机制的作用,调节旅游产品生产和销售,使旅游供求重新趋于平衡。同时,还可以通过旅游市场检验旅游企业的服务水平和经营管理状况，不断改善和提高旅游企业的服务质量和经营管理水平,提供旅游者易于接受、乐于消费的旅游产品。

第二节 旅游市场的划分

在世界旅游市场中,任何一个旅游产品的供给者,都没有足够的实力占领整个全球旅游市场,满足所有旅游者的需要,因而必须对旅游市场进行分类,以确定各个国家、各个地区或各个企业的目标市场,并针对目标市场而采取合适的旅游市场开发策略。因此,所谓旅游市场分类,就是根据地理、国境、消费、旅游目的地、旅游组织形式等因素,而划分为不同的旅游细分市场。

一、按地域划分旅游市场

按地域划分旅游市场,是以现有及潜在的客源发生地为出发点,根据对旅游者来源地或国家的分析而划分旅游市场。世界旅游组织根据世界各地旅游发展情况和客源集中程度,将世界旅游市场划分为欧洲、美洲、东亚太地区、非洲、中东和南亚六大区域性市场。

(一)欧洲旅游市场

第二次世界大战结束以来，无论是在国际旅游接待人次还是在国际旅游收入上,欧洲都高居世界各地的榜首。根据世界旅游组织发布的世界旅游情况,20世纪80年代初，欧洲占国际市场份额的65.1%。2000年欧洲接待过夜旅游者4.03亿人次，占国际旅游市场份额的57.8%。2002年占国际旅游市场份额为57.5%,比20世纪80年代初减少了7.6个百分点。法国、西班牙、意大利、英国、德国、奥地利、希腊的国际旅游收入名列全球前十名,其中法国、西班牙、意大利、英国、德国还是全球十大接待过夜旅游者人数最多的国家。这说明欧洲一直是全世界国际旅游的中心地区,因而也是世界上国际旅游业最发达地区。

(二)美洲旅游市场

包括北美洲和南美洲,美洲是仅次于欧洲的国际旅游业发达地区,也是世界上第二大国际旅游客源市场，现已经成为世界第三大区域旅游接待市场。20世纪80年代初，美洲占国际市场份额的21.5%，2000年美洲接待过夜旅游者1.3亿人次，占国际旅游市场份额的18.6%，2002年跌至16.8%。世界上前10名接待过夜旅游者人数最多的国家排名，美洲国家占了2名，即美国、加拿大。

(三)东亚和太平洋旅游市场

由东北亚、东亚、东南亚、大洋洲和太平洋地区的岛屿等组成，这一地区是目前世界上排名第二的国际旅游接待地区，同时也是世界上第三大国际旅游客源市场。这一市场的最大特点是发展速度快。2000年接待过夜旅游者1.1亿人次，比1999年增长14.5%，是增长最快的地区，占国际旅游市场份额的16%。2002年占国际旅游市场份额达到17.5%。

目前东亚太区域有14个目的地的年接待人数在百万以上，分别是东北亚的中国大陆、中国香港特别行政区、中国澳门特别行政区、韩国、日本和中国的台湾；东南亚的泰国、马来西亚、新加坡、印尼、菲律宾和越南；大洋洲的澳大利亚和新西兰。

(四)非洲旅游市场

非洲地区近年国际旅游接待量增长较快，2000年接待过夜旅游者2 700万人次，比上年增长了1.5%，占国际旅游市场份额的3.8%。但是在国际旅游客源产生方面，这一市场的规模还有待开发。

(五)中东地区旅游市场

中东地区在20世纪70年代以前曾经是全世界国际旅游重要接待地区之一。此后由于战争和政治动荡，该地区国际旅游业始终未能恢复兴旺。但近年来，发展速度加快。2000年接待国际过夜旅游者2 000万人次，比1999年增长10.2%，占国际旅游市场份额的2.9%，另外中东地区作为产生国际客源的旅游市场一直为世界所重视，因为该地区的很多旅游产生国都是经济上富有的国家。

(六)南亚旅游市场

南亚地区的国际旅游市场自20世纪40年代以来发展也较快，2000年接待过夜旅游者6 300万人次，比上年增长19%，占国际旅游市场份额的0.9%，由于这一地区的国家经济发展水平仍较落后,因而这一地区的出国旅游市场规模不大。

二、按国境划分旅游市场

按国境划分的旅游市场,一般分为国内旅游市场和国际旅游市场。前者是指一个国家国境线以内的市场,即主要是本国居民在国内各地进行旅游;后者是指国境线以外的市场,即指某个国家接待境外旅游者到本国各地旅游和组织本国居民到境外进行旅游,即出境和入境旅游市场。

通常,在国内旅游市场上,旅游者是本国居民,主要使用本国货币支付各种旅游开支,并自由地进行旅游而不受国界的限制,因而大力发展国内旅游不仅容易可行,而且可以对国内商品流通、货币回笼等起促进作用。在国际旅游市场上,入境旅游者是其他国家或地区的居民,使用其他国家的货币支付旅游开支,往往涉及到货币兑换、旅游证件和出国护照、进入旅游目的地国家的签证许可等问题,因而国际旅游市场与国内旅游市场相比较要复杂得多。

三、按消费档次划分旅游市场

根据旅游者的消费水平,一般可将旅游市场划分为豪华旅游市场、标准旅游市场和经济旅游市场。在现实经济中,由于人们的收入水平、年龄、职业以及社会地位、经济地位的不同,其旅游需求和消费水平也不同,从而对旅游产品的质量要求也不一样。

通常,豪华旅游市场的市场主体是社会的上层阶层,他们一般不关注旅游价格的高低,而是希望旅游活动能反映他们日常生活的水平。如参加团体旅游,他们更喜欢和具有相同社会和经济地位的人在一起旅游。标准旅游市场的主体是大量的中产阶级,他们既注重旅游价格,又注重旅游活动的内涵和质量。经济旅游市场的主体是那些收入水平较低或没有固定收入者,他们更多地关注旅游价格的高低。因此,旅游经营者应根据其提供的旅游产品的等级,科学地进行市场定位,以选择合适的消费旅游市场,并努力增强旅游市场的吸引力,扩大市场占有率。

四、按旅游目的划分旅游市场

在20世纪50年代以前的传统旅游市场中,根据旅游目的可将旅游市场划分为观光旅游市场、文化旅游市场、商务旅游市场、会议旅游市场、度假旅游市场、宗教旅游市场等。自20世纪50年代以来,除了以上传统旅游市场外,又出现了一些新兴的旅游市场。如满足旅游者健康需求的体育旅游市场、疗养保健旅游市场和狩猎旅游市场等;满足旅游者业务发展需求的修学旅游市场、学艺旅游市场等;满足旅游者享受需求的豪华(游船、火车、汽车)旅游市场、美食旅游市场等;满足旅游者寻求心理刺激需求的探险旅游市场、秘境旅游市场、惊险游艺旅游市场等。总之,由于旅游者的旅游目的不同,对旅游产品的需求不同,从而可划分为不同的旅游细分市场。

五、按旅游组织形式划分旅游市场

根据旅游的组织形式,可将旅游市场划分为团体旅游市场和散客旅游市场。

团体旅游也称为包价旅游,一般是指由旅行社组织,由一定数量旅游者所组成的旅游团队,其旅游方式以包价为主,包价的内容通常包括旅游产品基本部分,如食、住、行、游、购、娱,也可以包括基本部分中的某几个部分。

团体包价旅游的优点:一是其活动日程已经提前安排好,使旅游者放心地随团旅游;二是包价旅游的内容灵活多样,可以根据旅游者的偏爱而自由选择不同旅游团队;三是旅行社往往以优惠的旅游价格分别购买各单项旅游产品,然后组织成旅游线路产品出售给旅游者,因而旅游者参加团体包价旅游,其旅游价格一般较便宜。缺点是旅游者个体的行动受旅游团队活动的限制,时间上受旅游行程安排的约束。

散客旅游主要指个人、家庭以及自行结伴的旅游活动。散客旅游者可以按照自己的意向自由安排活动内容,也可以委托旅行社购买单项旅游产品或旅游线路中的部分项目,如请旅行社帮助预订车船票、旅馆等,因而比较灵活方便。散客旅游的主要缺点是旅游者自己要考虑每一站的抵达、离开及住宿等问题,其所购买的各单项旅游产品的价格之和比旅行社同样内容的团体包价旅游的价格也要昂贵得多,但由于散客旅游灵活方便,随着现代旅游业的发展,散客旅游迅速增加,而团体旅游比重大幅度下降,散客旅游已成为国际旅游市场发展的新趋势。

第三节 全球国际旅游客流状况

对国际旅游客流的总量、流量、流向的研究能有效反映全球旅游产业发展的总体趋势，使我们能够全面认识和了解世界范围内游客分布的特征与规律。

一、全球国际旅游客流量

旅游的本质特征是流动，即旅游者从常住地流向旅游目的地，又从旅游目的地返回常住地。目前，世界上无论是国际旅游还是国内旅游，每年都有大量旅游者在世界各国和地区间流动。旅游者这种大规模的空间位移便形成了一定的流向和伴随的流量。

旅游者流量是以一定时期内到达旅游目的地的人次表示的。旅游者人次指一定时期内到某一旅游目的地国家或地区的旅游者人数与平均旅游次数的乘积。全球国际游客客流量是指一定时期内进入同一目的地国家或地区的旅游者数量(用旅游者总人次表示)。随着世界经济的发展，国际旅游者逐渐增加，全球国际旅游者客流量也呈现大规模增加的趋势，1990 年世界国际游客量 4.58 亿人次，2000 年达到了 6.98 亿人次，增长了 53%；同期国际旅游收入也从 1990 年的 2 678 亿美元，增长到 2000 年的 4 760 亿美元，净增长了 78%。

二、全球国际客流分布

国际旅游客流分布是指在一定时期内旅游者根据自己的旅游动机与经济能力及其他客观条件等因素所选择的目的地及从出发地到目的地的流动方向。根据世界旅游组织发布的 2001—2003 年世界旅游情况，包括各地区和主要旅游国国际旅游收入情况，2001—2003 年接待过夜旅游者人数最多的 10 个国家和地区是：法国、美国、西班牙、意大利、中国、英国、德国、加拿大、墨西哥和希腊，是以发达国家为主体。

按照世界旅游组织对全球六大旅游区的划分，当前各地区接待过夜旅游者的情况是：无论从接待人次，还是在国际旅游收入，欧洲都高居首位；其次是美洲，特别是北美地区。欧美两洲加到一起总共接待了全世界国际旅游人次的 2/3，并且占据了全世界国际旅游收入的 80%。所以欧美是世界上国际旅游最集中的地区和国际旅游业最发达的地区。第三位的则是东亚和太平洋地区(其中包括澳大利亚和东南亚在内)，其接待人次和市场份额虽然同欧美两大洲有差异，但是其增长速度快，将成为世界旅游接待的重要地区。然后是非洲、中东和南亚，其中中东和南亚增加幅度都高于世界平均增长幅度。

三、全球国际客源分布

国际旅游客源分布是指国际客源主要来自哪些国家或地区。

(一)客源国家分布

根据世界旅游组织(WTO)的统计,世界上位居前16位的国际旅游支出国家和地区的情况如表6-1所示。

表6-1 1999-2003年世界主要国家国际旅游花费(单位:亿美元)

国别	1999	2000	2001	2002	2003	备注
奥地利	97.87	99.41	92.31	103.01	126.5	
加拿大	139.99	151.25	147.28	142.14	162.22	
中国	116.21	141.69	149.92	167.59	167.16	
法国	187.1	179.06	181.09	197.08	235.76	* 不包括旅客运输
德国	615.04	578.88	567.09	615.81	736.52	
意大利	195.9	181.69	169.97	197.25	237.24	
荷兰	134.64	136.49	130.61	143.57	–	
比利时	97.75	94.29	97.82	101.73	121.24	* 不包括旅客运输
俄罗斯	–	–	97.6	117.13	134.27	
西班牙	74.3	72.64	78.97	87.33	105.44	
英国	455.36	470.09	460.96	506.06	586.02	
美国	823.73	913.17	854.05	807.98	806.21	
日本	412.13	426.43	355.26	349.77	365.06	
澳大利亚	83.93	85	79.53	85.42	101.07	
瑞士	86.23	82.76	81.79	83.45	94.48	
瑞典	89.27	89.59	79.16	82.21	93.75	

资料来源:2005世界旅游统计概览

(1)1999—2003年国际旅游支出(包括旅行费用和旅客运输费用)最多的16个国家排名依次为美国、德国、英国、日本、意大利、法国、中国、加拿大、荷兰、俄罗斯、奥地利、比利时、西班牙、澳大利亚、瑞士和瑞典;2003年16个国家国际旅游支出达4 000多亿美元,比上年增长10%以上。自20世纪中叶以来,这些国家的国际旅游收入排位顺序不尽相同,但前几位主要国际旅游支出国的构成范围并无变化。

(2)国际旅游收入最多的16个国家和地区的国际旅游支出总额大约占全世

界国际旅游支出总额的80%左右。从20世纪80年代以后到目前一直保持这样的态势，其中我国旅游收入在21世纪前后发展较快,20世纪90年代后期进入世界前列。

(3)在16个国家和地区中,除了中国之外,其余国家都是经济发达国家,可见经济发展程度是国际客流形成的重要基础。

(二)客源六大地区分布

自20世纪80年代至今，全世界国际旅游客源的地区分布格局基本上一直是欧洲约占近60%,美洲约占20%左右,东亚和太平洋地区约占10%—16%左右。其余份额则由非洲、中东和南亚地区分享。因此,欧洲不但是世界上国际旅游的中心接待地区,而且也是最重要的国际旅游客源地。其次,美洲也是世界上国际旅游的重要客源地。这两个地区既是世界上国际旅游的主要接待地区,又是国际旅游客源产生最多的地区。

居第三位的国际旅游客源地区是东亚和太平洋地区。这一地区内的主要客源产生国除了日本和澳大利亚之外,中国、韩国、新加坡、泰国、新西兰等国亦占有重要位置。非洲和南亚地区多数国家经济比较落后,因而产生国际旅游客源的能力很弱。中东地区各国,特别是那些石油生产国,虽然在经济上较富,但由于人口基数少,加之其国民尚缺乏外出旅游度假的传统观念,因此在全球国际客源市场中所占比重也很小。

四、全球国际旅游客流规律

国际旅游客流规律是指国际旅游者的流向和流量带有规律性的特征，旅游客流规律反映的是旅游者流向与流量发展的必然趋势。自20世纪60年代以来，大规模国际旅游与国内旅游的流向与流量主要呈现以下规律性。

(一)国际旅游客流以短程移动居主导地位

人们出游大都是按照先近后远的原则,因此,近距离旅游者在全部旅游者中一直占绝对比重。例如,我国2006年接待入境外国旅游者人数构成是,欧洲占23.7%，美洲占12.2%，大洋洲占2.9%，非洲及其他占0.7%，而亚洲占61.5%。同年我国公民因私出境3 452万人次,经旅行社组织出境旅游的主要目的地依次是:香港、澳门、泰国、缅甸、越南、新加坡、马来西亚、俄罗斯、朝鲜、菲律宾，世界其他国家也都是如此。可见，旅游者大多在近距离内流动已是一种规律，这是因为：(1)前往邻国或近距离目的国旅游费用较小，因而有这种支付能力的人数量较大；(2)所需时间较短，而且容易把握；(3)入境手续和交通情况较为便利，很多国家对邻国公民旅游来访免办签证，很多旅游者都是自己驾驶汽车前往邻国旅游；(4)生活习惯、语言以及文化传统比较接近，因而旅游过程中障碍较少。

(二)国际旅游主流在发达国家之间移动

旅游的流量主要源于经济发达的国家和地区，由于世界经济发展的不平衡，从而产生旅游者的数量也是不同的，这是因为：(1)经济发达国家或地区经济发展水平高，人均收入也高，带薪假期也长；(2)有大规模的工业和商业，构成比较雄厚的经济基础，因而因公、因商或会议旅游的机会多；(3)具有现代化的交通运输体系和先进的通讯工具与信息网络，它们决定了经济发达国家和地区在一定时期内产生的旅游者数量多于经济不发达的国家和地区。世界城市人口在迅速增加，一般说，大城市居民对旅游需求的人数比中小城市和农村比例要高。从世界上一些主要客源国看，其城市人口较多，旅游人数也很多。

(三)国际旅游客流的互动效应明显

国际旅游客流的互动效应，是指国际旅游客源在关系密切的国家之间相互移动的特征。主要表现为：A 国的居民喜欢大批涌向 B 国旅游，B 国的居民也喜欢大批涌向 A 国旅游。旅游客流相互移动的一对国家，或有着民族的亲缘关系，或有相同的语言文字，或有较密切的政治经济联系，或有相同的宗教信仰等等。

1. 由民族的亲缘关系形成的国际旅游客流的互动

民族亲缘关系最突出的表现就是移民联系。从一个国家到另一个国家有大量移民，就会在移民母国和移民国之间形成文化联系。回母国寻根祭祖或探亲访友，是移民的普遍心态，而移民母国的亲友也希望去移民国拜访亲友，移民的后裔往往怀有很深的思乡念祖之情，因而寻根续宗不断。这样，在移民母国和移民国之间就会涌动国际旅游潮。美国是个典型的移民国，最初从欧洲的英国、德国和爱尔兰移民，美国游客去欧洲最多的国家分别是英国、意大利、法国、德国、瑞士、西班牙、奥地利、荷兰，而且，近年来美国出境探亲访友所占份额上升，达到20%，平均停留天数延长到18天。

2. 由同质语言文化形成的国际旅游客流的互动

纵观国际旅游客流的移动,客源在同类语言文化之间移动的倾向日益明显。以澳大利亚为例,其游客出境旅游第一位的目的地为新西兰,随后就是英国、美国。与此同时,英国、美国分别是澳大利亚的第三、四大旅游客源国。

3. 由政治、社会和经济联系引起的国际旅游客源互动

近几十年来,世界经济一体化的趋势不断加强,各种政治、经济联盟相继成立。最典型的当数欧洲联盟(简称欧盟)。到 2007 年,欧盟发展到 25 国,欧盟内部实现了商品、资本、人员、劳务的四大自由流通,大大促进了欧盟各国国际旅游客流的强度。

(四)远程旅游将有更大的发展前景

在国际旅游市场研究中,远程市场通常泛指旅游接待国所在洲或地区以外的国际客源市场。在国际旅游中,近距离的出国旅游,特别是前往邻国的国际旅游,一直占较大比重。几乎所有各旅游目的地国或地区的国际客源大都来自近程市场。但近 20 年来,由于世界经济的发展,劳动生产率的提高,使得人们收人水平不断提高,余暇时间在增多,为人们进行远程旅游奠定了基础。另外,科学技术的进步,特别是现代交通工具的更新和信息技术的发展,世界远程旅游比重不断增加,成为一种发展趋势。据世界旅游组织预测,远程旅游将从 1995 年占世界出国旅游人次 18%的比例增至 2020 年的 24%,而中近程旅游所占比例将从 82%降至 76%。

(五)多数旅游者向风景名胜地区和文化特色显著地区流动

人们外出旅游的主要目的是为了消遣和增长见识。风景名胜和文化特色地区,一方面可以度假、休闲,有助于人们调剂生活节奏,改善生活方式,丰富生活内容,增进健康;另一方面还可以使人们开阔眼界,增长知识,丰富阅历。因此,这些地区便自然而然地成了吸引众多旅游者的地区。绿色生态旅游将成为 21 世纪旅游的主题。

(六)政治、经济、文化中心必定是旅游中心

政治、经济、文化中心是指那些有代表性的著名城市,它们或是国家首都,或是地区首府,是现代社会的象征,也是旅游中心。这类城市有两个主要特点:(1)这类城市集中而全面地反映了一个国家或地区经济、文化和科学技术发展水平。

它不仅具有吸引旅游者的各种人文旅游资源和自然旅游资源，而且拥有相当规模的现代旅游设施和服务水平,因而更能满足旅游者的需要。(2)这类城市往往是交通枢纽，是该地区旅游集散地，旅游者要到该国或该地区其他地方的景点,必须经它中转。例如美国的纽约,法国的巴黎,意大利的罗马和我国的北京、上海等均属于这类城市。

(七)国际旅游的流向将向亚太地区转移

由于历史的原因和交通条件的限制，过去国际旅游者的流向与流量主要集中在欧洲和北美地区。但自20世纪七八十年代,国际旅游者开始向亚太地区转移,本世纪以来移动速度进一步加快。主要原因是:(1)欧洲和北美的旅游市场已趋饱和，而亚太地区保存着大量风格独特的历史文化遗产和很少受到人为破坏和污染的自然旅游资源,对欧美国家的人们具有很大的吸引力。并且,经过数十年的建设和发展,亚太地区的旅游基础设施已比较完善,旅游服务质量也在不断提高,吸引越来越多的西方旅游者到这一地区旅游。(2)近二三十年中,亚太地区经济迅速发展,人们生活水平不断提高,加上地区内各国之间经济、文化联系日益加强,区域内各国之间的旅游需求不断高涨,形成了强大的区域内旅游流向和流量。由于区域内和区域外旅游人次都在迅速增加,从而使亚太地区在世界国际旅游格局中所占比重大大提高,目前国际旅游市场已经形成欧洲、东亚太平洋地区和美洲三足鼎立的分布格局。

第四节　中国旅游市场

我国旅游产业经过30年的快速发展,目前我国旅游产业在国内旅游、入境和出境旅游总人数和收入、支出方面均进入世界前列。由此可见,我国旅游业已形成了入境旅游、国内旅游和出境旅游全方位发展的局面,因此,我国旅游市场也可分为入境旅游市场、国内旅游市场和出境旅游市场三个方面。

一、入境旅游市场

(一)入境旅游市场概况

我国现代国际旅游业作为经济产业的发展始于1978年。30年来,中国悠久的历史、灿烂的文化、多彩的风情;改革开放以来,中国经济的不断发展,在国际社会中的地位日益提高,加之中国旅游业全方位地对外开放;与此同时,世界局势进一步缓和,和平发展成为世界主题,这些都为大量的国际旅游者来华旅游提供了条件。中国正吸引着越来越多的境外旅游者。从1978年入境旅游人数为180.92万,2006年增至12 494.21万人次,增加了69倍。同期,国际旅游收入从2.63亿美元增长到339.49亿美元,增加了129倍。我国的入境游(以过夜游客计)由1980年的350.00万人次,增加到2006年的4 991.34万人次;在世界排名也由1980年的第18位,前进到2006年的第4位,占世界市场份额接近6%;国际旅游收入则由第34位,前移到第5位,占世界市场份额接近3%。

(二)入境市场的发展阶段

自改革开放以来,我国入境旅游市场发展迅速,从1978年到2006年,我国入境旅游人次已经增加了69倍,远远高于我国GDP的增加速度。回顾我国入境旅游的发展历程,可以划分成三个阶段:第一阶段(1978—1988年),为快速启动增长阶段。1978年入境旅游人次为180.92万人次,1988年猛增到3 169.48万人次。同期外汇收入从2.63亿美元,增加到22.47亿美元,而且入境旅游人数首次进入世界前10位。第二阶段(1989—1999年),为稳步快速增长阶段。经过10余年的努力,我国的旅游环境、旅游接待能力、旅游交通、食宿、旅游促销、旅游市场等方面都有了较大的发展和改善,形成了良好的旅游氛围。入境过夜旅游人数从1989年的936.10万人次,增加到1999年的2 704.66万人次,增加了2.2倍,并首次进入世界前列排名第五。旅游外汇收入也从1989年的18.60亿美元,增加到1999年的140.99亿美元,增加了6.3倍,并首次进入了世界前10名。第二阶段(2000年至今)为持续稳定增长阶段。进入21世纪以来我国旅游业保持着持续稳定的发展势头。虽然入境旅游经历了21世纪初的亚洲金融危机、911事件、2003年的非典、洪水灾害等政治、经济动荡和自然灾害的考验,入境旅游仍然保持发展。

(三)中国旅游客源地市场分析

入境旅游市场是指海外来华旅游市场,即我国的客源市场。在20世纪90年代后期入境旅游虽然还有一些局部的波动和变化,但在结构方面没有根本性的变化,呈现出稳定增长的局面。入境旅游市场主要状况为:在市场结构上形成了三个系列；在数量结构上分为三个等级市场。我国旅游客源地市场结构上的三个系列。

1. 洲内市场

我国地处世界人口、面积第一大洲——亚洲。近年来随着亚洲经济的快速发展，经济实力有了一定的提高，很多国家和地区又同中国有着历史、文化、地缘等方面的密切联系、便利条件，旅游市场潜力很大。目前洲内市场来华入境旅游市场发展最快，客源占来华入境旅游者人数的61.2%（2006年）。主要洲内客源国家是：日本、韩国、马来西亚、新加坡、菲律宾、印度、蒙古等国家为主。从洲内市场的主要客源国分布来看，以与我国距离相对较近、且经济发展水平较高的周边国家来华旅游者人数最多，其中韩国、日本是最大的二个客源国；中东地区由于距离较远，加之人口规模小，在来华客源地的份额中相对较少。此外，洲内旅游市场的促销投入相对较少回报效益高，游客重访率高，入境后流向分布较广泛，受国际意外事件影响较小，从长远看，将成为我国相对稳定的主要客源市场之一。

2. 洲际市场

洲际市场主要包括西欧（英国、法国、荷兰、比利时）、北美（美国、加拿大）、大洋洲（澳大利亚、新西兰）、俄罗斯等来华旅游人数较多，是我国国际旅游的重点旅游市场；北欧（瑞典、挪威、丹麦、芬兰）、中欧（德国、瑞士、奥地利）、南欧（意大利、西班牙）等来华旅游人数相对较少，但目前发展较快，潜力较大；距我国较远，国际交通不便的南非、南美等国来华旅游的人数较少，且发展缓慢。目前，英国、法国、德国、意大利、澳大利亚等传统客源国市场已经比较成熟，将会保持稳定并有一定的增长。一些在客源国市场排序较为落后的国家如南美、东欧地区一些国家，也有可能上升为比较主要的中国旅游客源国。洲际市场的游客平均花费多，停留时间长，来华旅游发展的潜力大，已占入境外国旅游者人数的35%以上，2006年达到38.9%。

3. 港澳台特定市场

港澳地区和台湾地区是我国内地入境旅游的特定市场。从入境人数看，这一市场占入境总数的85%以上；从旅游外汇收入看，这一市场占到旅游外汇收入总数的40%左右，该市场过往率高，再访率高，但停留时间较短。

未来我国入境旅游市场总体格局不会发生重大变化。总的趋势是：洲内市场将会有较大的增长；洲际市场呈稳定适度发展；港澳台市场继续保持活力，可能形成较大增长;台湾地区的发展取决于海峡两岸政治、经济关系的变化,如不发生激烈冲突也会保持较大的增长。

(四)我国入境旅游市场的发展趋势

1. 入境旅游将继续保持较高的增长势头

分析我国入境旅游的形势,不难发现以下有利因素:(1)21 世纪以来,世界经济将继续发展。中国各主要客源市场经济也将有所发展。(2)中国"入世"和"奥运"效应将进一步带动入境旅游业的发展。(3)中国国力日趋强盛,国际货币基金组织总裁克勒给予了高度评价,称赞中国是"亚洲经济稳定的支柱"。因此,中国的和平、稳定和发展以及国际地位和国际声誉的不断提升,使得"最安全的旅游目的地形象"更加突出。

2. 境外旅游需求的个性化

由观光型向休闲度假型、商务型、修学型、探险型等多种旅游个性化方向发展,已经成为旅游的发展趋势,电子商务正适应和加速了这种旅游方式的发展,传统的上门报名团队旅游必将向网上报名旅游方向发展。

3. 入境旅游形式的散客化

根据专家分析我国入境旅游近年有明显的散客化趋势。大通旅游机构公司中国部经理蔡韵人说:目前本地前往中国旅游呈现出"四多"趋势,即散客越来越多,年轻人越来越多,短线和区域性线路越来越多,去新开线路旅游的人越来越多。2000—2006 年我国主要客源市场的散客比重不断增长,而且从旅游业发展趋势来看,散客是未来旅游市场中的主流。

4. 市场竞争的激烈化

入世将加大改革开放的程度, 长期以来我国入境旅游市场基本上被国外旅行社所控制,为打破这种局面,我国国际旅行社曾多次尝试在主要客源国建立销售网络,直接招徕游客;但由于实力不强、营销能力弱等原因,上述目标未能实现,到现在为止我国旅行社仍是海外旅行社的境内接待社。我国国际旅游市场从 1989 年起成为买方市场,进人 90 年代后国际旅行社的增长速度,远远超过同期来华游客增长速度,市场供需失衡加剧。国内旅游市场发展很快,但旅行社数量增长更快,出现"僧多粥少"局面。十几年来入境旅游已形成了外国旅行社经营组团,国内旅行社接团的分工体系,目前外国旅行社已经可以直接来我国开办旅行社,国内旅行社的原有客源市场将会大量流失。

5. 旅游产品内容的多样化

随着国际旅游的快速发展,国际旅游者的个性化的进一步凸现,旅游产品的内容也在朝多样化的方向发展。旅游产品结构性优化表现为以山水风光、文物古迹、民俗风情为特征的传统产品,普遍充实了新的游览内容,由一般观光、单纯观光向主题观光、参与性观光发展;产品档次和品位有所提高,开始了度假产品、专项产品等旅游产品的开发。

二、国内旅游市场

(一)发展现状

国内旅游市场是我国旅游市场的一个重要组成部分。改革开放以来,随着我国经济的快速发展,人民生活水平的不断提高,国内旅游市场的规模也不断扩大,旅游消费水平在迅速提高。1985 年,我国国内旅游人次为 2.4 亿,2006 年增至 13.94 亿,年均增长 8.7%。国内旅游支出 1985 年为 80 亿元人民币,2006 年增至 6 229.74 亿元,年均增长 23.01%。1985 年平均每个国内游客的支出为 31.3 元,而 2006 年则增至 446.9 元,为 1985 年的 14 倍,即平均每年增幅 13.5%,远远高于旅游人次增长速度。

(二)市场结构

我国国内旅游中,城镇居民在旅游收入、旅游出游率和人均旅游花费都远远高于农村居民,因为城镇居民的收入水平相对较高,出游的比例也较高;但是农村居民的出游人次和旅游消费水平的增长速度却大于城镇居民,这是因为农村居民的数量比较大,占我国人口总数的 60%以上,随着我国经济的发展特别是农村社会经济的发展较快,导致旅游人次和支出的增加量增幅较大。

(三)市场主要特点

目前,我国国内旅游市场呈现的主要特点表现在以下几个方面。

1. 市场规模大,潜力也大

近年来,我国国内旅游市场无论是出游人次,还是消费总额都远远大于海外来华入境旅游市场。并且,由于我国经济发展较快,人口众多,国内旅游市场的潜力仍然很大。

2. 旅游形式以散客旅游为主

据有关资料显示,我国国内游客的绝大多数人都未使用旅行社提供的服务,而自行安排其旅游活动。

3. 人均消费水平尚低

我国国内旅游中,虽然人均旅游支出增长较快,但是同海外来华游客相比,人均消费水平仍然较低。

4. 短程旅游比重大

据国内旅游抽样调查表明,国内游客中,以游览一座城市的短程旅游所占比重最高,近年来一直维持在 90%以上。除了经济上的因素之外,更为主要的原因是目前我国还未普遍实行带薪假日制度, 它使人们出游时间受到了很大限制。

5. 旅游活动以观光度假、探亲访友为主

据国内旅游抽样调查,国内旅游中,出外观光、游览、度假和探亲访友的游客占大多数。

(四)发展趋势

随着我国经济持续快速发展,人民收入水平的提高和闲暇时间的增多,国内旅游将继续保持强劲的发展趋势。

(1)国内旅游已经成为扩大内需、拉动经济增长一个不可忽视的大市场。其经济总量为国际旅游的近 4 倍。根据发达国家的实践,这个倍数可达 7 ~ 8 倍。由此可见,国内旅游的发展潜力还大。

(2)国内游客的人均消费水平继续保持上升势头,国内旅游收入仍有较大的增长空间。一些先富裕起来的国内游客,其旅游开支已相当可观,甚至超过海外游客的平均消费水平。他们人数增长虽然有限,但显示出某种发展趋势,国内游客中下榻旅游涉外饭店的比重在提高就是一个很好的佐证。例如,根据国内旅游抽样调查,1998 年国内游客下榻旅游饭店的人数比上年增长了 9.89%, 且近年来呈现逐年增长的趋势。

三、出境旅游市场

出境旅游市场是指我国公民到其他国家和地区旅游的市场, 即我国成为了旅游客源国,其他国家和地区是我国公民旅游目的地。

(一)中国出境旅游的持续快速发展

我国出境旅游人次1992年为298.87万,至2004年增至2 885.29万人,年均增长20.8%。

2006年中国出境游客达3 400万人次,同比增长10%,中国继续保持亚洲第一大出境旅游市场的地位。据世界旅游组织预测,到2020年,我国出境旅游人次将达1亿,居世界第四位。我国公民出境旅游的主要目的地国家和地区是东南亚国家、港澳地区和周边邻国,并逐渐向世界其他国家扩展。

中国出境旅游的持续快速发展,概括起来主要有4个方面的原因:第一,在国际旅游贸易中,存在明显的超绝对优势(超绝对利益)。旅游者消费的核心商品是自然与人文社会景观,这些商品不仅不可移动,而且具有自然垄断性,只有目的地国能够生产。目的地国超绝对优势的存在,为出境旅游提供了强大的拉力。第二,国内经济的持续发展和社会文化的繁荣进步,为国民出境旅游提供了推力。第三,越来越多的国家或地区看重旅游在经济社会发展中的作用,看重中国旅游市场的发展潜力,同中国缔结了旅游合作关系,解除了对中国旅游者的限制性政策并加强在中国市场的促销活动。中国公民自费出境旅游目的地国家或地区在2000年前只有9个,到2006年年底增加到了132个。第四,中国的开放程度不断提高,中国政府对国民出境旅游采取了较为宽松的政策。加入WTO之后,在实际操作上,政府对出境旅游的具体管制进一步放松。

(二)出境旅游市场类型

(1)从旅游费用上划分,我国出境旅游市场分为因公出境旅游市场和因私出境旅游市场。前者的旅游费用由游客所在部门或单位支付,后者的旅游费用由游客自己承担。

(2)从地理的意义上划分,我国出境旅游市场分为出国旅游市场、边境旅游市场和港澳游市场。出国旅游市场是指我国公民作为其他国家客源的市场。出国旅游需办理护照和签证手续。它分为两部分:一部分是由国家旅游行政主管部门批准特许经营中国公民自费出国旅游业务的旅行社组织的,以旅游团的方式,前往经国家批准的中国公民自费出国旅游目的地国家或地区的旅游;另一部分是经由其他有关部门或机构办理出国旅游手续的旅游,它包括因公和因私两种情况。截止2006年底,经国家旅游行政主管部门批准的旅行社可以组团出游的旅游目的地国家有132个国家和地区。边境旅游市场是指我国公民作为毗邻国家特定区域客源的市场。它是经批准的旅行社组织，集体从指定的边境口岸出入境,并需在双方政府商定的区域和期间内进行的旅游。港澳游市场是指我国内地居民作为香港、澳门地区客源的市场。

第五节 旅游市场营销

旅游市场营销是在一定的时空条件下开展的，这一时空条件就是旅游市场营销环境。旅游市场营销环境是旅游企业的生存空间。旅游市场营销战略的制定,必须以企业所处的营销环境为基础,以企业经营活动为内容。

一、旅游市场营销概述

旅游市场营销作为市场营销的一个分支,具备市场营销学的一般内涵。我们可以这样理解旅游市场营销:它是以客源市场需求为导向的经营哲学,是根据客源市场需求,制定经营计划,组织实施相控制,以满足市场需求,并获取利润的过程。从上述概念可知,旅游市场营销具有三层含义:一是以需求为导向,以交换为核心。旅游企业通过提供使游客满意的旅游产品,以实现旅游企业的经济和社会目标。二是旅游市场营销是一个动态过程。包括分析、计划、执行、反馈相控制,更多地体现旅游经济个体的管理功能,旅游市场营销是对营销资源(诸如旅游市场营销中的人、财、物、时间、空间信息等资源)的管理。三是旅游市场营销适用范围较广,一方面体现在旅游市场营销的主体广,包括所有旅游经济个体;另一方面旅游市场营销的客体也多,不仅包括对有形实物的营销,还包括对无形劳务的营销以及旅游经济个体由此所发生的一系列经济行为。

二、旅游市场营销环境

旅游市场营销环境是指影响旅游市场营销管理能力的各种企业外部和内部因素组成的企业生态系统，由旅游市场宏观营销环境和旅游市场微观营销环境共同构成。

旅游市场宏观营销环境是由政治环境、经济环境、社会环境、技术环境因素组成,主要以间接的形式,并借助于微观营销环境为媒介作用于旅游企业的市场营销行为，旅游市场微观营销环境是与企业市场营销活动直接发生关系的具体环境,是决定企业生存和发展的基本环境,主要由旅游企业自身、营销中介、供应者、购买者、竞争者、公众等要素构成。

旅游市场营销的宏观和微观环境虽然分别存在于不同的空间范围中，但两者在旅游整体市场营销活动中缺一不可。存在于企业微观环境中的市场可控因素,不能离开存在于旅游企业宏观营销环境中的客观因素,市场营销宏观、微观环境的关系是相互协调和相互适应的关系。这种协调与适应的目的在于更好地满足目标市场消费者的需求,实现旅游企业的整体市场营销的可持续发展。

三、旅游市场营销策略

旅游企业要想在激烈竞争的市场中获得生存和发展，注重旅游市场营销管理是我国旅游业的必然选择,其中,市场营销策略是旅游市场营销的重要内容。旅游市场营销策略是旅游市场营销学的核心,按照菲利普·科特勒对市场营销因素的划分,旅游市场营销策略可以划分为旅游产品策略、价格策略、分销渠道策略和促销策略(4Ps 策略)。

(一)旅游产品策略

产品是旅游市场营销中一个重要因素，产品策略直接影响和决定着其他营销组合因素的策略制定。旅游产品策略包括旅游产品生命周期策略、旅游品牌策略和旅游新产品开发策略。

1. 旅游产品生命周期策略

产品生命周期是现代市场营销学中的一个重要概念,是市场营销学家经过大量的数据统计分析、理论推导而得出来的。它的应用会大大提高营销活动效率。产品生命周期是产品从进入市场到最后被市场淘汰为止的全过程。这一时期反映在产品的销售量和利润上,也是由弱到强,由盛转衰的过程。产品的生命周期一般分为四个阶段:产品推出阶段、市场成长阶段、市场成熟阶段、市场衰退阶段。

产品引入阶段也称产品介绍期,是指市场上推出该产品,产品呈缓慢增长状态的阶段。在此阶段,新产品的研制、开发和推销费用很高,而销售量又十分有限,所以这一阶段的盈利比较低。市场成长阶段也称产品成长期,是指消费者开始接受该产品,产品的销售量呈大幅增长的阶段。在这一阶段,由于产品的销售量增加,成本降低,所以产品的盈利状况明显改善。市场成熟阶段也称产品成熟期,是指产品销售量由快速上升到缓慢上升乃至缓慢下降的阶段。在这一阶段,消费者已经接受了该产品,但是,由于生产竞争状况加剧,产品的盈利能力停止增长甚至略有下降。市场衰退阶段也称产品衰退期,是指产品的销售额以反盈利能力迅速下降的阶段。在这个阶段,由于竞争过于激烈,加上新的替代产品的出现,产品的销售迅速下降直至退出市场。旅游产品生命周期各阶段的营销策略。

(1)旅游产品的推出阶段。当某旅游产品作为一种新产品刚刚进人市场时,消费者对这种产品还不十分了解,再加上营销渠道不完善,因而消费者对此种旅游产品的消费是十分谨慎的。所以,在这一阶段,市场空间比较狭小,产品的销量增长十分缓慢。在这一阶段营销的主要任务是扩大产品的知名度,让消费者迅速认识和了解该产品。因此产品就需要大力的促销、广泛的宣传,吸引消费者的注意和试用,争取打通分销渠道,占领市场,力求缩短这个阶段持续的时间。在这个阶段,如果把价格和促销结合起来可以采取以下四种策略:

高价高促销策略。在产品刚刚推出,产品定价较高,不惜大量投入资金进行宣传促销活动,力求在消费者中迅速建立知名度,吸引那些对新产品好奇的消费者的购买欲望,快速收回投资和获利。

高价低促销策略。在产品刚刚推出时,产品的定价高,但是很少进行促销活动。这种方法虽然节省了宣传促销的开支,但是消费者需要一段时间对产品进行了解,因而获利时间也比较长。

快速渗透策略,即低价高促销策略。因为这种策略采取了所有对消费者有利的手段,所以这种策略又称密集型策略。产品刚刚上市时,产品价位低,开展大量的促销活动,争取迅速占领市场,然后随着销售量的增大,产品生产逐步扩大规模,提高生产率,单位成本下降,取得规模效益。

缓慢渗透策略,即低价低促销策略。产品以低价问世,但是很少采取促销手段,力求以质优价廉的特色吸引消费者的注意,逐步渗透,扩大市场。

(2)旅游产品的成长阶段。消费者已经接受这种旅游产品,产品的市场范围在逐渐扩大,营销渠道逐渐完善,销售量迅速增长。由于产品利润的增加,导致了许多新的竞争者的加入,市场竞争越来越激烈。这个阶段是盈利水平增长最快的一个阶段,旅游营销者在这个阶段的主要任务就是尽可能延长这个阶段的持续时间,使旅游企业盈利发展水平达到最大。所以,旅游营销者就要保证自身产品的质量和特色,这是在竞争中保持不败的重要保障。旅游产品因为具有不可专利性的特点,旅游企业无法阻止竞争对手介入同质市场。唯一的策略就是要突出服务质量,使本企业的服务质量优于其他竞争对手。所以,当新产品为消费者认可后,绝不是高枕无忧了,应采取积极主动的态度搜集客人的购后感受和意见,不断地完善和提高自己的服务质量。同时也不能忽视采取一些广告宣传来吸引消费者的目光,广告的重点应从建立产品知名度转向劝说消费者购买,也可以在适当的时间采取降价的措施,吸引对价格敏感的消费者。

(3)旅游产品的成熟阶段。成熟阶段也不是自始至终都呈现一种状态,成熟期可以分为三个时期:成长成熟期、稳定成熟期和滑坡成熟期。处于这个阶段,旅游企业应根据市场调研对现有产品不断创新,提高产品质量,追加产品价值,用令人信服的新属性来满足需求,维持或拓展市场份额。

(4)旅游产品的衰退阶段。如果某种产品出现了更有前途、更受欢迎的替代品,那么,这种产品就可能走向没落。由于消费者对这一产品偏好下降,市场规模不断萎缩,最终市场进入衰退阶段,如果企业能预见到这一阶段的到来,就应该把主要的力量集中于新的潜在市场,设计开发新的产品。

2. 旅游品牌策略

品牌能为经营者带来利润,因而是富有价值的,只不过这种价值直接体现为企业的无形资产和市场竞争力,而旅游品牌代表着旅游产品或服务的市场形象,一个旅游企业一旦树立起良好的品牌形象, 其知名产品将以较高的市场占有率在竞争中立于不败之地,同时,由该企业提供的一般品牌产品也会得到较高的市场回报。

(1)品牌化策略。企业决定为自己培育特有的、全新的品牌,这便是一种品牌化的策略,使用品牌化策略对企业的好处是:能够在市场上树立全新的产品和企业形象, 这在企业整体形象不佳或消费潮流出现转移迹象的市场环境中尤其能创造机会;能够保护企业的独特品质免于被竞争者模仿;为培养和维持忠诚顾客提供了机会;有助于进入细分市场并有效定位;有助于企业文化的形成和发展。但这种策略并不一定意味着企业在经营上能取得成功, 因为品牌化过程本身是对企业综合资格的挑战。从管理思想到组织结构和运作效率,从资金实力到人才实力,从企业内部文化到外部环境,都可能对品牌化策略的实施构成各种限制和障碍。也就是说,建立、维持、保护品牌也要付出巨大的成本。

(2)品牌使用者策略。当企业决定使用其他成功企业的已有品牌时,这种策略称为品牌使用者策略。与品牌化策略相比,这种策略有自己的优势。比如,利用人们所熟知的品牌可以使企业很快进入目标市场, 缺少了使用独立品牌的潜在风险;可以共享已有品牌的各种网络资源,包括促销、形象、供销渠道、人力资源培训等。但是,这种策略的缺点也十分明显。比如,使用其他企业品牌的直接费用往往很高;企业在本土化方面缺乏弹性;企业难以实现有效的创新;如果母公司的品牌形象泛化,会对本企业产生波及效应。对于这两种策略都不满意的企业,在特殊情况下,短期内也可选择非品牌化策略。

(3)品牌延伸策略。品牌延伸是指将一个现有的品牌名称使用到一个新类别的产品上,品牌延伸并非只借用表面上的品牌名称,而是对整个品牌资产的策略性使用。品牌延伸的好处是:扩展原有的品牌优势;满足不同细分市场的需求;完整的产品线可以防止竞争者的袭击;可以加快新产品的定位,保证新产品投资决策的快捷、准确,有助于强化品牌效应,增强品牌这一无形资产的经济价值。但品牌延伸策略的潜在危险也是存在的,比如损害原有品牌的形象、有悖于消费心理、株连效应等。

(4)合作品牌策略。此策略指一家旅游企业联合使用两个或更多的品牌,每个品牌都期望另一个品牌能强化整体的形象或购买意愿,其目的是希望能借助连锁品牌和地方品牌的双重优势来开拓市场。

3. 旅游新产品开发策略

产品生命周期理论告诉我们,所有产品都要步入衰退期,面对不断变化的游客品位、技术和竞争,企业必须善于开发新产品。所谓新产品是指任何能给顾客带来新的利益和新的满足的产品。

(1)产品独特性策略。求新是人们普遍具有的一种心理。从事旅游新产品设计和开发的人必须注意和利用这种求新心理。这样,新产品便可能因其新奇、独特的特点而对客人具有吸引力。这种新奇、独特的产品可以有其物质表现形式,如新楼的设计、房间的装修、餐具的式样、菜肴的外观等,它们都是看得见、摸得着的。同时,新奇、独特的产品又可以不具有特定的物质表现形式。例如,下榻南京金陵饭店的客人,每一次外出归来都会感到种种细微变化,鲜花已经更换,写字台已经整理干净,烟灰缸已一尘不染,零乱的房间焕然一新,这叫 18 小时背对背追踪服务。又如,在许多管理得好的餐厅,客人酒足饭饱,结账之后准备离开时,餐桌上一定不会杯盘狼藉,服务员早已轻手轻脚地撤走所有杯盘碗碟,把桌子擦得一干二净,给每位客人面前摆上一杯清茶。设计和开发具有物质形式的新产品不容易,设计和开发不具有物质形式的新产品更非易事。

(2)产品针对性策略。这是设计和开发新产品原则中最重要的一条。所谓针对性,就是新产品的设计和开发必须在调查研究的基础上,必须首先考虑客人亦即市场的需求。这种需求可以不是现实的,只是潜在的,但它必须是真实的,在许多时候是可以量化的。

(3)合理的经济效益策略。经营旅游企业的重要目的之一,是获取利润。设计和开发旅游新产品的目的之一也在于此。为了保证新产品给旅游企业创造利润,进行可行性研究很有必要。大的项目(如扩建或新建)应该进行可行性研究,小的、需要投资的项目(如增设韩国烧烤、日本料理等)也不要把可行性研究看作可有可无。在这方面,我国多年来的一个重要教训是:长官意志常常成为决策的主要依据。于是奇怪的现象就产生了:决策在前,可行性研究在后。可行性研究本来应该按科学精神进行,事实上可行性报告却常常充满了随意性。

(4)适合中国国情策略。作为一个社会主义国家,我国在发展旅游业的过程中要始终坚持社会主义方向,在发展旅游业的时候同样必须做到这点。20世纪80年代初期,我国许多城市的夜生活枯燥单调,海外旅游者中抱怨甚多,"白天看庙,晚上睡觉"集中地说明了这一问题的普遍性和严重性。从80年代中期开始,不少城市的饭店开始注意这一问题,采取种种积极措施加以解决。现在,上述抱怨已较少听到。然而,另一个问题却冒了出来,谓之"三陪"即用色情来吸引旅游者与顾客。此外,还有少数酒店变着法儿用赌博挣钱。这些都背离了我国旅游及饭店业的社会主义方向。国家旅游局已多次重申,在我国旅游业中必须坚持三个"严禁",即严禁赌博、严禁娼妓、严禁吸毒。市场经济要坚持一个经营原则,即突出企业效益,依法经营。

(5)不断充实完善策略。任何产品都不可能从一开始就十全十美,旅游产品更是如此。一项新产品在推出之初可能受到旅游者的欢迎,从而给企业带来良好的经济效益,但我们不能因此而满足,以为万事大吉,只等客人上门即可。相反,应该不断改进,不断完善,不断创新,才能吸引越来越多的旅游者,创造出越来越好的经济效益来。

(二)旅游产品定价策略

在构成旅游营销的四个基本要素中,价格是唯一能够基本不改变成本的情况下而改变企业收益的要素。同时,价格也是营销组合中最为灵活的因素,它能够迅速反映市场需求与竞争的变化,并且,决策者可通过改变价格对需求和竞争产生影响作用。由于企业生产能力在一定时间内是相对固定的,因此,价格也常常成为企业掌控需求、平衡淡旺季的重要手段。一个有效的定价策略对于企业吸引顾客、增加利润、在竞争中取得优势地位等都具有至关重要的作用。定价策略就是为实现定价目标而采取的一些必要的价格手段和定价技巧。下面介绍两种常用的价格策略。

1. 心理定价策略

心理定价策略是一种针对顾客心理和行为倾向而制定价格的技巧。这种定价策略的应用基于一个基本的假定，就是价格会对消费者起到某种心理暗示作用。心理定价策略主要有四种形式。

(1)尾数定价。这是专门对价格尾数加以心理暗示的一种定价策略。根据心理学的分析以及市场调查数据表明,消费者在购买决策过程中,理性和非理性成分并存。人的个性特点、社会地位和经济状况又使这种理性平衡在具体的购买行为中呈现很大的差异。这一点也体现在对价格以及由价格所衡量的产品和服务的价值感知上。比如,同样的产品,标以 0.99 元与 1.01 元两个不同的价格,会使人产生超出其实际含义的差异性感受。从理性的角度考虑,二者差别十分微小,但是,直观的感知却可能使人在一时之间产生两者相差一挡的印象。此外,尾数定价让消费者感受到的是企业严谨的成本核算结果。

(2)整数定价。对于很多能显示产品的高质量、高档次,显示消费者的高地位、高品位的商品,采用尾数定价策略是不合适的。在这种情况下,将价格调整为一个属于适当价格档次的水平往往更容易被人接受。

(3)声望定价。价格档次常被当作商品质量最直观的反映。现代消费者更加倾向于对品牌产品的购买就是这种心理意识的反映,因此,企业可凭借其在消费者心目中良好的声誉及消费者对高档产品“价高质优”的心理,以较高的价格吸引顾客购买。这种定价策略既弥补了企业高档次产品的必要消费,也有利于满足不同层次消费者的需求。但要注意的是,产品的质量必须与价格相符,才能保证企业声誉,维护顾客利益。

(4)招徕定价。招徕定价是指企业有意将几种产品的价格降低到市价以下,个别甚至低于成本,以此来吸引顾客的购买。这样做可以使消费者增加连带性购买,从而使企业增加销售额。采用这种定价策略应当注意:企业必须具有较大规模,降价品种应该是日常消费品,降价产品的数量要适当,降价必须能真正吸引顾客;要特别注意竞争者的价格反应,降价的产品项目应该是能够引起连带性消费的项目,而不是自足的消费品。

2. 折扣定价策略

(1)数量折扣。数量折扣是指根据消费者购买产品的数量或金额总数不同而给予消费者不同的价格折扣。实行数量折扣有利于企业与消费者之间建立长期稳定的联系,并能减少企业各环节费用。数量折扣可分为累计数量折扣和非累计数量折扣两种形式,累计数量折扣是指在规定的一定时期内,顾客购买产品总量超过一定数额时,按总量给予一定的折扣。非累计数量折扣是指对购买超过规定数量或金额所给予的价格优惠。例如,国家旅游局规定,15 人以上全包价标准旅行团实行第 16 人减免的办法。

(2)现金折扣。现金折扣也称付款期折扣,就是对在约定的付款期内付款的顾客给予比原定价格低的价格的一种方法,可以改善企业资金周转状况,减少呆账、死账损失,实现现金折扣的关键是合理地确定折扣率。

(三)旅游产品分销渠道策略

旅游产品的季节性、无形性、生产与消费的异地性等特点,决定了旅游经营与旅游需求之间会不可避免地存在时间、空间上的差异。因此,面临日益激烈的市场竞争,旅游企业应在充分发挥自身营销优势的同时,加强与中介组织的合作,从而增强驾驭市场的能力,拓展自身产品被认可的广度和深度。旅游企业在确定了渠道成员的销售水平及中间商的分工后,接下来的工作就是设计具体的营销渠道,包括两方面,即渠道长度选择策略和渠道宽度选择策略。

1. 营销渠道长度选择策略

营销渠道长度选择分为两个层次,一是决定采用直接营销渠道还是间接营销渠道进行销售,二是选择间接营销渠道的中间环节或层次是多少。一般来说,在实际的营销活动中,旅游企业会同时采用这两种营销渠道。因为,一方面,对近距离市场,企业自身营销能力可以达到,则多用直接渠道。另一方面,绝大多数旅游产品的目标市场都比较庞杂、分散,且在生产与消费异地的特点,因此仅凭企业自身的营销力量很难建立起足够的营销网点,而借助各类中间商的力量,可以使营销活动的辐射空间更为广阔。

2. 营销渠道宽度选择策略

营销渠道设定之后,旅游企业还应对每个环节中间商的数量,即渠道覆盖能力进行选择,一般有密集型营销、选择型营销和独家营销三种策略。

(四)旅游产品促销策略

促销,就是旅游企业为了激发顾客的购买欲望,影响他们的消费行为,扩大自己产品的销售而进行的一系列联系、报道、说明等促进工作的总称。促销作为旅游企业与市场联系的主要手段,包括了多种活动,其中主要有人员促销、广告促销、营业推广以及公共关系等诸多内容。

1. 旅游人员促销策略

人员促销是指通过旅游接待人员或专职推销员直接与顾客见面的形式,向顾客推销产品和服务,以便增加销售或预订。在人员推销过程中,有关人员向顾客传递产品和服务信息,介绍有关知识,尽可能唤起消费者的关注和兴趣,以促使消费者购买。通常,人员推销是指专职推销员所进行的推销活动。

2. 旅游广告促销策略

广告就是广而告之。具体地说,是企业或个人为了某种特定的需求,支付费用,通过大众的一些传播媒介,将有关自己产品或服务的相关知识和信息传递给公众。广告作为营销组合之中的一个重要的组成部分,也同样受到了旅游企业经营人员的普遍重视。旅游广告就是指旅游企业通过购买某种宣传媒介的空间或时间,来向旅游企业的公众或是特定市场中的潜在顾客进行推销或宣传的一种营销工具。近些年来,市场竞争日趋激烈,广告已经成为企业传播产品信息、吸引顾客、推销产品的重要手段之一。作为旅游企业,它们在对待使用广告的目的和方法上往往存在着差异,但是广告作为旅游企业的一种十分重要的营销手段还是有着巨大的作用。

3. 旅游营业推广策略

营业推广,又被称为销售促进,是指企业利用各种短期诱因鼓励消费者购买本企业产品或服务的一种促销活动。针对旅游企业来讲,其营业推广就是旅游企业进行的除了直接促销广告宣传和公共关系宣传以外的,用来刺激消费者购买和中间商经销旅游产品有偿服务的各种短期的,以及非定期性的旅游企业营销活动。其目的在于短期内迅速刺激和扩大需求,取得一种立竿见影的经营效果,增加其销售,扩大其市场占有率。

旅游企业的营业推广主要是针对最终消费者和旅游中间商而进行的,由于两者之间有一定的差异,所以旅游企业在进行其营业推广活动的时候,也应该注意在方法上有所不同。旅游企业的一般顾客比较注意自身消费的利益,而中间商则比较注重自己经济利益的获得。

(1)价格优惠策略。当旅游产品的价格成为激发顾客购买行为的主要因素时,旅游企业使用价格优惠的方法往往会取得比较好的效果。目前,在世界上的很多旅游企业都在自己经营的淡季或是特殊的时期里推出优惠的价格项目,从而招徕客源。这种以价格取胜的方式,可行性比较强,对于旅游企业的顾客或是中间商都有比较大的吸引作用。

(2)奖券和抽奖策略。旅游企业所推出的奖券和抽奖都是用来刺激顾客进行购买的诱因。作为奖券,旅游企业可以把它附载在报纸、杂志以及宣传材料之中;或是通过邮递,直接寄给顾客。当然,旅游企业还可以将奖券在顾客消费的时候就赠送给他们,以求在第一时间去刺激他们的再次购买欲望。旅游企业的抽奖形式也是多种多样,凡是在本企业消费的顾客都有机会参加这种抽奖活动,一旦顾客中了奖,他们就可以获得一些企业提供的实物或是一次免费的旅游作为奖品,以使他们更进一步地接近旅游企业的产品,并在此过程中获得身心的愉悦。但是,旅游企业在举行抽奖活动的时候,一定要注意实事求是,不能出现只抽无奖的情况,这样会使顾客产生反感。

(3)提供产品样品策略。旅游企业有时候会让顾客先免费尝试产品样品,再向他们收取费用,或再进行大量的销售。其实这也是旅游企业的一项很有竞争力的高招,这种方法对于消除顾客不了解旅游企业的顾虑有很大的帮助,尤其对于中间商和较复杂的产品购买是十分有效的办法。

(4)退款和折扣策略。给予没有得到满意服务的顾客以全部或是部分的退款或折扣是使顾客对旅游产品质量充满信心的一种保证,同时也是旅游企业吸引顾客的一大有利条件。比如,美国的酒店规定,如果顾客送洗的衣服没有在规定的时间内洗好并送回,酒店将不收取顾客的洗衣费用;再比如,如果酒店餐厅内,客人所点的菜肴没有在规定的时间内送到的话,这桌客人就将免费享用这顿佳肴。这种办法对于个人或是少数的消费者,是行之有效的。

(5)优先照顾策略。旅游企业对待自己的特殊顾客,比如说重要顾客、贵宾、企业俱乐部的成员、长期的客户等等,实行的一种具有个性化的特殊服务。

(6)红利策略。旅游企业某一时候为了去刺激中间商的购买积极性,也可以采取销售分红的形式,使中间商与旅游企业共享一定比例的利润。旅游企业通过这种红利的形式,就将自己与中间商的利益紧紧地结合在一起了。此外,还可以采用鼓励重复购买、举办各种特殊活动和赠送礼品等方式。

复习思考题

1. 何为旅游市场？它有那些特征和功能？
2. 旅游市场有哪些划分方式？是如何划分的？
3. 简述六大旅游市场的特征。
4. 分析说明全球国际旅游客流规律。
5. 简述我国旅游入境市场和出境市场的现状和发展趋势。
6. 品牌化策略和品牌使用者策略对于旅游企业来说各有何利弊？
7. 旅游新产品的开发程序有哪些？
8. 旅游企业在进行促销组合决策时，应考虑哪些因素？

主要参考文献

罗明义. 旅游经济学[M]. 天津：南开大学出版社，1998.
田里. 旅游经济学[M]. 北京：高等教育出版社，2002.
王昆欣. 中国旅游客源地和目的地概况[M]. 北京：高等教育出版社，2005.
王洪宾. 旅游学概论[M]. 北京：中国旅游出版社，2004.
王晓云，等. 旅游学导论[M]. 上海：立信会计出版社，2004.
谢彦君，等. 旅游学概论[M]. 大连：东北财经大学出版社，1999.
徐汎. 中国旅游市场概论[M]. 北京：中国旅游出版社，2004.
杨志熙，等. 旅游市场营销学[M]. 武汉：华中师范大学出版社，2006.

第七章
旅游的影响

当代社会，人们对旅游业的重视程度越来越高，旅游业成为大众的、经常的现象，尤其是二次世界大战以来，旅游在世界各地都取得了巨大的进展，旅游业已成为世界上发展势头最强劲的产业。在旅游过程中，旅游者同旅游目的地诸多方面之间会产生相互作用，从而旅游客源地区或国家也会同旅游目的地地区或国家之间发生某种联系，这种相互作用和联系不仅会对游客和其所在地区或国家产生影响，而且必然也对旅游目的地地区或国家产生影响。从全社会角度来看，旅游者的行为和旅游业的发展越来越多地影响人类社会经济和文化的发展趋势，因此，了解和认识旅游在社会发展中的作用和影响是旅游研究中重要的内容。本章着重讨论旅游活动和旅游业对经济、社会文化、环境三大要素的正负两方面的影响。

第一节　旅游的经济影响

旅游业是一个综合的新兴产业，是国民收入的重要来源之一。它的发展壮大对国民经济产生了深刻的影响，这种影响既有积极的一面，也有消极的一面。

一、旅游对经济的积极影响

在现代旅游中，各种类型的旅游活动都表现出与经济深刻的依赖关系。旅游者在旅游目的地的消费行为促进了旅游业的发展，旅游业又带动了旅游相关产业的发展，从而给旅游目的地带来了极大的经济收益。

(一)增加外汇收入,平衡国际收支

无论是发达国家还是发展中国家，发展旅游业的一个重要目标就是赚取外汇,平衡国际收支。一个国家拥有外汇多少,标志着这个国家经济实力的大小和国际支付能力的强弱,要想在激烈的国际竞争中站稳脚跟,就必须开辟创汇的途径。

一个国家获得外汇收入的途径有三条,第一,贸易收入,指商品出口的收入;第二,非贸易收入,指有关国际保险、运输、旅游、利息、居民汇款、外交人员费用等方面的外汇收入;第三,资本往来收入,是指对外投资和贷款方面的外汇收入。在发展中国家,外汇缺乏是制约国民经济发展的一个重要障碍。因为发展中国家传统的出口产品是初级产品,不仅数量有限,而且代价昂贵,还要承受进口国的种种关税和其他壁垒,无法满足其经济发展的需要;同时由于经济技术的落后,为了发展本国经济,必须进口一些外国先进技术和设备,因而往往造成国际收支平衡出现赤字。与此相比,国际旅游在赚取外汇方面有明显的优势。

(1)旅游产品的换汇成本率较高。由于旅游资源既不能向旅游者出售,也不能转移,旅游者只能前来游览观赏,来旅游产品的生产地进行消费,旅游者支付的是钱币,带走的只是一种美的享受或美好的印象。这种货币交换也称为“无烟工业”。旅游出口节省了商品外贸过程中必不可少的运输费、保险费、有关税金开支以及与外贸进出口相关的各种复杂手续,而且旅游资源可以无限的重复、永续利用。

(2)结算快。出口商品从发货到结算支付往往要间隔很长时间,有的甚至长达几年,而在旅游的“出口”中,买方往往要采用预付或现付的方式结算,因此卖方即旅游目的地能立即得到外汇。结算快不但有利于解决利息差额问题,减少汇率变化而带来的经济损失,而且在目的地急需外汇的情况下,也可以使得外汇立即发挥更大的效益。

(3)不存在关税壁垒。在传统商品出口中,进口国往往会对进口商品采用关税壁垒和非关税壁垒来控制商品进口量,而在旅游产品出口方面,通常不存在客源国实行类似的关税壁垒。

(4)旅游产品的价格建立在垄断基础上,价格自主权大。旅游资源是构成旅游产品的重要物质依托，旅游产品的垄断性是与旅游资源的垄断性是联系在一起的。旅游目的地的历史文化遗产和天然旅游资源,都具有因地理上的不可移动性从而被该地所垄断的特点,故旅游产品的价格也具有垄断性,这样,国际竞争在一定程度上被弱化,价格的自主权比较大。

我国的长城、兵马俑，埃及的金字塔等都是世界上独一无二的，所以，旅游者要想去欣赏这些美景时，只有千里迢迢奔赴旅游产品的所在地，不计成本，一睹为快。

(二)回笼货币，平衡国内供求

积极发展国内旅游，对经济的重要作用之一就是有助于拓宽货币回笼的渠道。国家回笼货币的渠道主要有四条：第一是商品回笼，即通过出售各种商品收回货币；第二是服务回笼，即通过服务行业的收费回笼货币；第三是财政回笼，即通过征收各种税款收回货币；第四是信用回笼，即通过吸收居民存款和收回贷款来收回货币。

旅游在加速货币回笼，促进市场繁荣与稳定方面的作用中，主要表现在两个方面：第一，发展旅游业适应了国内日益增长的旅游需求，随着人民生活水平的提高，消费结构的改善，旅游活动的进一步普及，用于旅游消费的支出将迅速增长，所以大力发展国内旅游对于回笼货币将起到重要作用。第二，旅游会刺激人们对商品的消费欲望，扩大商品零售额，加速货币回笼。旅游消费是一种综合性的高级消费形式，它比日常消费更多、更快地回笼货币，从而减轻由于人们手头货币过多对市场造成的压力，缓解国家供求矛盾，促进市场的稳定和繁荣。

(三)带动关联行业，增加就业机会

就业问题是国民经济发展中的一个极其重要的问题，它不仅关系到每个劳动者的生存和发展，而且还涉及到一系列的社会问题。由于科技发展，劳动生产率的提高，加上人口的迅速增加，失业问题已成为全球性的问题。每一个国家都在努力开辟就业门路，扩大就业机会，降低失业率。任何部门、行业的发展都能为社会带来一定的就业机会，但是旅游业同其他行业相比，特别是同重工业相比，更利于解决就业问题。其原因在于旅游业是劳动密集型行业，又是一门综合性的服务行业，它要满足旅游者在旅游活动过程中的食、住、行、游、购、娱等多方面的需求。

旅游产生的就业机会分为：直接就业机会和间接就业机会。一般直接就业机会人数比较容易统计，而间接就业人数需要作专门的调查研究。直接就业人数是由于旅游者直接消费而产生的，即指各种旅游企业中的就业人数，包括各种接待设施，商店、旅馆、酒吧、运输企业及有关管理部门在内的就业人数；旅游还能引发间接就业，多发生在旅游工业、旅游农业、建筑业、商业服务等行业，一般来说，一个国家或地区旅游业越发达，这些相关产业与旅游业的关系越紧密，旅游业所

引发的间接就业人数就越多。

(四)平衡地区经济发展,缩小地区差别

一个国家由于各地区自然和历史条件的差异,经济发展水平是不平衡的。而旅游在平衡这种地区差别方面能够起到一定的积极作用。国际旅游可以引起旅游客源国的财富向旅游目的国转移,在一定程度上使国际间的财富再分配,国内旅游同样可以把国内财富向目的地转移,使国内财富在区域间再分配。一般的说,经济较发达地区外出旅游的人数较多,经济欠发达地区外出旅游的人数较少。当经济欠发达地区的旅游资源足以吸引经济发达地区的居民前往旅游时,旅游者的消费刺激了当地旅游业的发展,而且也在一定程度上带动了欠发达地区整个社会经济的发展,从而发挥旅游平衡地区经济发展的作用。

例如,素有"童话世界"之称的九寨沟、"世界屋脊"的青藏高原,都处于经济欠发达地区,而这些具有原始神秘性的景区,往往成为东部经济发达地区人们首选的旅游目的地。在这些地区进行旅游开发就能产生很大的经济优势和拉动作用。相对于传统产业,旅游业具有投资少、见效快、回报率高的比较优势,通过其乘数效应,对一、二、三产业均有巨大的关联带动作用,利于这里发挥后发优势,实现可持续发展目标。同时,这些贫困地区发展旅游业还可以改善投资环境,促进全方位的开放搞活。旅游开发可以使当地人民进一步了解世界,接纳新的思想,此外,旅游开发改善了基础设施条件和景观环境,促进了人才和信息的交流与传播,使外界更了解当地,给外来投资创造了社会前提。但我们要注意的是旅游扶贫是一个新事物,虽然前景很好,但必须遵循旅游内在的发展规律,考虑当地支持发展旅游业的承受能力和配套设施,循序渐进的进行,如果盲目的不切实际的开发必将造成资源的极大浪费。

(五)优化产业结构

所谓产业结构,一般是指第一产业、第二产业和第三产业之间的比例关系。第一产业是大农业,包括农、林、牧、副、渔业,是物资资料的生产部门。第二产业是加工制造业,即我们平时所说的工业。第三产业即服务业,包括商业、金融业、交通业、文教卫生等各种服务部门,主要从事各种服务性工作。

为了使经济社会得到顺利发展,必须有一个合理的产业结构,但产业结构不是固定不变的,它会随着经济条件的变化而变化。首先是科学技术的不断进步,涌现出一些新兴产业；二是人们消费结构变化，产业结构也会随之改变。目前，我国产业结构不合理，尤其是第三产业发展严重滞后，一、二、三产业比例失调。近几年来，我国十分重视产业结构调整，不断加大调整力度，而旅游业的发展，对区域产业结构的调整有积极作用。

现代旅游业是在生产力高度发展的基础上为满足人们追求享乐和发展需要而产生的新兴经济行业。就全球而言，旅游业已成为世界上最大的产业之一，也是第三产业中的重要行业。旅游业是一项综合性产业，它的发展依赖于国民经济各行各业的综合发展，并受到其它行业的制约。离开了国民经济其他部门的大力协助和支持，旅游业的发展是不可想象的。同时旅游业也促进了国民经济中多种行业的发展，促进旅游目的地区域原有的产业结构发生改变，并成为推动经济发展的新动力，为其他部门，其他行业开辟新的生产门路提供了条件。

二、旅游对经济的消极影响

旅游的发展对国民经济的积极作用是显而易见的，但任何事情都具有两面性，旅游目的地的人们在享受旅游所带来的种种好处时，也难以避免地感受到发展旅游业给当地经济发展带来的一些问题。

（一）可能引起物价上涨和地价上涨

大量旅游者的涌入，就意味着大量购买力的涌入，从而有可能引起旅游目的地物价的上涨，从而损害当地居民的经济利益。一般来说，同当地居民相比，旅客的购买力较强，消费水平也较高，大量游客的到来，有可能引起某些商品供应上的紧张，从而引发该类商品价格上涨，如果持续供应不足，有可能引起整个物价水平的提高。其次，为发展旅游业，适应更多游客的需要，目的地需建设诸如饭店、餐饮和游乐设施，占用的土地必然随之增加，其结果也会引起土地价格的上涨，许多国家的事实证明，在某些旅游目的地尚未开发或开发初期阶段，兴建旅游饭店对土地的投资只占全部投资的1%，而这一旅游区一旦发展起来，具有一定规模时，要想修建一座饭店，则地皮的投资将会上升至全部投资的20%。这种地价的上涨，显然会影响到当地居民住房建设和发展。

（二）旅游业过度超前发展可能损坏合理的产业结构

旅游业的成功需要诸多元素的支撑，除了要有丰富的旅游资源，配套的设施设备,还需要良好的交通条件和广阔的客源市场。它的发展必须与国民经济发展相适应,如果旅游业过度超前发展会导致当地经济发展支撑要素分配失衡。如某些农业资源占优势的国家和地区,从事旅游服务的收入高于务农收入,大量劳动力弃农而去从事旅游经营,致使农田抛荒,其结果是一方面旅游业的发展扩大了对农副产品的需求,另一方面却是农副业产出能力下降,不得不依赖进口,从而危害了当地经济的健康发展。

(三)过分依赖旅游业会影响国民经济稳定

过重地依赖旅游业的发展有可能影响国家经济的稳定.尤其是像我国这样的大国,更不能将旅游业作为基础产业。这是因为:第一,旅游需求主要取决于客源国家和地区居民的收入水平、闲暇时间和旅游的动机和意愿,而这些都是旅游目的地国家或地区难以控制的。如果客源国家或地区经济出不景气或衰退,政府又采取限制出境旅游的措施,其出境旅游需求必然大幅度下降。即使不是这种情况,游客的旅游去向也可能发生转移,选择到其他旅游目的地,其结果也会引起该旅游目的地客源的减少。第二,旅游活动的季节性很强,尤其是休闲度假游客,他们出访旅游目的地的季节波动较大。在淡季时会给旅游目的地带来大量旅游设施的闲置和季节性旅游从业人员离开工作岗位。第三,旅游业的发展还要受其他一些因素的制约,例如,政治、社会、战争、恐怖活动、自然灾害等。这些因素也是旅游目的地无法控制的,它们都会对游客的来访产生重大影响。因此,一个国家或地区不宜将旅游业作为国家经济的基础产业,否则就可能影响国民经济的稳定。

第二节 旅游的社会文化影响

旅游活动是人类的实践活动,它不仅对世界的经济产生了巨大的影响,而且对旅游目的地的社会文化也产生了巨大的影响,这主要是由于:第一,旅游活动是一种以不同地域、不同民族、不同社会以及具有不同文化传统的人群之间的相互接触为其根本特征的活动。接触和了解异域社会和文化既是某些旅游者外出旅游的重要动机,同时也是所有旅游者访问异国他乡的客观结果。与此同时,旅游者在旅游目的地的活动过程中,由于同当地居民直接和间接交往接触的存在,也会以其有意和无意的“示范行为”影响当地居民。第二,现代旅游活动发展的规模之大,已使其成为重要的社会现象。虽然就单个旅游者而言,同旅游目的地居民之间的接触是短暂的,似乎不足以对当地的社会和文化产生实质性的影响,但是随着成千上万的旅游者的不断来访,旅游者与当地居民之间的个体接触便会演化成为群体性的社会接触,其规模之大、历时之久,不可避免地会对目的地的社会和文化产生一定的影响。和旅游的其他方面影响一样,旅游的社会文化影响也有积极和消极之分。

一、旅游对社会文化的积极影响

同旅游的发展对旅游目的地经济的影响一样,旅游活动所带来的社会接触和文化交流对目的地社会文化的影响也有其积极的一面。

(一)有助于提高民族素质

这点主要针对旅游者而言的。这方面的影响主要表现于三个方面。

(1)旅游有益于增强人们的体质,增进身心健康。在城市化程度不断提高的现代社会中,人们与大自然产生了严重的隔离,使工作变得单调、枯燥、让人疲惫不堪,身体素质也日趋下降。而旅游能使都市的居民充分享受大自然的阳光、空气和美景,从而使他们恢复体力。通过游览秀丽的自然景色,领略异地的风土人情,人们可以从中获得积极的休息和娱乐,使人们开拓胸襟、陶冶情操、培养高尚情操、提高审美能力,从而增加人们对人生的热爱。这既是大众旅游的重要动机之一,同时也充分反应了旅游活动的开展对促进人们的身心健康,提高人文素质方面的积极作用。

(2)旅游有益于人们开阔眼界,增长见识。古人说:“读万卷书行万里路”,明确指出了旅游在增进学识方面的作用。许多事实证明,在古今中外各个领域的伟人中,几乎没有哪一位不曾有过旅游或旅行的经历。例如,屈原被放逐,游遍大江南北,写出《离骚》等不朽的文学著作。司马迁走遍汉代,写出了伟大的历史巨著《史记》。旅游作为人类文化活动的一个组成部分,是一种特殊的学习活动。人们通过各种形式的旅游活动,亲身体验各种不同的文化和异地风光,从而获得用文字无法表现的文化内涵,增加人生阅历,提高文化素质。

(3)旅游有助于培养人们的爱国主义情感。无论是在国内旅游时亲眼目睹各地的自然名胜、历史文化和建设成就,还是在国外旅游时看到或听到对祖国历史文明和建设成就的称颂,都会激发和增强人们的民族自尊心和自豪感,从而会加深人们对自己祖国的热爱。

(二)加强各个国家和地区人民之间的相互了解和友好往来

旅游是人口之间的移动,而人是文化的载体,不同文化背景的特征,都将在人们的举止言行中表现出,所以说通过旅游活动的交流更为直观和深刻。首先,不同国家和地区、不同种族、不同民族、不同政治观点、不同宗教信仰、不同年龄和性别、不同职业、不同阶层的人们之间可以通过旅游形式面对面地交往,反映出旅游民间交往的广泛性。其次,旅游者是普通百姓或是以非官方身份出现的官方人士,旅游者之间没有高低贵贱之分,主客之间通过市场关系平等交往,不受官方外交礼仪、等级的严格限制,是真正的群众性交往。再次,旅游交往形式可以是实地考察、参加会议、商务等多种形式,可接触旅游从业者、旅游地的居民、其他群体或个体,可选择了解异国他乡的自然和文化,交往形式十分灵活。此外,旅游外交的旅游者与当地居民是面对面的交往,"耳听为虚,眼见为实",这种直接的交往无疑增进了双方真切的感受。

旅游交往不仅能促进民间的相互熟悉、了解,对国际和平、消除国家间因不了解而产生的误会也很有意义。如中国改革开放以来,大量西方旅游者看到了中国的变化,从而消除了一些不切实际的传闻让他们对中国产生的偏见。旅游交往对改善国际关系也有一定作用,如中日、中美、中俄、中韩等国之间的双边关系的改善,与旅游外交发展都是有一定关系。

(三)促进民族文化的保护和发展

中国具有五千多年文明的历史, 祖祖辈辈为我们留下的民族文化瑰宝数不胜数。据国家文物部门的数字,全国地上和地下的不可移动的文物有近40万处,同时,我国有56个民族,每个民族都有自己的传统文化。由于历代的战乱,不少地上文物受到不同程度的破坏,有的甚至被夷为平地,如八达岭长城、居庸关、黄鹤楼等等;而很多传统的民间艺术和民族风情也渐渐被人们所遗忘。为了适应旅游业发展和旅游者的需要, 一些被人们遗忘的传统风俗和文化活动又重新得到了恢复和利用,一些已不复存在的古迹也得到复制。有证据显示,很多文化景区、手工艺和表演艺术都是因为有了旅游者的支持才得以保存至今, 在很多旅游目的地,旅游纪念品贸易不仅对当地经济有巨大的贡献,而且有助于维持传统手工工艺,使之得以流传;如果没有旅游业,这些技艺可能早就失传了。这不仅对于新兴国家来说尤其重要，在发达国家也同样如此，伦敦西区的剧院、音乐厅、博物馆和画廊就是靠外国旅游者维持生计的。可见，这些几乎被抛弃的历史文化遗产和民族风情又随着旅游的发展获得了新生，成为对游客具有吸引力的人文旅游资源，成为国家和民族的财富，不仅受到游客的欢迎，而且也唤起当地人民对自身民族传统文化的珍惜和自豪感。

(四)推进科学技术的交流和发展

旅游促进科技文化交流的作用，既是对旅游地的，也是对旅游者的。旅游者通过旅游形式将客源地的先进文化传播到旅游地，同时也学习旅游地的先进文化思想，这种方式的交流就推进了社会的文明进步。在现代旅游中，科学考察、学术交流更是旅游的重要目的。在旅游者中，不乏各行各业的专家和杰出人才，他们的来访带来了各国各方面的信息，人们通过旅游传播学术思想，在交流中相互提高学术水平。当然，普通旅游者在旅游过程中也会或多或少学到一些科学文化知识，或者传播科学文化知识，推动社会的文明和进步。

(五)提高旅游目的地居民的生活质量

(1)为适应游客的需要，旅游目的地的基础设施会不断改善，生活服务设施会不断增加，一方面满足了游客的需求，另一方面在客观上也改善了当地居民的生活环境。例如，景区景点道路的修建，既方便了游客旅行，也便利了居民的出行。

(2)为适应旅游发展的需要，旅游目的地的卫生条件和污染的治理会得到加强，从而直接和间接地改善了当地的自然生态环境。

(3)为适应旅游发展的需要，保护游客的人身和财物安全，旅游目的地的社会治安和社会秩序会得到整治，客观上也改善了当地的社会环境。

二、旅游对社会文化的消极影响

旅游活动对社会文化的影响是复杂的，在产生积极作用的同时，也可能带来消极的影响，即所谓的“旅游污染”。但需要指出的是，旅游活动的许多消极影响并不是旅游本身所固有的，但由于法律、行政或经营管理等原因，旅游为某些消极因素的滋养和扩散提供了温床。因为旅游活动本身包含的内容是错综复杂的，所以对旅游接待地的社会文化污染是多方面的，也是潜移默化的，当引起接待地的普遍关注时，往往已构成难以根治的社会顽疾，其恶性的发展可能导致旅游接待地人民对旅游者的敌对和对旅游业的憎恶，从而阻碍旅游事业的持续发展。社会文化污染主要表现在如下几个方面。

(一)给旅游目的地人们带来精神污染

在旅游过程中，游客会不自觉地将其思想意识、价值观念、生活习俗与生活方式带到旅游目的地，对其居民，特别是旅游从业人员产生长期的潜移默化的影响。这种潜在的无意识的影响称之为“示范效应”。由于旅游者是来自世界各地的，他们具有不同的价值观、人生观、道德观和生活方式，其中有些是好的、可取的，而有些则是低级庸俗的、腐朽没落的。当旅游者在旅游目的地旅游的过程中，他们就会以不同的方式与当地文化进行交流，导致当地人向游客模仿和学习。对于落后地区来讲，旅游者良好的道德修养、行为举止、卫生习惯、经商意识产生的积极的示范效应有助于提高旅游地人的素质。但有的旅游者来到旅游目的地后，所显示出来的豪华衣饰、富足生活以及购物时满不在乎的表情，给当地居民留下了贫富对比强烈的印象，这种印象使当地居民中的一部分人的心理和素质上产生了变化，一般产生两种心态：一种是自卑自贱，觉得自己所处的社会经济和文化都不如外来旅游者，导致了崇洋媚外思想，跨国婚姻盛行；另一种是自尊感上升，外来旅游者的所作所为刺激了他们的自尊心，激发他们的民族自豪感，甚至个别发展成为极端民族主义的排外色彩，这两种心态在社会上蔓延都会影响接待地居民的风俗习惯、日常生活、信念和价值观，损害接待地社会的正常发展。

(二)对民族传统文化产生极大的冲击

民族传统文化是重要的旅游资源，是旅游业发展的基础，具有特色的民族传统文化满足了现代人求新求异的心理特点，满足了旅游者高层次的文化追求，但由于大量旅游者的涌入，在外来文化和现代时尚的冲击下，许多传统文化都失去了它本来的意义和价值。主要表现为：第一，旅游目的地的文化被不正当的商品化。传统的民间习俗和庆典活动都是在传统特定的时间、特定的地点、按照传统规定的内容和方式举行的。但是很多这种活动随着旅游业的开展逐渐地被商品化，他们不再按照传统规定的时间和地点举行。为了接待旅游者，随时都会搬上“舞台”。为了迎合旅游者的观看兴趣，活动的内容往往被压缩并且表演的节奏明显加快。因此，这些活动虽然被保留下来，但在很大程度上已失去了其传统的意义和价值。例如,英国有人主张每天更加频繁地举行传统的皇家卫队换岗仪式,以便使旅游者有更多的机会看到它。这种文化的展现形式,必然导致传统文化的商业化和庸俗化。第二,传统工艺品形象受损。为了满足旅游者对纪念品的需要,当地工艺品大量生产,很多粗制滥造的产品充斥于市场。这些产品实际上已不再能表现传统的风格和制作技艺,一旦旅游者误以为他们所购买的就是反映当地传统工艺水平和地方特色的真正艺术品,以及将它们带回国去向亲友展示时,便会使当地工艺品的形象和价值受到损害和贬低。

(三)干扰了旅游目的地居民的正常生活

任何旅游目的地的承载力都是有限的。随着外来游客的大量涌入和游客密度的增大,当地旅游业为了使旅游者能体验到某种特定的经历和享受到符合其本国水准的生活条件,而获得利润的最大化,往往把质量上乘的消费品优先供应给肯出高价并且以外汇支付的旅游者,各种服务也优先保证旅游者的需要,这就造成了旅游者直接与当地居民争夺有限资源,这不仅会影响当地居民的正常生活,还会激起当地居民对旅游者的怨恨,从而造成旅游者与当地居民之间人际关系的紧张。例如,意大利的“水上城市”威尼斯,1945 年的全市人口为 15 万,如今只剩下不到 9 万人,虽然居民外迁的原因很多,但外来旅游者的涌入是一个不可忽视的重要因素。由于旅游业的飞速发展,当地居民赖以为生的其他生意无法立足,生活物品价格飞涨,超过了市民的承受能力,人文旅游的静谧气氛被破坏,熙熙攘攘的游客潮更令居民们纷纷抱怨。

第三节 旅游的环境影响

人类的所有活动都会对环境产生影响,旅游业的发展也同样会对环境产生一系列的影响。一方面,由于旅游业高度依赖于环境,旅游业的发展促进了环境保护的发展,提高了环境质量,产生了积极的环境效应;另一万面,由于旅游业高速的、甚至是无计划的发展,超过了环境所能承受的限度,造成环境退化,产生了消极的环境效应。由此可以看出,旅游与环境的关系是一种相互依赖又相生相克的关系。

一、旅游对目的地环境的积极影响

优质的环境是旅游发展的前提,为了吸引旅游者并满足旅游者的需求,旅游开发就必须力求保持良好的旅游环境,所以说,现代旅游业的发展对保护旅游目的地环境有着十分积极的意义。

(一)有助于历史古迹、古建筑的保护和修复

旅游业的发展,离不开旅游资源的开发和保护,一些过去很有知名度的名胜古迹由于历史的原因而衰败,此时,为了增加旅游接待国对旅游者的吸引力,满足人们的旅游需求,就会重新修建或增加一部分旅游设施。此外,古迹和古建筑的保护需要大量的资金,而旅游业的收入可以部分用来维护环境质量和保护文物古迹,如果没有旅游业,这些历史古迹和古建筑的状况就有可能恶化或逐渐消失。

(二)有利于旅游目的地环境质量的提高

旅游地的自然生态环境是旅游地地貌、空气、水和动植物等生态因子的总称,这些因子的有机结合形成了旅游地环境的优美与愉悦。从人类审美的心理需求来看,自然景观美是基础,在一个空气污浊、水体污染、四周嘈杂的环境中,游客是无法去领略、欣赏、体会具体游览对象的各种美学特征的。特别是随着生产的发展和科技的进步,人们的闲暇时间逐步增加,城市居民回归自然,借自然环境的洁净达到锻炼和疗养身心的愿望正日益高涨。由此看来,旅游地的自然生态环境从某种意议上来说也是一种旅游资源。保证人体健康是对旅游环境质量最基本、最起码的要求,所以说旅游地的环境质量应明显高于一般生活与生产的环境质量。为了向旅游者提供满意的体验,迫使旅游目的地政府或旅游开发公司采取必要的措施强化环境管理,提高环境质量。

二、旅游对目的地环境的消极影响

虽然旅游业的发展给人类带来了巨大的经济效益,但随着其规模的扩大,游客不断踏上旅游目的地,就会对环境产生一系列的环境问题。主要表现为以下几个方面。

(一)对自然环境的破坏

1. 植被的破坏

构成自然景观的生态系统对旅游活动本身存在一定的承载能力，这种承载

能力由生态系统的结构所确定的，超过其承载能力的旅游活动将使旅游景区的生态系统结构发生变化，旅游功能丧失。主要表现在大量游客将旅游景点的土地踏实，使土壤板结，树木死亡；许多游人在山地爬山登踏，破坏了自然条件下长期形成的稳定落叶层和腐殖层，造成水土流失，树木根系裸露，山草倒伏；还有的旅游者采集花卉影响植物的生长，用火不慎造成森林火灾，乱丢垃圾改变土壤的营养结构等。此外，政府或旅游开发公司在旅游开发时也会对植被造成人为的破坏，如为修上山道路、索道，而导致山上的植被被砍伐，或者山体被毁坏。

2. 水污染

有些旅游景点本身设施不完善，随着旅游活动规模的扩大，景点垃圾遗弃量日益增加，大量垃圾随意抛洒堆积，不仅破坏了自然景观，污染了景点水体，也使旅游景点的水体富营养化。现在我国许多旅游景点的水体都遭到了不同程度的污染，其中相当一部分旅游水体的透明度、色度、嗅味等指标均超过国家规定的旅游水体标准，漂浮物、悬浮物、油迹污染物已经影响游客感官，使其旅游兴致降低。如果饭店、度假区或其他旅游设施没有安装合适的污水处理系统，那么这些污水就会污染地下水。如果污水排泄口建在附近的河流或沿海水域，而污水又没有经过适当处理，那么这些污水就会污染水域，这在海滨度假区是经常发生的。

3. 空气污染

旅游业被普遍认为是一个"干净的产业"，但旅游开发也会带来空气污染。如果一个地区旅游者使用的车辆和为旅游者提供的车辆过多，汽车尾气的超标排放，就会造成空气污染，特别是在重要的旅游景区。旅游服务设施供热、供暖、餐饮灶具产生的废气，露营的野炊，篝火晚会的焰火都会增加局部空气的污染；垃圾等固体废弃物如处理不当会产生病菌和恶臭，旅游公厕如管理不善也会产生恶臭，从而降低空气质量。另外，如果旅游开发项目规划不当，开发不好或正在建设中，空气中也会充满了尘埃并造成污染。

4. 噪音污染

人类是生活在各种各样声音中的，要想使周围环境绝对寂静是不可能的，但声音过大或过于吵闹也会给人带来损害，成为颇具威胁的杀手。随着旅游业的迅速发展，随之到来的旅游者和旅游车辆会产生大量的噪音污染。尤其是景区内的游乐园，汽车和摩托车赛车道等旅游设施都会产生噪音，这些噪音会令人感到不适和烦躁。

(二)对人文环境的影响和破坏

1. 视觉污染

建筑和旅游设施的建设与自然环境不符，或是使原有资源被破坏就成为视觉污染。例如,设计不好或设计不当的饭店和其他旅游设施也许会与当地的建筑风格和规模格格不入。旅游设施的布局规划不得当,景观的美化不到位,过度使用丑陋的大型广告牌,以及破旧不堪的建筑物和景观等,都会使环境对旅游者和居民失去吸引力。

2. 交通过度拥挤

大规模旅游活动的开展,大量的外来旅游者的涌入,必然会影响当地居民的正常生活,造成交通拥挤,尤其是我国有些旅游景区专用交通道路的质量还有待于提高,导致旅游景区的可进入性不高,在节假日和双休日期间,出现游客“进不去、出不来”等交通难题,引起当地居民的极大不满。

3. 对历史古迹的破坏

过度使用或不当使用易被损坏的历史古迹场所,会使古迹因为过度磨损、震动和涂鸦而遭到毁坏。而历史古迹复原处理不当,就会改变或破坏了旅游景点古迹应当保留的历史、文化、民族风格和气氛。在开发利用旅游资源时,旅游资源本身所蕴涵的独特的历史、文化、民族风格无疑是应当保留且极力保护并充分予以表现的,忽视旅游景点的整体协调及其所蕴涵的内涵,盲目开发、复原,只会造成文化古迹的不伦不类,进而丧失其旅游价值,使游客的兴致减退。

复习思考题

1. 试分析旅游对经济的积极影响。
2. 试分析国际旅游在赚取外汇方面的优势。
3. 试分析旅游有助于提高民族素质主要表现在哪些方面。
4. 试分析旅游对目的地社会文化的消极影响。
5. 试分析旅游对自然环境的破坏主要表现在哪些方面。
6. 试分析旅游对目的地环境的积极影响。

主要参考文献

傅云新. 旅游学概论[M]. 广州：暨南大学出版社，2004.

国家旅游局人事劳动教育司.旅游学概论(第 3 版)[M].北京:中国旅游出版社,2001.

韩军,舒晶.旅游学概论[M].北京:北京师范大学出版社,2006.

李光宇.旅游学概论[M].北京:化学工业出版社,2008.

李天元.旅游学概论(第5版)[M].天津:南开大学出版社,2003.

伦纳德·J.利克里什,卡森·L.詹金斯.旅游学通论[M].北京:中国旅游出版社,2002.

马勇.旅游学概论[M].北京:高等教育出版社,1997.

陶汉军.新编旅游学概论[M].北京:旅游教育出版社,2001.

田里.旅游学概论[M].天津:南开大学出版社,2001.

王德刚.旅游学概论[M].山东大学出版社,2004.

谢彦君.基础旅游学[M].北京:中国旅游出版社,1999.

张立明.旅游学概论[M].武汉:武汉大学出版社,2004.

第八章 旅游组织与旅游政策

为适应旅游行业的蓬勃发展，促进旅游业与国民经济各部门的协调，规范行业管理，控制服务质量，实现规模经营，保障旅游业的可持续发展，各种旅游管理机构和旅游组织应运而生。世界上几乎所有的国家都在不同层次上设有旅游管理组织，既有国家政府直接设立的官方组织也有经国家政府认可的民间组织。这些各级旅游管理组织的层次结构及其运作关系构成整个国家或地区的旅游管理体制。世界各国旅游业的发展实践表明，任何一个国家的旅游业能否成功发展，除了该国在旅游资源方面的条件外，另外一个重要因素是国家对旅游业的政策。旅游行业发展所带来的经济效益和社会效益得到了世界各国的广泛认同，许多国家都将其纳入国民经济发展规划，给予高度的重视和政策支持。本章就旅游行政组织的职能和性质、中国和世界旅游组织情况作一介绍，此外对我国旅游的相关政策和法规也进行了简单阐述。

第一节 旅游组织及其职能

第二次世界大战后，为了加强对旅游业的领导和管理，促进旅游业的迅速发展，几乎所有国家和地区都建立了旅游机构和旅游组织。在这些旅游机构和组织的推动下，旅游业逐渐得到各国政府的重视，在部分国家旅游业甚至发展成为当地的支柱产业。由于国情不同，各个国家的旅游机构和旅游组织各具特色，但又不乏相似之处。

一、旅游行政组织及其模式

旅游行政组织是政府的职能部门之一,体现了国家对旅游业的领导,其主要任务是发展全国旅游业,加强与国家管理机关中和旅游业活动密切相关的各部门的联系,并协调其关系。当前世界各国政府建立的旅游行政组织的模式有:旅游委员会、旅游部、混合职能部、职能部下设旅游局、旅游局、非中央机构等6种模式。

(一)旅游委员会模式

旅游委员会是国家设立的全国最高旅游决策机构，由与旅游业相关的各政府部门的代表共同组成,负责制定全国旅游法规和旅游发展规划,协调各部门的关系,以促进旅游业的发展。有些国家的旅游委员会还负责具体的管理职能,不再下设旅游局或旅游部；而有些国家则另设旅游部或旅游局行使具体的管理职能。采用旅游委员会模式的国家如前苏联、保加利亚等国。

(二)旅游部模式

如墨西哥、意大利、罗马尼亚、埃及等约25个国家采用这种模式。墨西哥在1974年将原旅游局提升为旅游部,负责全面协调旅游政策,规定旅游价格和服务质量,提供发展旅游项目的援助。

(三)混合职能部模式

目前约有40国家和地区采用这种模式。如西班牙的交通旅游与通讯部,马来西亚的文化旅游部,法国的工业、邮电与旅游部,澳大利亚的体育、娱乐与旅游部。

(四)职能部下设旅游局模式

目前有近30个国家和地区采用这种模式。如日本在运输省下设国际观光局、韩国在交通部下设旅游局、英国在就业部下设旅游局、美国在商业部下设旅游局、加拿大在工商贸易部下设旅游局。

(五)旅游局模式

级别低于部,但直属内阁,单一行使旅游管理职能。目前有朝鲜、巴巴多斯等10多个国家和地区采用这种模式。

(六)非中央机构模式

最高旅游行政组织机构不属于政府部门序列,而是挂靠在某一部门。目前约有30多个国和地区采用这种模式。这些组织多数仍属官方机构,政府资助其全部或部分经费,但它们具有自己的法人地位,在行政和财政上是独立的。如德国的“德国旅游中心”,由汉莎航空公司、德国旅行社联合会等12个会员组成,政府每年拨款占其中心费用的95%,而会员只承担5%。类似的机构如伊拉克的国家旅游组织、爱尔兰的旅游局等。

二、旅游行政组织的职能

国家旅游行政组织的地位如何确定,并没有一个固定的模式,各国的情况不同,因而其组织形式也不一样。它的作用大小,也要根据该国旅游业的发展和政府对旅游业的干预情况而定。一般来说,处于旅游业发展初期,或准备高速发展旅游业的国家,政府对旅游业的发展起决定性作用,全国旅游行政组织则作为一个政府部门而存在;在旅游业比较发达,私人企业非常活跃的国家或地区,具有独立法人地位的半自决权性质的旅游行业组织更适合于行使全国性旅游组织的职能。

不管旅游行政组织的性质和形式有多大区别, 它们作为旅游业发展的管理机构,都具有如下的共同职能。

(一)规划旅游业的发展

确定旅游业在国民经济发展中的地位;制定旅游发展的长期规划,编制中短期发展计划并组织实施;监督和协调旅游资源的开发。

(二)拟定旅游政策和法规

拟定发展旅游业方针、政策、规章、制度,起草有关的旅游法规,协调各部门的利益和关系。

(三)对旅游业实行全面管理

运用行政职权,控制旅游业的发展规模;调节价格,控制客源流量;制定标准,保持旅游的服务质量。

(四)宣传推销旅游产品

设立旅游办事处,为国家或地区促进旅游业进行广告宣传,举办展览会,参加国际旅游博览会,推销旅游产品。

(五)调查研究和统计分析旅游业的供需情况

统计旅客的流量和流向,收集客房出租率数据,分析旅客的兴趣、爱好及消费结构,预测旅游市场动向,帮助制定营销策略。

(六)人员培训和职业教育

研究人力需求,编制人才培训标准和大纲,直接投资或资助开办培训机构或院校。

三、旅游行政组织经费的分配

旅游行政组织为确保运转和实现其基本职能,需要一定的经费支持。作为官方的旅游行政管理组织主要依靠国家财政拨款与其它少部分来源维持自身运转。总体来讲,国家旅游行政组织的经费来源有:政府的财政预算拨款、旅游企业按营业收入的一定比例交纳的费用、某些附属企业的经营活动的收入。

据世界旅游组织统计,1983 年全世界的旅游行政费用约 17 亿美元,1985 年约 20 亿美元。其主要活动经费的分配比例见下表。

表 8-1 旅游行政组织经费分配表

项目 \ 组织	世界旅游组织(%)	亚太地区旅游组织(%)	欧洲(%)
行政管理	11.6	25.6	9.4
规划投资	55.2	29.8	65.6
统计调查	1.4	2.4	1.0
宣传推销	2.0	5.2	1.2
培训与教育	29.8	37.0	22.8

资料来源:世界旅游组织(WTO)。

四、旅游行业组织及其职能

旅游组织除上面介绍的国家旅游行政组织外,还有一种旅游行业组织,这是旅游企业自愿联合的社会旅游组织，不是政府的行政机构，如旅游协会、旅馆业协会等。它们以自愿和不盈利为原则，积极参与了旅游业的发展活动，为国家协调旅游业的发展创造良好的条件。在一段时间里，这种旅游行业组织曾是保证旅游业在一个国家范围内协调发展的重要因素。后来，在一些国家，政府直接参与旅游事业的发展，旅游行业组织一些重要职能为作为政府部门的旅游行政组织替代，它的作用开始发生变化，作用降低了。但是在一些旅游业比较发达的国家中，这种组织往往又被授予半官方性质，仍起着十分重要的作用。即使在没有官方性质的旅游行政管理机构的国家中，旅游行业组织也没有完全丧失作用，它们在旅游发展战略、旅游方针政策等方面，向国家旅游主管部门提供建议和咨询；联系各旅游企业，交流情况和经验，提高经营管理水平，开展学术交流活动，推动对外宣传等，都对国家旅游业的发展产生重大影响。

五、旅游行业组织经费来源与分配

旅游行业组织运转及其职能的实现，同样离不开经费的支持。与旅游行政组织相比，旅游行业组织不依靠政府拨款，主要来源于以下几个方面。

（一）会员费

一般而言，旅游行业组织经费主要来源于参加旅游行业组织的团体会员和个人会员所交纳的会员费。

（二）赞助与捐赠

旅游行业组织接受政府、企业、个人及其它形式的赞助与捐赠，作为其经费来源之一。

（三）咨询费用

旅游行业组织依其职责，对会员或非会员单位进行技术指导、业务咨询、管理顾问等方式获得的正当咨询费用作为其经费来源之一。

（四）旅游行业组织实体收入

许多旅游行业组织下设相关经营实体，以其经营实体所得收入作为经费来源之一。

（五）服务费用

旅游行业组织通过组织培训班、发行报刊杂志及从事其它服务活动获取的收入作为其经费来源之一。

（六）其它正当收入

旅游行业组织通过多种途径所获得的经费收入主要用于组织运行和举行的各种活动。总体来讲，其经费分配包括两部分：一部分用于旅游行业组织必须的人工费用和办公费用；另一部分用于旅游行业组织的各种活动之中，如为会员提供服务、汇编并印制出版发行物、各种活动的会议费用、培训及其它补贴、行业专家聘请费用等等。

旅游行业组织经费的来源、支配与支出，应定期向会员公布，并提交会员代表大会审查。

第二节　我国的旅游组织及其职能

我国的旅游组织主要分为旅游行政管理机构和旅游行业组织两大类。旅游行政管理机构主要是以国家旅游局及各省、自治区、直辖市和地方旅游行政机构组成，负责管理全国旅游行业的发展。旅游行业组织主要是加强行业间的协作与行业的经营管理研究，扩大行业影响，提高行业信誉与效益。

一、国家旅游局

国家旅游局是我国旅游行政管理机构，负责统一管理国际、国内旅游业。各省、自治区和直辖市均成立旅游局，是地方旅游行政管理机构，受地方政府和旅游总局的双重领导，以地方政府为主，负责统一管理本地区的旅游工作。有200多个旅游重点发展的城市和地区，以及部分市级县，也都成立了旅游行政管理机构。

国家旅游局作为中国旅游业的主管行政机构，它的成立及其体制的形成，经历了一个历史过程，不同历史时期所履行的职能也不尽相同。

1964年12月成立的中国旅行游览事业管理局，是国家旅游局的前身，当时行使行政管理和业务经营双重职能，这一时期实行的是政企合一的体制。中国旅行游览事业管理局和中国国际旅行社："两块牌子，一套人马"，共同行使行政管理权和进行业务经营。1978年,中国旅行游览事业管理局改为中国旅行游览事业管理总局,归国务院直属。1982年作为管理全国旅游事业的行政机构,统一管理全国旅游工作,和国旅总社实行政企分开,不再直接组团和承担接待任务。1982年8月,全国人民代表大会常委会作出《关于批准国务院直属机构改革实施方案的决议》,确定中国旅行游览事业管理总局更名为国家旅游局。1989年初,国家旅游局进行了局机构设置的调整,调整后的国家旅游局设置了12个司、局和1个办公室。1996年初,为进一步推动改革的深化,国家旅游局完成了局机构设置的重新调整,调整后的国家旅游局设置了8个司、局、室。

(一)国家旅游局主要职责

(1)研究拟定旅游业发展的方针、政策和规划,研究解决旅游经济运行中的重大问题,组织拟定旅游业的法规、规章及标准并监督实施。

(2)协调各项旅游相关政策措施的落实,特别是假日旅游、旅游安全、旅游紧急救援及旅游保险等工作,保证旅游活动的正常运行。

(3)研究拟定国际旅游市场开发战略,组织国家旅游整体形象的对外宣传和推广活动,组织指导重要旅游产品的开发工作。

(4)培育和完善国内旅游市场,研究拟定发展国内旅游的战略措施并指导实施,监督、检查旅游市场秩序和服务质量,受理旅游者投诉,维护旅游者合法权益。

(5)组织旅游资源的普查工作,指导重点旅游区域的规划开发建设,组织旅游统计工作。

(6)研究拟定旅游涉外政策,负责旅游对外交流合作,代表国家签订国际旅游协定,制定出境旅游、边境旅游办法并监督实施。

(7)组织指导旅游教育、培训工作,制订旅游从业人员的职业资格制度和等级制度并监督实施。

(8)指导地方旅游行政机关开展旅游工作。

(9)负责局机关及在京直属单位的党群工作,对直属单位实施领导和管理。

(10)承办国务院交办的其他事项。

(二)国家旅游局主要职能司(局、室)职责

1. 办公室(综合协调司)

协助局领导处理日常工作,负责局内外联络、协调、会议组织、文电处理、政务

信息、信访、保密、行政事务等工作。承办机关党委的日常工作。研究和解决旅游经济运行中的重大问题;承担全国假日旅游部际协调会议办公室日常工作,负责旅游安全综合协调、紧急救援、监督检查旅游保险实施工作;负责国内旅游宣传工作。

2. 政策法规司

研究拟定旅游业发展方针、政策,拟定旅游业管理的行政法规、规章并监督实施;研究旅游体制改革;组织、指导旅游统计工作。

3. 旅游促进与国际联络司

拟定旅游市场开发战略,组织国家旅游整体形象的宣传,指导旅游市场促销工作,组织、指导重要旅游产品的开发、重大促销活动和旅游业信息调研,指导驻外旅游办事处的市场开发工作,审批外国在我国境内和香港特别行政区及澳门、台湾地区在内地设立的旅游机构;负责旅游涉外及涉香港特别行政区及澳门、台湾事务,代表国家签订国际旅游协定,指导与外国政府、国际旅游组织间的合作与交流,负责日常外事联络工作。

4. 规划发展与财务司

拟定旅游业发展规划,组织旅游资源的普查工作,指导重点旅游区域的规划开发建设;引导旅游业的社会投资和利用外资工作;研究旅游业重要财经问题,指导旅游业财会工作;负责局机关财务工作。

5. 质量规范与管理司(旅游质量监督管理所)

研究拟定各类旅游景区景点、度假区及旅游住宿、旅行社、旅游车船和特种旅游项目的设施标准、服务标准并组织实施;审批经营国际旅游业务的旅行社,组织和指导旅游设施定点工作;培育和完善国内旅游市场,监督、检查旅游市场秩序和服务质量,受理旅游者投诉,维护旅游者合法权益;负责出国旅游、赴香港特别行政区及澳门、台湾旅游、边境旅游和特种旅游事务;指导旅游文娱工作;监督、检查旅游保险的实施工作;参加重大旅游安全事故的救援与处理;指导优秀旅游城市创建工作。

6. 人事劳动教育司

指导旅游教育、培训工作,制定旅游从业人员的职业资格标准和等级标准并指导实施,指导旅游业的人才交流和劳动工作;负责局机关、直属单位和驻外机构的人事、劳动工作。

7. 纪检组、监察局

主要职责:(1)监督检查驻在部门及所属系统执行党的路线、方针、政策和决议情况，遵守国家法律、法规和执行国务院决策情况；在《中国共产党章程》和《行政监察法》规定范围内，对驻在部门党组（党委）及其成员和其他领导干部实行监督。(2)协助驻在部门党组（党委）抓好党风廉政建设、纠正部门和行业不正之风，会同有关部门对党员、干部进行党纪、政纪教育。(3)监督、检查驻在部门及所属系统党风廉政建设责任制执行情况。(4)督促、协调驻在部门研究制订本系统、本行业预防和治理腐败的措施。(5)受理对检查、监察对象的控告及其申诉，调查处理检查、监察对象违反党纪、政纪的案件。(6)完成中央纪委、监察部和驻在部门党组（党委）、行政领导交办的其他事项。

二、旅游行业组织

我国的旅游行业组织主要有中国旅游协会、中国旅游饭店业协会、中国旅游车船协会和中国国内旅游协会等。这些旅游行业组织由有关的旅游企业、与旅游业密切相关的业务部门以及旅游科研部门和有关专家学者组成，在业务上接受国家旅游局的指导，均挂靠在国家旅游局。

总体而言，我国旅游行业组织的主要任务是：(1)对旅游发展战略、旅游管理体制和有关方针政策、国内外旅游发展态势和实践经验等进行调查研究，向国家旅游主管部门及有关方面提供建议和咨询。(2)联系各旅游专业行业组织、旅游学术团体以及旅游企业事业单位，交流情况和经验，研究有关问题并探索解决办法，促进提高旅游经营管理素质。(3)加强旅游经营管理理论研究，开展学术交流活动及与国外旅游同行业组织的友好交往，促进旅游对外交流与合作，同时向政府有关部门反映国内外旅游者的意见和建议。(4)旅游行业组织还要协调本行业内部成员之间的关系，维护本行业成员的利益，对外代表本行业的利益，维护本行业成员的合法权益。还应经常组织业务培训并出版本行业的刊物，以提高旅游企业素质及从业人员的业务水平。

下面对我国主要的几个旅游行业组织作一个简单介绍。

（一）中国旅游协会

中国旅游协会是由旅游部门与旅游有关的部门、多年从事旅游工作有经验的人员，以及研究旅游事业的专家学者组成的全国性旅游行业的社会团体，经国务院批准于 1986 年 1 月 30 日正式成立，挂靠在国家旅游局，业务上接受国家旅游局指导。协会的主要任务：

(1)对旅游业发展的战略、管理体制和有关方针政策、国内外旅游业发展态势和实践经验等进行调查研究,向国务院、国家旅游主管部门和有关方面提供建议和咨询。

(2)联系各旅游专业行业组织、旅游学术团体以及旅游企事业单位,交流情况和经验,研究有关问题,探索解决方法,促进旅游经营管理水平的提高。

(3)加强旅游经济等理论研究,开展艺术交流活动。

(4)编辑出版有关刊物、资料,传播交流国内外旅游信息和研究成果。

(5)开展与国外旅游同行业组织的友好交往,促进旅游科技交流与合作。

(6)向政府有关部门反映国内外旅游者的意见和建议,承担政府和旅游主管部门交办的任务,接受旅游企事业单位委托的当办事宜等。

各省、自治区、直辖市及地(市)、县一般也成立旅游协(学)会,其宗旨和任务除权限与范围不同外,大体上与中国旅游协会相同,而且都挂靠在同级旅游行政主管部门,并接受其指导。

(二)中国旅游饭店协会

中国旅游饭店协会成立于 1986 年 2 月 25 日,是由经营接待国内外旅游者的饭店及其主管部门和相关部门组成,是我国建立最早的全国性旅游专业行业组织。中国旅游饭店协会,旨在研究改善旅游饭店的经营管理,帮助提高服务质量和经济效益,促进旅游饭店业的发展。协会面向基层,为会员饭店服务。其主要任务是维护旅游饭店的合法权益;研究交流旅游饭店管理经验;举办专业讲座,提高旅游饭店管理人员的业务水平;开展饭店经营管理方面的咨询服务;组织与国外饭店业之间的经验交流与合作;向旅游饭店的行政管理部门提出建议及出版有关旅游饭店经营管理的刊物。

中国旅游饭店协会挂靠在国家旅游局,受国家旅游局的指导。中国旅游饭店协会已接受委托,协助国家旅游局检查旅游涉外饭店星级评定工作。

(三)中国旅游车船协会

中国旅游车船协会是由全国各旅游汽车和游船企业自愿组成的联合组织,该协会挂靠国家旅游局,其工作联系归属综合业务司。

该协会的前身是"中国旅游汽车理论研讨会",成立于 1988 年 1 月,1989 年 1 月召开第二届"研讨会"时,改名为"中国旅游汽车联合会",并设立了杂志编辑部、干部培训部、信息部和配件部。同年8月，经国家旅游局局长办公会议研究决定，正式同意成立这个行业组织，并建议把接待旅游者的游船企业也包括进来。1990年3月，中国旅游车船协会召开了第一届会员大会，通过了新的协会章程和领导机构，正式定名为“中国旅游车船协会”。

协会的宗旨：坚持四项基本原则，贯彻党和国家的有关改革、开放、搞活的方针政策，加强对旅游车船行业的理论研究的经验交流，组织旅游车船行业在信息、人才、物资诸方面的协作，促进我国旅游车船事业的改革与发展，更好地为旅游事业服务。

（四）中国旅游文化学会

中国旅游文化学会，是在1989年8月经民政部批准的具有全国性社团法人资格的民间性学术团体，于1989年9月18日在北京正式宣布成立。该学会的宗旨是研究旅游文化的理论与实践，推动我国旅游事业的发展。具体任务：(1)组织和推动我国旅游文化的研究和旅游文化的创作。(2)举办各种类型的旅游文化研讨会和旅游文学笔会并组织与其有关的国内和国际的交流活动。(3)组织有关方面和有关专家，为历史文化名城、著名风景名胜区和待开发的旅游区就旅游资源的开发和利用进行研讨和咨询，为促进旅游文化的发展提供服务。(4)为各地开发具有中国风格、民族特色和地方特点的旅游纪念品和晚间文娱活动提供咨询、人才和服务。(5)编辑、出版有关旅游文化和旅游文学的书刊、资料；承接委托摄制有关旅游文化的影视片等。

（五）中国乡村旅游协会

中国乡村旅游协会，原名中国农民旅游业协会，于1987年12月成立。1990年10月29日协会第六次常务理事扩大会议决定更名为“中国乡村旅游协会”。该协会是由广大乡村旅游事业的专家、学者、知名人士和有关的单位、团体等组成的乡村旅游领域中的全国性行业组织。协会挂靠国家旅游局，业务上受国家旅游局领导，具有社会团体法人资格。该协会是中国旅游协会团体会员。

该协会的宗旨：根据党的“一个中心，两个基本点”的基本路线，坚持走中国式的旅游发展道路，大力发展具有中国特色的社会主义乡村旅游事业，探索国际、国内旅游业发展的新趋势，促进我国乡村精神文明和物质文明建设，为中国旅游业的全面发展做出贡献。协会在政府有关部门和会员之间，发挥桥梁与纽带作用,为会员提供信息、经验和服务,维护会员合法权益。

(六)中国旅游文学研究会

中国旅游文学研究会,原名中国山水旅游文学研究会,成立于1987年,是一个从事旅游文学研究的全国性学术团体。1990年7月中国旅游协会第二届第二次常务理事会议一致同意中国旅游文学研究会为中国旅游协会的专业组织。

该研究会宗旨:团结全国旅游文学研究者,从事中国旅游文学和旅游文化的系统研究,为弘扬民族文化,建设具有中国特色的旅游文化事业服务。

(七)中国国内旅游协会

中国国内旅游协会是1993年6月成立的,由从事国内旅游业的旅游部门、相关部门和专家学者组成的国内旅游业的群众性行业组织,挂靠在国家旅游局。其主要任务是:(1)协助政府旅游主管部门贯彻国内旅游的方针、政策和措施,开展调查研究,广泛联系社会各界,为发展国内旅游业献计献策。(2)为会员服务,提供信息咨询,组织人才培训,推动会员的交往交流,反映会员单位的呼声和要求,在政府旅游主管部门和企业之间发挥纽带和桥梁作用。国内旅游协会会刊是《神州旅讯》。

第三节 国际性旅游组织

现代旅游是一种国际性的经济活动,对促进国家和地区间经济发展、加强各国人民之间的相互了解、发展各民族之间的自由往来和友谊起到了巨大的推动作用。同时,旅游活动也会造成国际间的矛盾和冲突,产生许多复杂的国际问题,这就必须成立各种国际的旅游组织作为协调的机构,订立共同合作的规范,以利各项业务的顺利发展。

一、联合国世界旅游组织(简称UNWTO)

世界旅游组织是联合国专门机构之一,最早由国际官方旅游宣传组织联盟(IUOTPO)发展而来。1925年5月4日至9日在荷兰海牙成立包括各国官方旅游宣传机构在内的国际官方旅游宣传协会。1946年10月1日至4日该协会改称为国际官方旅游联合会。第二次世界大战中停止活动。1947年10月在巴黎举行的第二届国家旅游组织国际大会上决定正式成立官方旅游组织联盟即世界旅游组织的前身,总部设在伦敦,1951 年迁至日内瓦。1970 年,该联合会成为联合国正式附属机构,为纯政府间的国际组织,取名为世界旅游组织。1974 年,进行改组,正式定名为世界旅游组织,1975 年总部迁至马德里。1976 年成为联合国开发计划署在旅游方面的一个执行机构。2003 年 11 月成为联合国专门机构。

世界旅游组织成员分为正式成员(主权国家政府旅游部门)、联系成员(无外交实权的领地)和附属成员(直接从事旅游业或与旅游业有关的组织、企业和机构)。联系会员和附属成员对组织事务无决策权。截至 2007 年 11 月,世界旅游组织有正式成员 150 个。

世界旅游组织的组织机构包括:(1)全体大会——最高权力机构,每两年召开一次大会;(2)执行委员会——由大会按照每五个正式成员国选举一个的比例选举产生,任期四年,每年至少开两次会;(3)秘书处——负责日常工作,秘书长由执委会推荐,大会选举产生;(4)地区委员会——为非常任机构,每年召开一次会议,共设六个地区委员会,它们分别是欧洲、非洲、中东、南亚、东亚及太平洋、美洲委员会。

世界旅游组织的主要活动是负责制定国际性旅游公约、规则,研究全球旅游政策,收集和分析旅游数据,定期向成员国提供统计资料;其宗旨是促进和发展旅游事业,使之有利于经济发展、国际间相互了解、和平与繁荣以及不分种族、性别、语言或宗教信仰、尊重人权和人的基本自由,并强调在贯彻这一宗旨时要特别注意发展中国家在旅游事业方面的利益。

世界旅游组织的基本任务主要有:(1)肯定旅游业在发展国际经济中的重要作用;(2)鼓励经济不发达国家通过旅游业而得到迅速发展;(3)重视旅游业在国家生活中的社会作用和文化作用;(4)强调旅游是各国人民相互了解的手段和保卫世界和平的因素;(5)向世界上不发达地区的旅游机构提供设备,提高当地人民生活水平,改善旅游交通运输条件;(6)向其组织成员提供旅游事业方面的有关服务;(7)同各国旅游工作者建立持久的联系和交流。

1975 年 5 月,世界旅游组织承认中华人民共和国为中国唯一合法代表。1983 年 10 月 5 日,该组织第五届全体大会通过决议,接纳中国为正式成员国,成为它的第 106 个正式会员。1987 年 9 月,在第七次全体大会上,中国首次当选为该组织执行委员会委员,并同时当选为统计委员会委员和亚太地区委员会副主席。1991年，再次当选为该组织执委会委员。2007年，中文成为世界旅游组织官方语言，中国再次被推举为世界旅游组织执委会成员国。

二、世界旅行社协会(简称WATA)

世界旅行社协会是一个国际性的旅游组织，创建于1949年，总部设在瑞士日内瓦。该协会由237家旅行社组成；其中半数以上为私营企业，分布在86个国家的208个城市中。凡财政体制健全、信守职业道德最高标准的旅行社均可加入。不到300万居民的城市只能有一家旅行社入会。

世界旅行社协会设有一个执行委员会，有9名委员；设常务秘书处，管理协会的行政事务。协会每两年举行一次大会，并把世界分成15个区，各区每年举行一次会员社会议，研究本区旅游业务中的问题。

世界旅行社协会旨在推动旅游业的发展，收集和传播信息，参与有关发展旅游业的商业和财物工作。具体包括：将各国有信誉的旅行社建成一个世界性的协同网络；各会员社保证按公布的固定价格向旅客提供优质服务；通过世界各国的旅游代理商，保证其会员社的经济效益。

该协会出版《世界旅行社协会万能钥匙》，每年一期，免费提供给各旅行社。该刊是一份提供最新信息的综合性刊物，主要刊登会员社提供的各种服务项目的价目表，还刊登各国旅行社提供的国家概况和饭店介绍等。

三、国际旅馆协会(简称IHA)

国际旅馆协会是旅馆和饭店业的国际性组织，1946年，在英国伦敦成立，总部设在法国巴黎。是国际性的旅馆业组织。其前身是1869年创立的国际旅馆业联合会，1922年改名为国际旅馆业联盟，1946年，定为现在的名称。

该协会的宗旨是联络世界各国的旅馆业协会，研究国际旅馆业的经营发展和国际旅游者交往的有关问题，促进会员间的交流和技术合作，协调旅馆业和有关行业的关系，维护本行业的利益。其主要任务是通过与各国政府的对话，促使各国政府实行有利于旅馆业发展的政策；参与联合国跨国公司委员会有关国际旅馆跨国企业方面的工作；通过制定和不断修改来完善有关经济法律文件，协调旅馆业和其它行业的关系；进行调研，汇集和传播市场信息，提供咨询服务；为会员提供培训旅馆从业人员的条件和机会。

该协会的会员分正式会员和联系会员。正式会员是世界各国的旅馆业协会或类似组织,联系会员是各国旅馆业中的其它组织、旅馆院校、国际饭店集团、旅馆、饭店和个人。现有正式会员80多个,联系会员4000多个。

该协会的刊物有《对话》(信息性双月刊)、《国际旅馆和餐馆》(月刊)、《国际旅馆评论》(季刊)、《国际旅馆指南》(年刊)、《旅行杂志》(年刊) 和《旅游机构指南》(年刊)等。

四、国际航空运输协会(简称IATA)

国际航空运输协会是一个包括全世界各大航空公司的国际性组织,于1945年4月在古巴哈瓦那成立。世界各国的航空公司通过这一组织形成一个世界性的强大运输网,在安全、经济、效能及服务等方面达成协议,提供同一水准的运输条件。该协会现有会员188家航空公司,1978年10月中国航空协会成为该协会正式会员。

该协会的宗旨是促进安全、正规和经济的航空运输;促进航空商业,并研究与此有关的问题;促进与联合国国际民用航空组织的合作。

该协会的主要任务是提出客货运率、服务条款和安全标准等,并逐步使全球的空运业务制度趋于统一;处理和协调航空公司与旅行社之间的关系。确定票价是该协会最主要的任务之一。该协会出版发行《国际航空运输协会评论季刊》和《年会备忘录》(年刊)。

五、国际民航组织(简称ICAO)

国际民航组织成立于1947年4月4日,同年5月成为联合国的一个专门机构,总部设在加拿大蒙特利尔。该组织以1944年12月发布的《国际民用航空公约》(《芝加哥公约》)为准绳确定其宗旨:发展安全有效的国际航空运输事业,使之用于和平目的;制定国际空中航行原则;促进各国民航事业的安全化、正规化和高效化;鼓励民航业的发展,满足世界人民对空中运输的要求;保证缔约国的权利充分受到尊重,使各缔约国享有经营国际航线的均等机会。

该组织制定有航空法、航线、机场设施及出入境手续的国际标准,联合国1963年在罗马召开的国际旅游会议建议各国采用。

该组织现有会员国152个,我国于1974年2月15日正式加入该组织,在同年的大会上被选为理事。该组织出版发行《国际民用航空组织公报》(月刊)和《国际民用航空组织备忘录》。

六、国际旅游科学专家协会(简称AIEST)

国际旅游科学专家协会于1951年5月31日在罗马成立，会址在瑞士伯尔尼。该协会是由国际上致力于旅游研究和旅游教学的专家组成的学术团体。

协会的宗旨是:加强成员间的友好联系,鼓励成员间的学术活动,特别是促进个人接触,交流经验;支持具有学术性质的旅游研究机构以及其他有关旅游研究与教育的组织的活动;组织大型的国际学术会议。它在45个国家拥有330多名会员,在旅游理论研究上享有很高的威信,主办有《旅游评论》(季刊)和会议年度纪要等。

世界性的旅游组织还有很多,如太平洋亚洲旅游协会(PATA)、国际旅游联盟(AIT)、妇女旅游组织国际联合会(IFWTO)、国际铁路联盟、国际汽车联合会(IAF)、国际旅游学会(IAT)、欧洲旅游委员会(ETC)、美洲旅行代表大会(IATA)、旅游观光研究协会(TTRA)、美国旅游业协会(ASTA)等,它们对国际旅游业的发展及各种旅游经济活动都有着重要影响。

第四节 旅游政策与法规

旅游政策与法规,在旅游业的发展中有着十分重要的意义,是一个国家的旅游业走向成熟的标志。国家和旅游行政组织对旅游业的领导和管理,主要是通过它所制定的方针政策来实现。随着我国旅游事业的发展和经济体制改革的深入,运用法律手段加强旅游业的管理,已成为我国旅游业进一步发展的必然趋势。

一、旅游政策的实质

旅游政策在旅游事业的发展中有着十分重要的意义，是国家和最高旅游行政组织为实现一定时期的旅游发展目标而规定的行动准则。它既包括指明前进目标的发展方针,也包括管制前进过程中的行为准则的具体政策。任何一个国家旅游政策的制定,都必须从本国的国情出发,根据国家宏观经济、社会、文化发展状况以及不同地域的民族特点和地方风格,来制定一系列科学、切实可行的方针政策,以推动旅游事业的顺利发展。

(一)旅游政策的内容

一个科学的旅游政策,其大致包括以下内容:

(1)目的、目标明确。旅游事业的起点、过程和最终要实现的目的、成效。

(2)环境因素分析。实现目标的有利因素和不利因素,社会环境和内部条件的分析。

(3)任务主体。完成任务的群体和社会组织。

(4)策略和方案。即达到目标的方法、手段和措施,政策总是原则性的,还需辅之以若干实施细则。

(5)任务期限。政策是一定时期内的行动准则,必须有完成任务的时间限制。

(二)旅游政策的特性

一个科学的旅游政策应该具备如下的特性。

1. 合法性

旅游政策必须和国家的法律、法规保持一致,维护国家法律尊严。

2. 可行性

任何一项旅游政策都必须从实际情况出发,经过详细的研究和市场分析,提出可以付诸实施的措施,通过努力以达到预期的效果和目标。

3. 协调性

旅游事业的综合性很强,涉及许多行业和部门,现代旅游的发展有赖于各行各业的综合发展。一个好的旅游政策必须协调各方面的关系,照顾各方面的利益,从而使各种力量统一起来,为实现旅游事业的总体目标而保持和谐一致。

4. 全面性

综合平衡政策实施的经济效益、社会效益和生态效益,全面分析政策实施对人力、物力、财力、技术、时间、环境的要求,采取相关措施防止或尽可能减少政策实施负效应。

5. 弹　性

一项好的旅游政策应具有一定的弹性和灵活性,一旦突发情况,可适时调整,通过新的途径达到最终目的。

6. 预见性

一项科学的旅游政策既要从实际出发,又要高于实际,既能够指导实际活动又能预见未来的发展趋势并采取相应对策,这样才能符合旅游事业发展需求。

二、旅游政策的制定

旅游政策是国家总的社会经济发展政策中的重要组成部分。旅游政策的制定，要考虑长远利益与当前利益相结合，整体利益与局部利益相结合。一个国家及其最高旅游行政组织在制定旅游政策时，必须从本国的社会政治利益和经济发展的总体目标出发，根据国际旅游发展的形势，谨慎地制定方针政策，以指导旅游业的发展。

旅游政策一般可分为宏观政策和微观政策。国家及最高旅游行政组织提出和实施的国家一级的旅游政策通常称为宏观政策（或战略性政策、基本政策），即发展旅游的基本方针政策。它是从推动旅游事业发展的目标出发，为建立一定的旅游综合接待能力，实现旅游各要素的共同利益，明确旅游在社会经济发展中的地位和作用而制定的政策。为贯彻和执行基本方针而制定的规定、条例、办法等一般称为微观政策（或具体政策），它是服务于宏观政策的，以发展旅游事业的某些部门、个别要素为目的而制定的政策，也成为战术性政策。

旅游政策按对象可以分为：经济政策（如外汇管理条例、中外合资企业法、交通管理条例等）；政治政策（如海关、公安方面的法律等）；外交政策（如外国人入境出境管理法等）；文化政策（如文物保护规定、风景名胜区管理条例等）。

旅游政策按范围区分有全国性政策，如国务院发布的《旅行社管理暂行规定》、《旅游饭店（涉外）评定星级的规定》等；地区性政策，如陕西省旅游局下发的《陕西省旅游业管理暂行规定》；区域性政策，如泰安市人民政府下发的《泰山风景区管理办法》等。

制定旅游政策应该采取科学的态度，进行深入的调查研究，对旅游发展的趋势作认真的分析和预测，从而做出正确的决策。制定旅游政策的步骤如图 8–1 所示。

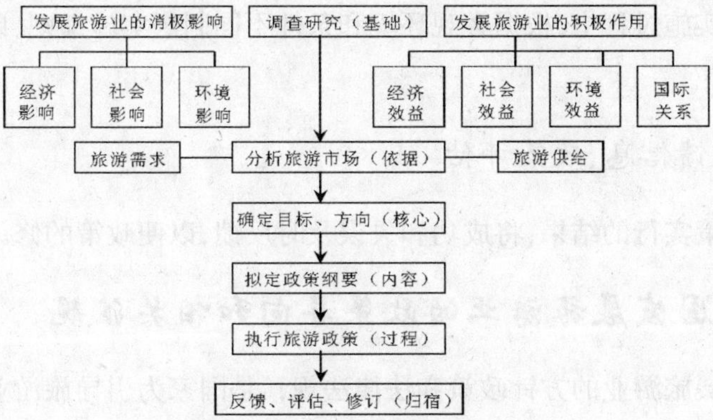

图 8–1 旅游政策制定流程示意图

(一)搜集信息、调查研究

搜集信息、调查研究是制定旅游政策的基础和依据,旅游政策的制定必须依靠大量、真实有效的各种信息。这就必须要应用现代科学的理论和方法,对本国、本地区的社会政治和经济发展作深入的调查研究,充分收集各种资料和数据,全面客观地研究发展旅游业的优势和劣势,充分分析发展旅游业可能带来的正、负效益。

(二)分析旅游市场

通过对调查研究所取得的资料、数据和信息的分析研究,预测未来旅游市场的发展趋势。对该地区的旅游需求、旅游供给能力进行充分的估计。这是制定旅游政策的客观依据。

(三)确定目标和方向

国家发展旅游业的目的是多方面的,如经济目标、社会政治目标、生态环境保护目标等。一项政策的制定必须明确要实现的核心目标及其它一般目标,实现目标的时间进度安排。目标和方向是制定旅游政策的核心。

(四)拟定政策纲要

根据目标和方向,拟定旅游政策纲要,成为实际执行和实施的准则。

(五)交付旅游组织执行

在具体实施过程中,根据客观环境和条件不同制定实施细则,以保证目标的完成。

(六)反馈信息、政策评估

检验政策实行的结果,将成功和失误及时反馈,以便政策的修订。

三、我国发展旅游业的政策导向和相关法规

我国发展旅游业的方针政策和法律法规,是国家为引导旅游业的发展方向而规定的行动准则。旅游业在我国是一项新兴的产业,其发展和完善离不开国家

相关产业政策的扶植。同时国家为了加强对旅游业的宏观管理，促进旅游产业的健康持续发展，也必须制定一系列法规来规范旅游市场。

（一）我国发展旅游业的政策导向

1. 将旅游业确定为第三产业的重点发展行业

随着旅游业的发展，旅游行业体系不断完善，旅游业已成为中国第三产业中最具活力与潜力的新兴产业。

改革开放前，旅游业以外事接待为主，只具备产业雏形，不完全属于产业范畴。1978 年转换机制，发展产业型旅游业。1981 年 10 月，国务院在《关于加强旅游工作的决定》中提出了关于加强旅游工作的八项决定，提出要逐步走出一条“中国式的旅游道路”；1984 年，中共中央办公厅、国务院办公厅转发国家旅游局《关于开创旅游工作新局面几个问题的报告》，又提出加快旅游基础设施的建设要采取国家、地方、部门、集体和个人一起上，自力更生和利用外资一起上的方针，揭开了全方位发展旅游产业的序幕；同年，国务院批转了国家旅游局关于旅游体制改革的报告，进一步明确了上述方针，并提出了加强国内旅游的管理，发挥各个方面的积极性，引导和鼓励各方面进行国内旅游设施的建设，以满足广大人民群众日益增长的需要；1986 年，国务院召开全国旅游工作会议，确定旅游业正式纳入国民经济和社会发展计划，正式确立其国民经济地位；1988 年，国务院办公厅转发国家旅游局关于加强旅游工作的十条意见，原则上明确了旅游的行业范围；1992 年，中共中央、国务院在《关于加快发展第三产业的决定》中，明确提出把旅游业列入第三产业中重点发展的行业之一，之后，中共中央提出的《关于制定经济和社会发展“九五”计划和 2010 年远景目标纲要的建议》，旅游业被列为第三产业积极发展新兴产业序列的第一位；1998 年中央经济工作会议提出旅游业作为国民经济新的增长点，此后，国家计委把旅游项目列入国债项目，铁路部门及时开行了数百列旅游专列。中央和国务院的政策支持为旅游业发展打下了坚实的基础，在国家相关政策的推动下，我国旅游业得到了持续、快速、健康的发展，逐步由旅游资源大国发展成为世界旅游大国。

1995 年前实现旅游创汇 50 亿美元，国内旅游收入 500 亿元人民币；2000 年实现创汇 160 亿美元，国内旅游收入 1000 亿元人民币。2007 年总收入达 1.09 万亿元，旅游外汇收入达 419 亿美元，国内旅游收入达 7771 亿元人民币，我国继续保持全球第四大入境旅游接待国地位。

2. 开放市场、引进外资、公平竞争的导向

在我国,旅游业是较早地实现开放市场的经济部门。旅游设施建设中的“国家、地方、部门、集体和个体五个一起上方针”,海外资金与管理人才的大量引进,开放了旅游市场,形成了以国营旅游企业为主导的多种经济成分共存的局面,公平竞争,调动各方面的积极性。

为了加快旅游业的发展,我国将提供优惠条件、创造良好环境、吸引外资发展旅游业,作为一项长期政策。鼓励港、澳、台地区的企业、个人投资开发旅游设施和经营旅游项目。1979年至1990年间,我国旅游业利用外资总额约达50亿美元,相当于同期全国吸引外商直接投资总额的四分之一。有近30个海外饭店管理集团在华拥有资产或根据合同授权经营着饭店。1992年8月,为进一步开发利用旅游资源,加快旅游业发展,国务院决定在条件成熟的地方试办国家旅游度假区,鼓励外商投资开发旅游设施和经营旅游项目。这一决定规定了对外商投资给予一系列的优惠政策,首次提出可开办中外合资经营的国际旅行社和旅游汽车公司,成为旅游业扩大吸引外资的一大举措,受到海外投资者的广泛关注。

3. 转换企业经营机制的导向

1985年国务院在转批国家旅游局《关于当前旅游体制改革几个问题的报告》中明确提出“政企分开,统一领导,分级管理,分散经营”的旅游管理体制。1992年7月23日,国务院发布《全民所有制工业企业转换经营机制条例》,同时要求其它经济部门按照该条例的原则及主要内容,加快企业经营机制的转换,增强企业活力,把企业推向市场。

上述政策的规定,我国国有旅游企业的经营自主权显著增强,理顺了政府与企业的关系,企业自我约束机制加快建立。最近,国家旅游局、国家物价局作出决定,不再由政府统一规定旅游销售价格、旅游地区和季节差价、旅游企业之间的交易合同价格,实行企业根据市场供求形势,自主定价销售。这对国有企业转换经营机制,对完善旅游市场机制,都具有重要意义。

4. 入境旅游、国内旅游、出境旅游三者共同发展的导向

大力发展入境旅游,为国家赚取外汇,是改革开放以来国家赋予旅游部门的重要任务和职能。从“六五”至“八五”初期,国家的旅游政策仍然是“优先发展国际旅游,适当兼顾国内旅游”。随着我国经济的发展和人民生活水平的提高,国内旅游已开始呈现大众化、生活化的趋势,国内旅游的业绩也引起国家相关部门的注意。1993年11月,国务院办公厅转发了国家旅游局制定的《关于积极发展国内旅游业的意见》,提出了“搞活市场、正确引导、加强管理、提高质量”的方针,把国内旅游业正式纳入国民经济和社会发展计划。随着中国经济快速发展,中国公民自费出国旅游目的地不断增多,越来越多国家希望成为中国公民旅游目的地,目的地开放工作已成为中国对外交往的重要内容和中国人民走向世界、加深与世界各国人民友谊的桥梁。中国公民出境游的发展历程可分为1983年至1997年的探亲试验阶段,1997到2002年的调整放开阶段,以及2002年到现在的快速发展阶段,截至2007年我国公民出境游的目的地共有132个国家和地区。

我国旅游业已由单纯接待入境旅游发展到入境旅游、国内旅游、出境旅游共同发展的局面。这一转折不但对我国旅游业,而且对亚洲、乃至世界旅游业,都会产生深远的影响。

我国政府对接待入境旅游是坚持大力发展的方针,以不断增加旅游创汇;对国内旅游,实行开放市场,扩大供给,提高质量适应需求的方针,以加快经营体系建设为中心,争取在较短的时间内,使国内旅游业成为一个大规模的居民消费领域;对出境旅游,将根据居民的实际支付能力,逐步发展公民出国旅游。

(二)我国旅游业主干法规

从1985年国务院颁布第一部旅游法规《旅行社管理暂行条例》以来,旅游行业的立法工作取得了很大成绩,现有数十部法规、规章问世,涉及到旅游管理的方方面面,它们对强化旅游全行业管理,发挥着愈来愈重要的作用。这里选择几个重要的法规扼要地加以介绍。

1.《旅行社管理条例》和《旅行社管理条例实施细则》

《旅行社管理条例》是1996年10月15日,由国务院发布,根据2001年12月11日《国务院关于修改〈旅行社管理条例〉的决定》修订。全文共分7章47条,明确规定了旅行社的业务范围、旅行社设立的条件和程序、旅行社的经营规范、外商投资旅行社的特别规定、旅游行政管理部门对旅行社和外国旅行社常驻机构的监督检查以及对违反《旅行社管理条例》相关规定的处罚办法。

《旅行社管理条例实施细则》是2001年12月27日国家旅游局在《旅行社管理条例》修改之后制定发布的,全文共11章68条。它在《旅行社管理条例》的基础上,将一些原则性较强的条款,如申请开办旅行社的条件、开办旅行社的审批程序等都作了具体规定。同时还规定了各类旅行社的业务经营范围,各级旅游行政管理部门对旅行社的管理权限的划分及管理内容。

2.《中华人民共和国评定旅游涉外饭店星级的规定》(简称《规定》)和《饭店管理公司管理暂行办法》(简称《暂行办法》)

《规定》经国务院批准由国家旅游局于1997年10月16日发布,全文共27条。主要内容有:星级评定的范围——在我国境内正式开业一年以上的旅游涉外饭店方可申请参加星级评定;星级评定的组织和权限——全国旅游涉外饭店星级评定最高权力机关是国家旅游局,总局下设饭店星级评定机构,负责星级评定领导工作,并具体负责评定四星级、五星级饭店。各省、自治区、直辖市旅游局设饭店星级评定机构,在总局领导下,负责本地区旅游涉外饭店星级评定工作,具体负责评定本地区一星级、二星级、三星级饭店,推荐四、五星级饭店。星级评定方法——根据《旅游涉外饭店星级的划分及评定》(GB/T14308-1997)国家标准、设施设备评分标准、设施设备的维修保养及清洁卫生评定标准、服务质量评定标准、宾客意见评定标准进行评级;检查制度——星级评定的具体工作由检查员承担;星级复核及处理制度——按照星级评定方法每年复核一次。

《暂行办法》是国家旅游局于1993年7月29日发布的,全文18条。制定《暂行办法》是为了促进我国旅游饭店行业的专业化、集团化的管理,增强饭店企业的活力,提高经济效益,鼓励饭店管理公司开展国际化经营。《暂行办法》对于饭店管理公司的性质、经营宗旨、设立条件、申报程序、经营范围、资信条件、经营方式、责权利、与所管理的饭店的合同关系、收费标准及旅游行政管理部门的管理权限等作了明确的规定。

3.《导游人员管理条例》和《导游人员管理实施办法》

《导游人员管理条例》经国务院批准,国家旅游局于1999年5月14日发布,全文共27条。制定这一规定的指导思想是规范导游活动,保障旅游者和导游人员的合法权益,促进旅游业的健康发展。主要内容有:导游人员应具备的条件、主要职责;国家实行全国统一的导游人员资格考试制度;导游人员应当不断提高自身业务素质和职业技能;导游人员的从业规范;对违反本《条例》的导游人员或无证导游的处罚等。

《导游人员管理实施办法》是国家旅游局依据《导游人员管理条例》和《旅行社管理条例》于2002年12月27日发布的部门规章,其主旨是为了加强导游队伍建设,维护旅游市场秩序和旅游者的合法权益。全文共6章31条,主要内容包括:导游资格证和导游证的取得和使用规范;导游人员的计分管理及其扣分细则;导游人员的年审管理,年审以考评为主,考评等级为通过年审、暂缓通过年审和不予通过三种;导游人员的等级考核,导游人员分为初级、中级、高级、特级四个等级。

4.《旅游投诉暂行规定》

为了保护旅游者、旅游经营者的合法权益,及时、公正处理旅游投诉,维护我国旅游声誉,国家旅游局于1991年6月发布了《旅游投诉暂行规定》。其主要内容有:旅游投诉管理机关的设立及其职责;旅游投诉必须符合的条件、可以投诉的损害行为、投诉状的书写及投诉办法;旅游投诉处理程序;对损害投诉者利益的旅游经营者的行政处罚规定等。

5.《旅游安全管理暂行办法》和《旅游安全管理暂行办法实施细则》

《旅游安全管理暂行办法》是国家旅游局于1991年6月发布,全文共5章17条。其主旨是为加强旅游安全管理工作,保障旅游者人身、财物安全。《旅游安全管理暂行办法》规定:旅游安全管理工作应当贯彻"安全第一、预防为主"的方针,遵循"统一领导、分级管理、以基层为主"的原则;各地旅游行政管理部门应当在当地政府的领导下,会同有关部门,对旅游安全进行管理。对旅游安全管理机构的职责,对事故处理的程序及注意事项,对奖励与处罚等都有明确的规定。

《旅游安全管理暂行办法实施细则》是国家旅游局为了贯彻落实《旅游安全管理暂行办法》,于1994年1月22日颁布,全文共5章16条,对《旅游安全管理暂行办法》中的相关规定如安全管理、事故处理、奖励与惩罚的具体实施办法作了详细的规定。

与以上两个法规相配套的还有国家旅游局1993年4月发布的《重大旅游安全事故报告制度试行办法》和《重大旅游安全事故处理程序试行办法》。

此外,在旅游对外交往活动管理方面有国家旅游局制定的《关于在国外设立旅游经营机构的暂行管理办法》(1993年3月)、《关于参加和举办国际旅游展销会的管理规定》(1990年8月)、《旅游对外招商管理的若干规定》(1989年9月)、《设立外商控股、外商独资旅行社暂行规定》(2003年6月);在财务管理方面有《国营旅游企业财务管理若干问题的暂行规定》(1988年发布)和《旅游行业内部审计管理工作暂行规定》、《旅游企业法定代表人离任经济责任审计规定》(1996年12月)等。规范旅游业的法律、法规、部门规章、地方法规、行业标准还有很多,本节就不一一叙述。

（三）我国旅游业相关法规

旅游业是综合性很强的经济产业，与其他很多行业或部门联系十分密切。在国家颁布的法律法规中，有相当一部分涉及到旅游业，对旅游业的发展起着十分重要的协调、制约和保障作用。本节就部分主要相关法律法规中涉及旅游活动的条款作简要介绍。

1.《中华人民共和国环境保护法》

《中华人民共和国环境保护法》（1989 年 12 月 26 日起施行）第 18 条规定：在国务院、国务院有关部门和省、自治区、直辖市人民政府规定的风景名胜区、自然保护区和其他需要特别保护的区域内，不得建设污染环境的工业生产设施；建设其他设施，其污染物排放不得超过规定的排放标准。已经建成的设施，其污染物排放超过规定排放标准的，限期治理。第 23 条规定：城乡建设应当结合当地自然环境的特点，保护植被、水域和自然景观，加强城市园林、绿地和风景名胜区的建设。

2.《中华人民共和国文物保护法》

《中华人民共和国文物保护法》（1989 年 11 月 19 日起施行）中明确规定了文物所有权属于国家，规定了法律保护的文物范围、文物的管理部门及其管理范围，对国家确定的文物保护单位的保护，规定了相关的管理制度和具体的奖惩办法。

3.《中华人民共和国铁路法》

《中华人民共和国铁路法》（1991 年 5 月 1 日起施行）对铁路运营、铁路建设、铁路安全与保护等作出了规定；对铁路运输企业应采取有效措施做好旅客运输服务工作，执行合同约定或有关规定承担及不承担责任的情况做了具体规定。该法明确了铁路发展规划制定的原则，规定必须加强对铁路的管理和保护，保证铁路运输设施的完好，保障旅客和货物运输的安全。

4.《风景名胜区管理暂行条例》（以下简称《条例》）

《风景名胜区管理暂行条例》（1985 年 6 月 7 日起施行）规定了风景名胜区的划分标准，将风景名胜区按其景物观赏、文化、科学价值和环境质量、规模大小、游览条件等划分为三级，并分别规定了各级风景名胜区的评审公布程序；明确了风景名胜区的管理机构，要求在风景名胜区设立人民政府或管理机构，在所属人民政府的领导下，主持风景名胜区的管理工作；设在风景名胜区的所有单位，除各自业务上受上级主管部门领导外，都必须服从管理机构对风景名胜区的统一规划和管理。《条例》还就风景名胜区规划的编制、景观与设施的保护、安全管理等方面作了具体规定，对违反规定的行为，有关部门将视其行为的情节，给予行政或经济处罚。

5.《旅馆业治安管理办法》

公安部制定的这一管理办法，是为了保障旅馆业的正常经营和旅客的生命财产安全。《旅馆业治安管理办法》(1987 年 11 月 10 日起施行)规定，凡开办旅馆，都必须具备相应的消防、防盗安全设施，建立起各种安全管理制度，设置治安保卫组织或者指定安全保卫人员。《旅馆业治安管理办法》还就旅馆业经营中的一些具体事项，公安机关对旅馆治安管理的职责和对违法行为的处罚权等作了具体规定。

此外，还有《中华人民共和国外国人入境、出境管理法》(1986 年 2 月 1 日起施行)、《中华人民共和国海关法》(1987 年 7 月 1 日起施行，2000 年 7 月 8 日第九届全国人民代表大会常务委员会第十六次会议修正)、《中华人民共和国民用航空法》(1996 年 3 月 1 日起施行)等里面都有涉及旅游的内容或条款，这里不再一一细述。

复习思考题

1. 目前世界上有哪些旅游行政组织的模式？
2. 旅游行政组织的共同职能是什么？
3. 我国最主要的旅游行政组织是什么？其职能表现在哪些方面？
4. 我国有哪些主要的旅游行业组织？它们的宗旨和任务是什么？
5. 一个科学的旅游政策应包括哪些内容？ 如何制定旅游政策？
6. 改革开放以后，我国对于旅游业的政策导向有哪些？

主要参考文献

国家旅游局人事劳动教育司.旅游学概论 [M].北京：中国旅游出版社，2001.

韩军，舒晶. 旅游学概论 [M]. 北京：北京师范大学出版社，2006.

李天元. 旅游学概论 [M].天津：南开大学出版社，2003.

李天元，王连义.旅游学概论 [M].天津：南开大学出版社，1999.

卢华语.旅游学概论 [M].重庆：西南师范大学出版社，1994.

马勇.旅游学概论[M].北京：高等教育出版社，1998：213.
马勇，周霄. 旅游学概论 [M]. 北京：旅游教育出版社，2004.
乔正康.旅游学概论 [M].大连：东北财经大学出版社，2000.
苏勤. 旅游学概论 [M]. 北京：高等教育出版社，2006.
王子华，李大金.旅游学概论 [M].昆明：云南人民出版社，1995.
谢彦君，陈才，谢中田. 旅游学概论[M].辽宁：东北财经大学出版社，1999.
徐明，谢彦君. 旅游学概论[M].沈阳：辽宁师范大学出版社，1997.

第九章
旅游可持续发展

当今可持续发展(Sustainable Development)已经被应用于人类社会的经济、社会和环境发展的各个方面，旅游作为当今社会的最大产业,其传统的旅游发展方式对生态环境的负面影响日益显现,从而导致了旅游可持续发展研究在20世纪末和本世纪以来一直是人们关注的焦点。本章主要介绍可持续发展理论、旅游可持续发展理论和我国旅游可持续发展的相关问题。

第一节 可持续发展理论概述

“可持续发展”这一词语一经提出即在世界范围内逐步得到认同并成为大众媒介使用频率最高的词汇之一，这反映了人类对自身以前走过的发展道路的怀疑和抛弃,也反映了人类对今后选择的发展道路和发展目标的憧憬和向往。人们逐步认识到过去的发展道路是不可持续的,或至少是持续不够的,因而是不可取的,唯一可供选择的道路是走可持续发展之路。

一、可持续发展理论的发展过程

“可持续发展”是当今世界普遍关注的热点问题,影响着全球的政治、经济、文化、环境等各个方面。其理论的形成经历了如下几个阶段。

第一阶段,萌芽阶段。20世纪五六十年代,工业发展对环境所产生的不良影响,迫使人们开始反思单纯追求经济增长的消极作用。1962年,美国女生物学家莱切尔·卡逊(Rachel Carson)发表了一部引起很大轰动的环境科普著作《寂静的春天》,作者描绘了一幅由于农药污染所带来的可怕景象,惊呼人们将会失去“春光明媚的春天”，在世界范围内引发了人类关于发展观念上的争论。引起了西方社会的强烈反响，为环境问题率先敲响了警钟，从而产生了以保护环境为基本内容的可持续发展理论的萌芽。

第二阶段，可持续发展理论的提出阶段。随着环境问题的出现，工业高速发展使得资源日益耗竭。1970 年美国麻省理工学院管理学教授麦多斯(D.L. Meadows)受罗马俱乐部的委托，与他人合作于 1972 年出版了《增长的极限》一书，该书从影响经济增长的五个主要因素即人口增长、粮食供应、资本投入、环境污染和资源耗竭等出发，根据指数增长原理，认为由于人口增长引起粮食需求的增长，经济增长引起不可再生自然资源耗竭速度的加快和环境污染的加深，在公元 2100 年到来之前，人类社会将崩溃。该书出版后，在全世界引起了强烈反响，各国的政治家、经济学家都纷纷关注起经济增长、经济发展的方式问题。同年，两位著名美国学者巴巴拉·沃德(Barbara Ward)和雷内·杜博斯(Rene Dubos)的享誉世界的《只有一个地球》问世，把人类生存与环境的认识推向一个新的可持续发展的境界。于是有关可持续发展的研究蓬勃兴起，可持续发展也提到了一些国际组织和各国政府的议事日程。1972 年 6 月联合国在斯德哥尔摩召开人类环境会议，在这个会议上，来自 113 个国家的 1300 名代表首次对地球的环境问题进行了世界范围的讨论，并通过了具有历史意义的《人类环境宣言》。虽然这次会议的主题偏重于讨论环境问题，但还是讨论了罗马俱乐部提出的增长的极限理论问题，并形成了可持续发展的理论雏形。1980 年由世界自然保护同盟等组织和有关国家的专家参与制订的《世界自然保护大纲》，终于明确提出了可持续发展的思想。其概念最初源于生态学，指的是对于资源的一种管理战略。其后被广泛应用于经济学和社会学范畴，加入了一些新的内涵，是一个涉及经济、社会、文化、技术和自然环境的综合的动态的概念。

第三阶段，发展与完善阶段。1983 年 11 月，联合国成立了世界环境与发展委员会（WECD）。1987 年，受联合国委托，以挪威前首相布伦特兰夫人(G.H. Brundland)为首的 WECD 的成员们，把经过 4 年研究和充分论证的报告——《我们共同的未来》(Our Common Future)提交联合国大会，正式提出了“可持续发展”(Sustainable development)的概念和模式，该报告对可持续发展的内涵作了界定和详尽的理论阐述。至此，可持续发展已经形成了完整的理论体系。

第四阶段，理论的实践阶段。20 世纪 90 年代，可持续发展理论为全世界普遍接受，并由理论探讨转变为社会实践。联合国于 1992 年 6 月在巴西里约热内卢举行的环境与发展大会。在这次大会上，来自世界178个国家和地区的政府领导人通过了《21世纪议程》、《气候变化框架公约》等一系列文件，明确把发展与环境密切联系在一起，使可持续发展走出了仅仅在理论上探索的阶段，响亮地提出了可持续发展的战略，并将之付诸为全球的行动。同时，美国、德国、英国等发达国家和中国、巴西这样的发展中国家都先后提出了自己的21世纪议程或行动纲领。尽管各国侧重点有所不同，但都不约而同地强调要在经济和社会发展的同时注重保护自然环境。自此，可持续发展理论进入全面的实践阶段。

二、可持续发展的定义

关于可持续发展，一直是世界各国理论界广泛探讨的问题。与任何经济理论和概念的形成和发展一样，可持续发展概念形成了不同的流派，这些流派或对相关问题有所侧重，或强调可持续发展中的不同属性，从而对可持续发展形成了不同的定义。比较有影响的定义有以下几类。

(一)侧重于从自然属性定义可持续发展

持续性这一概念是由生态学家首先提出来的，即所谓生态持续性(Ecological Sustainability)。旨在说明自然资源及其开发利用程度间的平衡。1991年11月，国际生态学协会(Intecol)和国际生物科学联合会(Iubs)联合举行关于可持续发展问题的专题研讨会。该研讨会的成果不仅发展而且深化了可持续发展概念的自然属性，将可持续发展定义为：保护和加强环境系统的生产和更新能力。从生物圈概念出发定义可持续发展，是从自然属性方面定义可持续发展的一种代表，即认为可持续发展是寻求一种最佳的生态系统以支持生态的完整性和人类愿望的实现，使人类的生存环境得以持续。

(二)着重于从社会属性定义可持续发展

1991年，由世界自然保护同盟(INCN)、联合国环境规划署(UNEP)和世界野生生物基金会(WWF)共同发表了《保护地球——可持续生存战略》(Caring For the Earth: A strategy For Sustainable Living)(简称《生存战略》)。《生存战略》提出的可持续发展定义为："在生存不超出维持生态系统涵容能力的情况下，提高人类的生活质量"，并且提出可持续生存的九条基本原则。在这九条基本原则中，既强调了人类的生产方式与生活方式要与地球承载能力保持平衡，保护地球的生命力和生物多样性，同时，又提出了人类可持续发展的价值观和130个行动方案，着重论述了可持续发展的最终落脚点是人类社会，即改善人类的生活质量，创造美好的生活环境。《生存战略》认为，各国可以根据自己的国情制定各不相同的发展目标。但是，只有在"发展"的内涵中包括有提高人类健康水平、改善人类生活质量和获得必须资源的途径，并创造一个保持人们平等、自由、人权的环境，"发展"只有使我们的生活在所有这些方面都得到改善，才是真正的"发展"。

（三）着重于从经济属性定义可持续发展

此类定义有多种表达方式。不管哪一种表达方式，都认为可持续发展的核心是经济发展。在《经济、自然资源、不足和发展》一书中，作者 Edward B.Barbier 把可持续发展定义为"在保持自然资源的质量和其所提供服务的前提下，使经济发展的净利益增加到最大限度"。还有的学者提出，可持续发展是"今天的资源使用不应减少未来的实际收入"。当然，定义中的经济发展已不是传统的以牺牲资源和环境为代价的经济发展，而是"不降低环境质量和不破坏世界自然资源基础的经济发展"。

（四）着重于从科技属性定义可持续发展

实施可持续发展，除了政策和管理国家之外，科技进步起着重大作用。没有科学技术的支持，人类的可持续发展便无从谈起。因此，有的学者从技术选择的角度扩展了可持续发展的定义，认为"可持续发展就是转向更清洁、更有效的技术，尽可能接近'零排放'或'密闭式'工艺方法，尽可能减少能源和其他自然资源的消耗"。还有的学者提出，"可持续发展就是建立极少产生废料和污染物的工艺或技术系统"。他们认为，污染并不是工业活动不可避免的结果，而是技术差、效益低的表现。

（五）被国际社会普遍接受的布氏定义的可持续发展

1988年以前，可持续发展的定义或概念并未正式引入联合国的"发展业务领域"。1987年，布伦特兰夫人主持的世界环境与发展委员会，对可持续发展给出了定义："可持续发展是指既满足当代人的需要，又不损害后代人满足需要的能力的发展"。1988年春，在联合国开发计划署理事会全体委员会的磋商会议期间，围绕可持续发展的含义，发达国家和发展中国家展开了激烈争论，最后磋商达成一个协议,即请联合国环境理事会讨论并对“可持续发展”一词的含义,草拟出可以为大家所接受的说明。1981年5月举行的第15届联合国环境署理事会期间,经过反复磋商,通过了《关于可持续的发展的声明》。

可持续发展定义包含两个基本要素或两个关键组成部分:“需要”和对需要的“限制”。满足需要,首先是要满足贫困人民的基本需要。对需要的限制主要是指对未来环境需要的能力构成危害的限制,这种能力一旦被突破,必将危及支持地球生命的自然系统如大气、水体、土壤和生物。决定两个基本要素的关键性因素是:(1)合理分配以保证不会为了短期生存需要而被迫耗尽自然资源;(2)降低主要是穷人对遭受自然灾害和农产品价格暴跌等损害的脆弱性;(3)普遍提供可持续生存的基本条件,如卫生、教育、水和新鲜空气,保护和满足社会最脆弱人群的基本需要,为全体人民,特别是为贫困人口提供发展的平等机会和选择自由。总之,可持续发展就是建立在社会、经济、人口、资源、环境相互协调和共同发展的基础上的一种发展,其宗旨是既能相对满足当代人的需求,又不能对后代人的发展构成危害。

三、可持续发展的基本特征

可持续发展的基本特征包括以下几个方面。

(一)以经济增长为前提

经济增长是国家实力和社会财富的主要体现。可持续发展不仅要重视经济增长的数量,还要追求提高质量和效益,减少生产废物,改变传统的生产和消费方式,实现清洁、文明生产和消费。

(二)以保护自然为基础,与资源与环境承载力相协调

发展必须保护环境,控制环境污染,改善环境质量,保护大自然的生命支持系统,保护生物的多样性,保持地球生态系统的完整性,使人类的发展保持在地球的承载能力之内。

(三)以改善和提高人类的生活质量为目的

目前世界上仍然有相当多的人口处在贫困和半贫困状态，持续发展必须与解决大多数人口的贫困联系在一起。贫困与不发达是造成资源与环境破坏的根

本原因，消除贫困才能提高资源与环境的发展能力。

四、可持续发展的内涵

从全球普遍认可的概念中，我们可以梳理出可持续发展有以下几个方面的丰富内涵。

（一）共同发展

地球是一个复杂的巨系统，每个国家或地区都是这个巨系统不可分割的子系统。系统的最根本特征是其整体性，每个子系统都和其他子系统相互联系并发生作用，只要一个系统发生问题，都会直接或间接影响到其他系统的紊乱，甚至会诱发系统的整体突变，这在地球生态系统中表现最为突出。因此，可持续发展追求的是整体发展和协调发展，即共同发展。

（二）协调发展

协调发展包括经济、社会、环境三大系统的整体协调，也包括世界、国家和地区三个空间层面的协调，还包括一个国家或地区经济与人口、资源、环境、社会以及内部各个阶层的协调，持续发展源于协调发展。

（三）公平发展

世界经济的发展呈现出因水平差异而表现出来的层次性，这是发展过程中始终存在的问题。但是这种发展水平的层次性若因不公平、不平等而引发或加剧，就会因为局部而上升到整体，并最终影响到整个世界的可持续发展。可持续发展思想的公平发展包含两个维度：一是时间维度上的公平，当代人的发展不能以损害后代人的发展能力为代价；二是空间维度上的公平，一个国家或地区的发展不能以损害其他国家或地区的发展能力为代价。

（四）高效发展

公平和效率是可持续发展的两个轮子。可持续发展的效率不同于经济学的效率，可持续发展的效率既包括经济意义上的效率，也包含着自然资源和环境的损益的成分。因此，可持续发展思想的高效发展是指经济、社会、资源、环境、人口等协调下的高效率发展。

（五）多维发展

人类社会的发展表现出全球化的趋势，但是不同国家与地区的发展水平是不同的，而且不同国家与地区又有着异质性的文化、体制、地理环境、国际环境等发展背景。此外，因为可持续发展又是一个综合性、全球性的概念，要考虑到不同地域实体的可接受性，因此，可持续发展本身包含了多样性、多模式的多维度选择的内涵。因此，在可持续发展这个全球性目标的约束和指导下，各国与各地区在实施可持续发展战略时，应该从国情或区情出发，走符合本国或本区实际的、多样性、多模式的可持续发展道路。

五、可持续发展的主要内容

在具体内容方面，可持续发展涉及可持续经济、可持续生态和可持续社会三方面的协调统一，要求人类在发展中讲究经济效率、关注生态和谐和追求社会公平，最终达到人的全面发展。这表明，可持续发展虽然缘起于环境保护问题，但作为一个指导人类走向21世纪的发展理论，它已经超越了单纯的环境保护。它将环境问题与发展问题有机地结合起来，已经成为一个有关社会经济发展的全面性战略。

（一）在经济可持续发展方面

可持续发展鼓励经济增长而不是以环境保护为名取消经济增长，因为经济发展是国家实力和社会财富的基础。但可持续发展不仅重视经济增长的数量，更追求经济发展的质量。可持续发展要求改变传统的以“高投入、高消耗、高污染”为特征的生产模式和消费模式，实施清洁生产和文明消费，以提高经济活动中的效益、节约资源和减少废物。从某种角度上，可以说集约型的经济增长方式就是可持续发展在经济方面的体现。

（二）在生态可持续发展方面

可持续发展要求经济建设和社会发展要与自然承载能力相协调。发展的同时必须保护和改善地球生态环境，保证以可持续的方式使用自然资源和环境成本，使人类的发展控制在地球承载能力之内。因此，可持续发展强调了发展是有限制的，没有限制就没有发展的持续。生态可持续发展同样强调环境保护，但不同于以往将环境保护与社会发展对立的做法，可持续发展要求通过转变发展模式，从人类发展的源头、从根本上解决环境问题。

(三)在社会可持续发展方面

可持续发展强调社会公平是环境保护得以实现的机制和目标。可持续发展指出世界各国的发展阶段可以不同，发展的具体目标也各不相同，但发展的本质应包括改善人类生活质量，提高人类健康水平，创造一个保障人们平等、自由、教育、人权和免受暴力的社会环境。这就是说，在人类可持续发展系统中，经济可持续是基础，生态可持续是条件，社会可持续才是目的。本世纪人类应该共同追求的是以人为本位的自然—经济—社会复合系统的持续、稳定、健康发展。

作为一个具有强大综合性和交叉性的研究领域，可持续发展涉及到众多的学科，可以有不同重点的展开。例如，生态学家着重从自然方面把握可持续发展，理解可持续发展是不超越环境系统更新能力的人类社会的发展；经济学家着重从经济方面把握可持续发展，理解可持续发展是在保持自然资源质量和其持久供应能力的前提下，使经济增长的净利益增加到最大限度；社会学家从社会角度把握可持续发展，理解可持续发展是在不超出维持生态系统涵容能力的情况下，尽可能地改善人类的生活品质；科技工作者则更多地从技术角度把握可持续发展，把可持续发展理解为是建立极少产生废料和污染物的绿色工艺或技术系统。

六、可持续发展的基本原则

可持续发展是一种新的人类生存方式。这种生存方式不但要求体现在以资源利用和环境保护为主的环境生活领域，更要求体现到作为发展源头的经济生活和社会生活中去。贯彻可持续发展战略必须遵从一些基本原则。

(一)公平性原则(Fairness)

可持续发展强调发展应该追求两方面的公平：一是本代人的公平即代内平等。可持续发展要满足全体人民的基本需求和给全体人民机会以满足他们要求较好生活的愿望。当今世界的现实是一部分人富足，而占世界 1/5 的人口处于贫困状态；占全球人口 26%的发达国家耗用了占全球 80%的能源、钢铁和纸张等。这种贫富悬殊、两极分化的世界不可能实现可持续发展。因此，要给世界以公平的分配和公平的发展权，要把消除贫困作为可持续发展进程特别优先的问题来考虑。二是代际间的公平即世代平等。要认识到人类赖以生存的自然资源是有限的，本代人不能因为自己的发展与需求而损害人类世世代代满足需求的条件——自然资源与环境，要给世世代代以公平利用自然资源的权利。

(二)持续性原则(Sustainability)

持续性原则的核心思想是指人类的经济建设和社会发展不能超越自然资源与生态环境的承载能力。这意味着，可持续发展不仅要求人与人之间的公平，还要顾及人与自然之间的公平。资源和环境是人类生存与发展的基础，离开了资源和环境，就无从谈及人类的生存与发展。可持续发展主张建立在保护地球自然系统基础上的发展，因此发展必须有一定的限制因素。人类发展对自然资源的耗竭速率应充分顾及资源的临界性，应以不损害支持地球生命的大气、水、土壤、生物等自然系统为前提。换句话说，人类需要根据持续性原则调整自己的生活方式、确定自己的消耗标准，而不是过度生产和过度消费。发展一旦破坏了人类生存的物质基础，发展本身也就衰退了。

(三)同性原则(Common)

鉴于世界各国历史、文化和发展水平的差异，可持续发展的具体目标、政策和实施步骤不可能是唯一的。但是，可持续发展作为全球发展的总目标，所体现的公平性原则和持续性原则，则是应该共同遵从的。要实现可持续发展的总目标，就必须采取全球共同的联合行动，认识到我们的家园——地球的整体性和相互依赖性。从根本上说，贯彻可持续发展就是要促进人类之间及人类与自然之间的和谐。如果每个人都能真诚地按"共同性原则"办事，那么人类内部及人与自然之间就能保持互惠共生的关系，从而实现可持续发展。

七、可持续发展的基本理论

(一)可持续发展的基础理论

1. 经济学理论

(1)增长的极限理论。D.H.Meadows 在其《增长的极限》一文中提出的有关可持续发展的理论，该理论的基本要点是：运用系统动力学的方法，将支配世界系统的物质关系、经济关系和社会关系进行综合,提出了人口不断增长、消费日益提高,而资源则不断减少、污染日益严重,制约了生产的增长;虽然科技不断进步能起到促进生产的作用,但这种作用是有一定限度的,因此生产的增长是有限的。

(2)知识经济理论。该理论认为经济发展的主要驱动力是知识和信息技术,知识经济将是未来人类的可持续发展的基础。

2. 可持续发展的生态学理论

所谓可持续发展的生态学理论是指根据生态系统的可持续性要求，人类的经济社会发展要遵循生态学三个定律:一是高效原理,即能源的高效利用和废弃物的循环再生产;二是和谐原理,即系统中各个组成部分之间的和睦共生,协同进化;三是自我调节原理,即协同演化着眼于其内部各组织的自我调节功能的完善和持续性,而非外部控制或结构的单纯增长。

3. 人口承载力理论

所谓人口承载力理论是指地球系统的资源与环境，由于自身组织与自我恢复能力存在一个阈值，在特定技术水平和发展阶段下的对于人口的承载能力是有限的。人口数量以及特定数量人口的社会经济活动对于地球系统的影响必须控制在这个限度之内,否则,就会影响或危及人类的持续生存与发展。这一理论被喻为20世纪人类最重要的三大发现之一。

4. 人地系统理论

所谓人地系统理论,是指人类社会是地球系统的一个组成部分,是生物圈的重要组成,是地球系统的主要子系统。它是由地球系统所产生的,同时又与地球系统的各个子系统之间存在相互联系、相互制约、相互影响的密切关系。人类社会的一切活动,包括经济活动,都受到地球系统的气候(大气圈)、水文与海洋(水圈)、土地与矿产资源(岩石圈)及生物资源(生物圈)的影响,地球系统是人类赖以生存和社会经济可持续发展的物质基础和必要条件；而人类的社会活动和经济活动,又直接或间接影响了大气圈(大气污染、温室效应、臭氧空洞)、岩石圈(矿产资源枯竭、沙漠化、土壤退化)及生物圈(森林减少、物种灭绝)的状态。人地系统理论是地球系统科学理论的核心,是陆地系统科学理论的重要组成部分,是可持续发展的理论基础。

(二)可持续发展的核心理论

可持续发展的核心理论,尚处于探索和形成之中。目前已具雏形的流派大致可分为以下几种。

1. 资源永续利用理论

资源永续利用理论流派的认识论基础在于：认为人类社会能否可持续发展决定于人类社会赖以生存发展的自然资源是否可以被永远地使用下去。基于这一认识，该流派致力于探讨使自然资源得到永续利用的理论和方法。

2. 外部性理论

外部性理论流派的认识论基础在于：认为环境日益恶化和人类社会出现不可持续发展现象和趋势的根源，是人类迄今为止一直把自然(资源和环境)视为可以免费享用的“公共物品”，不承认自然资源具有经济学意义上的价值，并在经济生活中把自然的投入排除在经济核算体系之外。基于这一认识，该流派致力于从经济学的角度探讨把自然资源纳入经济核算体系的理论与方法。

3. 财富代际公平分配理论

财富代际公平分配理论流派的认识论基础在于：认为人类社会出现不可持续发展现象和趋势的根源是当代人过多地占有和使用了本应属于后代人的财富，特别是自然财富。基于这一认识，该流派致力于探讨财富在代际之间能够得到公平分配的理论和方法。

4. 三种生产理论

三种生产理论流派的认识论基础在于：人类社会可持续发展的物质基础在于人类社会和自然环境组成的世界系统中物质的流动是否通畅并构成良性循环。他们把人与自然组成的世界系统的物质运动分为三大“生产”活动，即人的生产、物资生产和环境生产，致力于探讨三大生产活动之间和谐运行的理论与方法。

第二节 旅游可持续发展理论

自20世纪60年代以来，随着大众旅游的兴起，旅游的规模越来越大，旅游的范围也越来越广。至1985年，全世界国内国际旅游总人次已达38.67亿，占当年世界总人口的79.86%，即全球平均每5个人便有4个人参加了旅游活动。旅游消费额达17 550亿美元。至1999年，据世界旅游理事会利用卫星账户对全球的预测，则高达21 041亿美元。目前全世界出国旅游者人数已近10亿人次。这么多人和这么大的旅游消费一方面对各国的经济发展和就业的增加作出了贡献，另一方面也对其社会和环境产生了很大压力，尤其是发展中国家不得不承受沉重的代价。这种情况引起了一些专家、学者和学术机构的注意，开始进行调查研究。

一、旅游可持续发展问题的产生过程

（一）旅游可持续发展问题的提出

1976年12月世界银行和联合国教科文组织联合在华盛顿召开了发展中国家旅游的发展对社会和文化影响为主题的研讨会，以寻求在决策时克服有关问题的办法。研讨会上，与会专家提交了一批论文和研究报告，三年后，该研讨会的成果由伊曼纽尔·卡特教授整理汇编成《旅游——发展的通行证吗？》一书。该书汇集了旅游的发展对印度尼西亚的巴厘岛、塞舌尔、塞浦路斯、马耳他、突尼斯、墨西哥的巴亚尔塔港和塞内加尔的经济、社会、文化和环境的影响。随着该书的问世，人们对旅游这方面问题的研究也在增多，一些国际组织也对此十分关注。正是在这种背景下，旅游可持续发展与对策问题便摆在了议事日程上。

（二）旅游可持续发展的概念

第一次明确提出旅游可持续发展概念的是1989年4月在荷兰海牙召开的《各国议会旅游大会》上，大会经过讨论，不仅形成了旅游可持续发展的思想，而且做出了有关旅游可持续发展的原则结论以及建议措施。

（三）1992年联合国环境与发展大会

1992年联合国在巴西召开了各国政府领导人参加的《环境与发展大会》，集中研究了世界经济与环境的关系，提出了可持续发展问题，即要使各国经济持续发展，必须保护环境、节约资源，号召各国政府采取措施，保护与治理环境，有效利用资源，并要求发达国家多承担义务。会上一致通过了《里约环境与发展宣言》、《21世纪议程》等文件。其中，《21世纪议程》中有7处直接提到了旅游业。

（四）1995年可持续旅游世界大会

1995年4月24日至28日，联合国教科文组织、联合国环境规划署、世界旅游组织、岛屿发展国际科学理事会和西班牙政府以及加那利群岛大区政府在该群岛中的兰沙里特岛，召开了可持续旅游世界大会，讨论旅游业如何具体落实“里约宣言”。大会特别强调了：(1)仅仅认识旅游对经济发展的重要性还不够，还应认识旅游对环境保护的依赖性；(2)发展旅游要立足长远，必须克服短期行为；(3)旅游和环境保护结合起来才能获得持续发展；(4)旅游业的持续发展应与经济、文化等其他领域的发展相协调；(5)21世纪是环境保护的关键时期。会议通过了“可持续旅游发展宪章”和“可持续旅游发展行动计划”。

(五)1997年亚太地区旅游与环境部长会议

1997年2月16日至19日，世界旅游组织亚太地区旅游与环境部长会议在马尔代夫召开，讨论了亚太地区旅游业发展与环境的关系。会议认为旅游可持续发展的目标应该包括：(1)有效提供旅游产品和服务，从而为发展当地的经济与当地的生活服务；(2)增加就业；(3)保护并妥善管理自然资源以保证生物的多样性及生态平衡；(4)维护和改善人民的生活质量；(5)在同代、两代乃至几代人之间实现财富分配的均衡。

(六)1997年联合国第19届特别会议

1997年在联合国第19届特别会议上，首次将可持续旅游业列入联合国可持续发展议程。

(七)1998年《桂林宣言》

1998年10月14日至18日在我国桂林举行了《亚太议员环发会议第6届年会》，讨论了亚太地区环境和资源保护与旅游业可持续发展面临的挑战以及有关战略行动。会议通过了《桂林宣言》。

二、旅游可持续发展的含义

旅游可持续发展是指以资源和生态环境承受能力为基础，以符合当地经济、文化发展状况和社会道德规范为标准，实现旅游发展与自然、文化和人类生存环境的协调统一，既满足当代人的需求，又不对后代人满足其自身需求的能力构成危害为目标的发展思想和发展道路。

第一，旅游可持续发展同旅游资源和生态环境关系非常密切。要实现旅游可持续发展,必须以保护旅游资源和使生态环境不受破坏为前提,因为自然和人文旅游资源是有限的,尤其是某些自然旅游资源和历史文物与文化遗址是不能再生的;生态环境的破坏会引起生态系统的失衡,造成某些物种的灭绝,空气、土地、江河湖海的污染,使旅客望而却步。所以,旅游资源和生态环境的保护是旅游业赖以发展的基础。

第二,旅游可持续发展要同当地的经济、社会、文化发展相协调。经济可持续发展是旅游可持续发展的前提。一方面,经济的发展使人们收入水平提高,为旅游发展创造了客源;另一方面,经济的发展又为旅游资源开发、旅游设施的建设奠定了物质基础。离开经济可持续发展,旅游可持续发展就会成为无源之水、无本之木。其次,旅游的发展还应同当地的社会文化相适应。一方面,旅游的发展要突出当地的社会文化特征,使其具有民族特色和地方特色;另一方面,旅游的发展又要考虑当地人们的传统观念、文化习俗和居民的利益。超越当地居民的观念和习俗,损害他们的利益,旅游的发展就会出现阻力,甚至是不可能的。

第三,旅游可持续发展不仅要满足当代人的物质文化生活需要,而且要为子孙后代着想。无论是旅游资源的利用,还是生态环境的保护。都不能只着眼于当前,而应考虑长远,将当前的需要和利益同长远的需要和利益结合起来。否则,一旦资源和环境受到破坏,不仅使当前的利益受损,而且必然危及子孙后代的利益,旅游的发展就不可能持续。

三、旅游可持续发展的必要性和客观依据

(一)旅游可持续发展的必要性

旅游可持续发展不仅是必要的,而且也是可能的。

(1)经济可持续发展为旅游可持续发展创造了前提,提供了物质基础。自1992年联合国召开环发大会之后,世界各国政府都对经济可持续发展问题非常重视,纷纷根据各国的具体情况,制定了经济可持续发展战略,并以此为指导,制定其经济和社会发展的五年计划和远景规划,采取各种措施进行落实,从而为经济的持续、健康发展创造了条件。

(2)旅游与可持续发展有着一种天然融合的关系。旅游业与其他产业相比,在发展与资源利用和环境保护关系上是矛盾最小、目标最为接近的产业。

虽然旅游业在其发展过程中会由于种种原因与资源和环境保护之间产生矛盾，甚至损害，但二者自始至终存在着目标一致的一面，即统一的方面。因为旅游的发展要依赖于资源的有效利用和环境质量的提高。另一方面，若规划、开发、管理到位还有利于资源品质的提高、环境质量的改善，有利于当地人民生活的提高，从而促进人们自觉地维护和保护资源和环境，不像其他产业，如第一产业和第二产业中某些产业的发展主要以消耗资源和对环境造成更大的损害为代价。

就对资源和环境的损害而言，许多产业，如化工、造纸、冶金等产业产生的污染对人类、动植物和生态环境带来极大的危害，而旅游，除交通工具外，并非如此。

从人类与自然的关系来讲，已经历了被动适应自然、掠夺自然和现今寻求与自然和谐发展三个阶段。现代旅游的发展使人们对第三个阶段更为重视。因为现在人们出游更愿意到未受污染的地方去，使各地更重视资源和环境的保护，从而更自觉地将旅游业发展同资源与环境的保护结合起来。

(二)旅游可持续发展的客观依据

旅游可持续发展是建立在旅游活动的内部矛盾——游客出游的期望与目的地旅游产品效用之间的矛盾所决定的人与社会、人与自然的互动关系基础上的。

首先，人们出游的具体目的虽然各异，但是对于消遣性的游客来说，在选择旅游目的地时，总是希望到环境优美、文化特色较浓、有益于身心健康的地方去。特别是在现代，人们的环保意识更强，在出游目的地的选择上，更加注重未被污染的自然和社会环境。游客的这种需求趋向一方面促使游客在旅游过程中能较好地注意约束自己的行为，另一方面更加促使旅游目的地重视旅游资源和环境的保护，使其生产的旅游产品对游客具有更大的效用，更能满足游客的需要。

其次，从旅游目的地来讲，为了能在旅游市场激烈的竞争中求得生存和发展，为了改善和提高居民的生活质量，为了促进经济的繁荣和社会的文明，也越来越注重自然资源的开发和有效利用、人文资源的继承和发扬以及自然和社会环境的保护和净化。它们既是社会发展的需要，也是持续、健康地发展旅游业，积极参与旅游市场竞争的需要。正因为这样，世界许多国家和地区都对旅游资源和环境保护进行立法，采取各种措施防止和消除游客、本地居民和企业行为对其造成的人为破坏。

社会越向前发展，旅游越成为人们的普遍需求，人们对旅游的期望也越来越高,社会对游客提供的旅游产品的质量也越来越高,旅游资源的文化含量和环境质量的提高也越来越受到重视,从而形成了旅游活动中人与自然、人与社会的良性互动关系。

四、旅游可持续发展的目标

(一)旅游可持续发展的目标

(1)旅游的发展规模和发展速度应与经济、社会、文化等领域的发展相协调;(2)旅游的发展应实现经济效益、社会效益和环境效益的统一;(3)旅游的发展既要满足当代人的需要,又不能危及子孙后代的需要。

(二)根据旅游可持续发展的目标,旅游可持续发展的主要要求

(1)旅游的发展必须以当地经济发展所提供的各种机遇作为发展的基础。无论是客源地还是旅游目的地,其旅游的发展都应与当地的经济有机地结合起来,使其对当地的经济和社会发展起促进作用。

(2)所有可供选择的旅游发展方案都必须有助于加强社会文化建设,有助于提高人民的生活质量和生活水平,并能对其产生积极的影响。

(3)旅游环境和文化易受破坏、经济结构单一的地区,无论是现在和将来,在资金和技术方面要给予优先考虑,以实现该地区旅游得以持续发展。

(4)旅游的发展必须建立在资源和生态环境的承受能力之上,特别是一些小岛屿和环境敏感地区,旅游的发展在对其开发、利用的同时,不仅不能破坏资源和生态环境的平衡,相反应确保那里的资源和环境质量逐步提高。考虑到旅游的发展可能对自然资源、生物多样性和环境的负面影响以及消除这种影响所付出的代价和能力,旅游的发展应当循序渐进。

(5)生产出发展健康的旅游产品,选择那些同可持续发展原则相协调的旅游形式,以及各种能够保证中期和长期可持续发展的旅游形式。

(6)旅游的发展要立足长远,将近期利益与长远利益结合起来,使旅游资源和自然生态环境不仅满足当代人的物质文化生活需求,而且要为子孙后代造福。

(7)不仅政府有关机构、民间组织和社会团体对旅游可持续发展负有责任;旅游企业、旅客和旅游从业人员都应严格遵守与旅游可持续发展相关的法律、法规和行为规范。

总而言之，旅游可持续发展不仅仅是一个旅游资源和自然生态环境保护问题，而是从人类总体社会生活和长远发展的要求提出的非常现实而严肃的问题，它包括自然、社会、经济和技术等许多方面，同各级政府、旅游企业、游客、居民和旅游从业人员都息息相关。

五、旅游可持续发展应遵循的原则

(一)合理规划、综合决策、协调发展

合理规划是指在发展旅游、开发利用旅游资源中，应统筹考虑当地人口、社会、经济、技术、环境和资源的现状与发展趋势，充分考虑资源与环境对旅游发展的承受能力，防止因短期行为而置环境保护于不顾，盲目或过度开发资源，从而造成对资源的破坏和环境的污染。因此，应将旅游可持续发展规划的制订纳入当地经济和社会总体发展规划之中，使旅游资源开发、设施建设与布局和游客流量的计划建立在资源、自然生态环境和社会环境承受能力之上。

综合决策是指在旅游资源开发、旅游设施建设、自然生态环境的保护和社会环境的维护决策中，应调动和保护各级政府、相关政府部门、社会各界和当地居民的积极性和有正常的参与渠道，妥善处理旅游业局部与当地经济、社会、文化总体的关系，近期与长远的关系，保护与开发利用的关系，游客、居民、投资者、经营者利益的关系。

协调发展是指通过科学论证，促进旅游地人工设施与自然社会环境、区内环境与周边环境的和谐统一，采取法律、经济和行政的手段，消除自然的和人为的因素对旅游地资源的破坏和环境的污染，以保护资源的可持续利用以及旅游与环境的协调发展。

(二)开发与保护并重，合理开发，优化利用

开发与保护并重是指在旅游资源的开发中，要坚持边开发、边保护。对一些不能再生的旅游资源和有限的旅游资源，如千年古迹、古建筑等应以保护为主，必要时可实行封闭式保护管理。保护应尊重自然规律。

合理开发是指应按照旅游资源自身的特色和其所在地的自然和社会环境选择合理的开发模式。在开发中，要特别注意生态脆弱区、环境敏感区和珍稀自然景观和人文景观的保护，加强污染的防治和保护设施的建设，使开发利用与保护

相互促进,实现良性循环。

优化利用是指在对不能再生的旅游资源和有限的旅游资源实行有控制的利用的同时,对可再生的旅游资源和无限的旅游资源实行的充分利用。对前者应在利用的时间上、价格上和游客流量上实行有效的控制,对后者应大力开发,充分利用其使用价值。

(三)利用法制和经济的杠杆,实现旅游收益的公平分配

旅游收益分配不公,不仅在旅游目的地会形成诸多矛盾,而且有可能对旅游资源的开发、利用和环境质量造成破坏性影响。因此,有必要采用法制和经济的双重手段来调节各方面的利益关系,对旅游收益实行公平分配,以调动各方面的积极性。利用法制的手段就是要建立有关法规,以保证旅游目的地的居民能参与当地旅游资源的开发、设施建设和服务的提供,以获得一定份额的旅游收入,以调动他们珍惜和保护旅游资源及自然与社会环境的积极性; 保证在旅游资源开发、经营和管理过程中,有一定比例的旅游收入不断用于自然环境的保护和社会环境的维护。

利用经济的手段就是利用市场机制, 在不影响旅游地资源和环境保护的前提下,面向市场,招徕和吸引游客,以增加旅游收益,为实施保护积累资金,其中对于自然生态保护区,应划分出实验区进行适度的开放,以积累必要的资金,来加强和促进核心区的保护,实现保护与开发的良性发展。

六、旅游可持续发展的理论核心——旅游承载力

旅游承载力概念作为可持续旅游发展的理论核心, 目前已为世界各国旅游学界所赞同和认可。同任何其他形式的经济开发活动一样,旅游业的开发和旅游者的大量来访不可避免地会给旅游目的地的经济、社会、文化和环境带来某些影响和变化,包括积极方面的影响和变化以及消极方面的影响和变化。就消极方面的影响和变化而论, 如果旅游开发过度或旅游活动量之大超过了目的地的承载能力,则会使目的地的旅游环境遭受严重的破坏甚至损毁,从而使旅游业和旅游活动失去赖以维持和发展的资源基础。

旅游承载力(Carrying Capacity of Tourist)反映的是旅游生产力对一定生活水平下旅游需求增长的限制目标。旅游承载力的研究是协调旅游者、环境保护、旅游资源消耗与经济社会发展的关键,它对旅游资源、旅游需求、环境与发展均有

一定的预警功能。社会经济发展直接带来的是旅游生产投入的增加和生活水平的提高,二者从正反两个侧面直接影响旅游承载力的大小。

(一)旅游承载力的概念

随着经济的发展和社会的进步,人们对旅游(休闲)设施的需求增长,也就更加关心旅游活动对自然环境的影响与这种对增长的管理相联系,人们对承载力概念有了更广泛的认识。在旅游的环境背景下,这个概念已扩展到包含社会和环境的影响。目前一些西方国家的相关研究主要是围绕着承载力的标准(measures)而设计管理战略。

涉及到的主要内容是生态容量,以及休闲活动与它对植物、动物、土壤、水、空气的影响之间的关系;物质容量,指某种特定的休闲活动(如野营、游泳等)的空间标准;设施容量,是满足旅游者需求的建筑物和支持结构(如停车场、船坞)进一步开发的指导;社会容量,涉及休闲活动的经历方面(如拥挤)。目前对承载力还没有被广泛接受的统一定义,它主要涉及两个相关的主题。

(1)承载力涉及到不同使用水平下潜在的社会和生态影响,因此,为管理者判断这些结果是否恰当提供了依据。

(2)开发适合的管理行为以指导旅游活动,而使它不超过希望的影响界限。吸收前人研究成果,结合旅游活动的特性,笔者对旅游承载力定义如下:旅游承载力(又称旅游容量)指在某一时期、某种状态或条件下,一个国家或地区的旅游资源在保证其旅游系统的结构和功能不受破坏所能承受人类活动作用的阈值。这里所说的“某种状态”或“某种条件”,是指在一定的生产力水平下与此相适应的物质生活水准上,在开展旅游活动不引起旅游资源和结构发生明显变化的前提条件下,“所能承受”是指不影响旅游资源系统发挥正常功能为前提,而“人类活动”则包括人们的旅游活动和旅游生产经营开发活动。这个概念把旅游者、资源、环境和发展相结合进行研究,作为一个系统整体,应用旅游学、生态学、资源学、化学、经济学等多学科的理论知识,以旅游生态系统结构和功能不受破坏为先决条件,以资源供给作为基本保障,寻求旅游需求增长、社会经济发展与旅游资源相协调的策略、途径及承载力。

由此可见,旅游承载力研究,广泛涉及到资源、环境、旅游者、经济以及社会发展变化等各个方面,既包括自然因素,也包括了社会和经济等因素,既着眼于现实,又考虑到了未来发展,是持续旅游发展研究的深入和发展。

(二)旅游承载力的构成

旅游承载力由社会心理的承受能力、经济承载能力和技术承载能力构成。社会心理承受能力,即当地居民和旅游者对旅游区的认识和兴趣等,包括目的地居民心理承受能力和旅游者的心理承受能力两个方面。旅游目的地居民心理承受能力是指旅游目的地居民从心理上可以接受旅游者的数量, 旅游者的心理承受能力则是指旅游目的地失去吸引力之前,旅游者可以忍受的拥挤程度。经济承载能力, 即旅游区的接受能力超负荷时是否愿意和能够增加基础设施的认识水平和实施能力,具体反映在旅游目的地愿意而且能够为发展旅游业的投资大小,这些投资可涉及到旅游者吃、住、行、游、购、娱等方面的一切直接和间接设施。技术承载能力,指因为旅游业的发展和现代化建设都需要有先进的技术来实现,它包括物质承载力和环境承载力两个方面。物质承载力,是旅游地实际容纳旅游者的数量,又可称为物理容量。环境承载力,是指一个旅游地在其生态资源免遭破坏条件下容纳旅游者的能力,又可称之为生态容量(图 9-1)。

- 旅游承载力
  - 社会心理承受能力
    - 旅游目的地居民心理承受能力
    - 旅游者心理承受能力
  - 经济承载能力
  - 技术承载能力
    - 物质承载力
    - 环境承载力

图 9-1 旅游承载力构成

(三)旅游承载力的研究意义

1. 旅游承载力是对旅游开发潜力进行评价,确定开发与否的重要依据之一

旅游目的地的成功,不仅仅取决于它吸引旅游者的能力,而且取决于它容纳旅游者的能力。这就是说,旅游吸引力对旅游开发潜力具有至关重要的作用,缺乏吸引力的旅游资源没有开发的价值。如果旅游区只是具有了吸引旅游者的能力,而没有相当的承载力,这种开发也不会取得应有的经济效益和社会效益。同时旅游承载力与气候、自然条件、吸引物、可进入性和土地利用等因素并列为旅游资源评价的重要内容,旅游区或者旅游点开发前必须要对此进行分析。显然旅游承载力它是实现持续旅游发展的一个侧面。

2. 旅游承载力分析也是对现有旅游资源进行分析，确定其发展战略的重要依据

在对现有旅游资源吸引力再分析的基础上，对现有资源承载力和实际需求量间进行的比较分析，可以使旅游生产经营者了解现有旅游资源的生命周期，并采取相应的措施。若旅游目的地的承载力小于实际的旅游需求，则应采取措施扩大其旅游承载力，或者限制旅游者的进入；若旅游目的地的承载力大于实际的旅游需求，则应考虑设法提高其旅游吸引力，并加强促销，拓展客源，或者限制投资规模，维持现有发展状况，等等。

第三节 中国旅游业的可持续发展

21世纪，中国旅游业发展面临着严峻挑战。各国之间的竞争愈来愈激烈，特别是周边的泰国、韩国、菲律宾、越南、马来西亚等国家近年来都纷纷将旅游业作为重要的经济产业大力扶持，并在旅游基础设施、服务水平等方面迅速提高，日益成为中国的竞争对手；而国际旅游需求的多样化，尤其对绿色和生态型旅游需求的迅速增加，对中国旅游精品开发、旅游环境建设和旅游服务的国际竞争能力提出更高的要求。

中国旅游业自身发展也存在一系列问题与矛盾。如现实基础薄弱，旅游管理体制不顺，产业秩序比较混乱；迅速增长的旅游需求与旅游资源承载力不足的矛盾突出，旅游生态环境恶化；旅游发展科技含量低；旅游产品的文化内涵不足等严重地制约着旅游业的健康发展，这些问题的解决有待于体制变革、观念变革和行为方式的变革；有待于通过实施可持续发展战略来提高旅游业的发展质量。

一、我国旅游可持续发展的实践和存在的问题

(一)我国在旅游可持续发展上的实践

(1)1992年联合国在巴西召开的环境和发展会议后，我国政府进一步提出转变经济增长方式，将环境保护作为国家的基本国策，并于1994年通过了世界上第一部国家级可持续发展战略——《中国21世纪议程》。为推动旅游可持续发展，我国政府提出了旅游资源“开发与保护”并举和“保护旅游资源，实现永续利用”的方针。

(2)在旅游资源和环境保护的法制建设上,自20世纪90年代以来,我国相继制定了《中华人民共和国环境保护法》、《国家风景名胜区管理条例》、《国家森林公园管理实施细则》等法律、法规,并在空气、水源、噪声等多项技术标准中,对旅游景区、景点的环保指标提出了明确要求。

(3)开展旅游资源的普查,并对其进行分等定级。我国政府将历史文物和风景名胜分为国家级、省级和市县(市)级三级管理和保护。其中国家级重点文物保护单位500多处,国家级重点风景名胜区119处。此外,国家还先后公布全国历史文化名城99个,建立各类自然保护区763处,批准建立国家和省级旅游度假区120多处。为了加强旅游资源保护和管理基础研究,1992年,国家旅游行政部门和中国科学院联合研究制订了《中国旅游资源普查规范》,明确了旅游资源的概念,划分了我国旅游资源的类型,提出了对我国旅游资源分类的标准,制订了旅游资源普查工作组织实施细则。随后,在部分地区开展了旅游资源普查试点。为了加强对旅游景区、景点质量的管理,国家质量技术监督部门于1999年制订了《旅游区(点)质量等级的划分与评定》标准。评定的范围包括旅游景区景点、主题公园、度假区、自然保护区、风景区、森林公园、动物园、植物园、博物馆、美术馆等,将旅游区(点)的质量等级划分为四级,并从4个方面规定了各质量等级的评定条件。

(4)在制订国家级旅游发展规划中,突出强调了可持续发展和环保概念。在编制1991—1995年的全国旅游发展计划中,明确提出"旅游资源的开发利用,要做到开发与保护并举。对于一些稀缺的、不可再生的旅游资源,则应以保护为主,在不破坏资源的前提下,有限度地、科学地开发利用"。在编制1996—2000年全国旅游发展计划时,进一步明确提出"认真贯彻环境保护基本国策和可持续发展战略,认真处理好资源开发与环境保护、生态保护的关系。对稀缺的不可再生的旅游资源,要把保护放在第一位,有限度地科学开发利用。对于一般的旅游资源开发项目,也要注意对生态环境的保护"。

(5)开展了中国旅游业可持续发展的研讨和宣传。1997年12月,国家旅游行政部门、国家科委和中国科学院联合召开了首届全国旅游业可持续发展研讨会,形成了推进我国旅游业可持续发展的四点结论性意见:旅游业是一个集多功能于一体的产业,除经济功能外,还有比较广泛的社会功能、环境功能和文化功能。在旅游业的未来发展中,一方面要继续强化其经济功能,另一方面要注意发挥其社会功能、环境功能和文化功能;在旅游业的开发建设中,要树立两个"投入"的认识,一方面要重视资金的投入,另一方面要重视科技与文化的投入;要树立对旅游资源的忧患意识。旅游业应是实施可持续发展战略的先导产业,也是各个国家和地区实现资源环境和社会经济协调发展的最佳切入点。

(6)为贯彻旅游可持续发展战略,国家和地方都采取了许多措施。在开发中突出了对旅游资源的保护。例如,青岛崂山风景区的索道建设为避开主要景点,进行了慎重选线,游览线路的建设,为不破坏景观始终坚持在巨石和树木间绕行。认真贯彻"保护为主,抢救第一"和"有效保护、合理利用、加强管理"的方针和原则,确保文物古迹不受损害和得到合理开发利用。例如,苏州市搬迁了历史文物周围有污染的工厂,对其实施三级保护措施,北京市在住宅建设中,为保护发现的文物古迹,及时调整了城建规划,让城建为文物古迹保护让路。

通过创建优秀旅游城市,各城市纷纷整治了道路,治理了脏、乱、差,种草种树,美化了环境。例如,北京治理了故宫周围的筒子河、环城河;上海治理了苏州河,在其上游7条支流建闸,控制了污水下泄;大同市为保护云岗石窟不受煤灰污染,改建了运煤公路。为改进一些地区旅游存在的脏、乱、差,国家、地方和企业在1994—1996年进行了专项治理,共投入资金2亿多元,新建和改建旅游厕所2000多个。2004年在旅游景区推出旅游星级厕所标准,如在黄山和其他旅游景区兴建了一大批旅游星级厕所。

严格控制接待人数。例如,承德避暑山庄外八庙实行门票总量控制,对主要殿堂实行封闭或半封闭参观的办法;敦煌、张家界、九寨沟等著名旅游景区都实行了控制门票量和限制进入的机制,减少对旅游景区的过度破坏。

积极引进生态旅游和环保型旅游产品,使旅游发展与环境保护有机结合。1999年国家旅游主管部门联合国家环保局、国家林业局和中国科学院共同主办了"´99中国生态环境游",以"走向自然,认识自然,保护环境"为主题,全国各地精选了近200个生态旅游产品。此外,这一年还主办了以"人与自然——迈向二十一世纪"为主题的99昆明世界园艺博览会,参观的中外游客到10月份已超过900万人次。为促进"绿色旅游"的发展,国家拟逐步规划、开发、建设一批生态旅游区,包括海洋、山地、沙漠、草原、森林、热带动植物等多种生态旅游类型。

开展宣传教育,对公众介绍可持续发展的思想和生物多样性、环境保护的知识,把对游客的要求和对公众的宣传教育结合起来,把享受生态和保护生态结合起来。为宣传和促销我国森林旅游,国家旅游行政部门编印出版了《中国国家森林公园集粹》和其他的生态旅游专集。一些省市的环保部门和地方人民政府还印制了环保和旅游相结合的宣传促销手册,如广东省环保局和济源市人民政府等。

为节约资源,减少对环境的污染,许多饭店自觉引入了环保措施,实施“绿色管理”。例如,北京100多家三星级以上的饭店实施了垃圾分类存放处理,其中40%可回收资源得到再利用。凯宾斯基、香格里拉等饭店将洗碗间、洗衣房的洗涤用品换成有利于环保的洗涤剂,港澳中心等饭店建立了污水处理厂,将污水二次利用于冲刷厕所和浇花。

(二)我国在环境与资源保护上存在的突出问题

为实现旅游可持续发展,我国虽然在资源和环境保护方面做了许多工作,但目前仍然存在一些突出的问题。这些问题主要表现在以下几个方面。

(1)我国旅游业发展水平仍然不高,迄今走过的是一条高速增长下的粗放经营的发展道路,旅游资源不合理开发或低水平开发现象普遍。例如,海滨旅游区存在着盲目围海造田,引起沙质海岸向泥质海岸退化;名胜风景区出借土地搞建设,破坏了景观与环境;一些地区的风俗民情改装成粗俗的商业表演,使优秀的传统文化受到冲击等。

(2)我国正处于工业化和城市化加速发展过程中,工业污染和城市化引起的环境问题仍在加剧,江河湖海及其环境污染对旅游业发展构成了威胁。

(3)快速扩张的旅游需求对一些主要景区造成了压力,并同脆弱的生态环境形成了强烈的反差。局部改善而总体退化的生态环境正成为我国旅游业可持续发展的一个主要障碍。

(4)我国居民受教育水平较低,一些不文明的旅游行为在一定范围和一定程度上造成了旅游资源和环境的破坏与污染。

(5)我国生态旅游发展很快,但对生态旅游和环保产品的开发缺乏统一规划和有效的指导措施,追求短期旅游效益的行为还依然存在。

(6)我国是一个发展中国家,社会主义建设各个方面都需要资金,虽然国家对环保很重视,但用于环保的资金仍然不足。

二、我国旅游业可持续发展的内涵

旅游业必须走可持续发展道路已在国际上达成共识。针对中国国情,中国旅游业可持续发展的内涵应该强调以下方面。

(1)保证旅游业的持续发展。这是基于满足日益增长的国内旅游需求、扩大东西方文化交流,以及旅游业在扩大就业、扶贫、促进地区经济发展和提高居民素质等方面的重要功能提出来的。

(2)合理利用资源、保护和改善生态环境、发扬民族文化特色。这是旅游业发展的生存之本和能否保持中国旅游产品对旅游市场的持久吸引力的关键，中国走向旅游强国,必须实现旅游景区、景点从数量增长向质量增长的转变。

(3)旅游业发展应该与社会、经济和环境发展总目标相适用,并能推动社会主义精神文明的建设。

(4)实现旅游业可持续发展战略必须转变旅游者、旅游经营管理者的思想观念和行为规范。用可持续发展的观念与方法处理旅游开发与资源、生态、环境和民族文化特色的关系。

三、实现我国旅游业可持续发展的途径

要实现我国旅游业的可持续发展,必须采取多种切实可行的有效措施。

(1)实现旅游可持续发展,政府和旅游主管部门应发挥主导作用,制订切实可行的推进旅游持续、健康发展的有关法律、法规。比如,生态环境保护法、旅游资源保护法、文物保护法、森林法以及旅游资源开发、旅游区建筑、土地使用等方面法规。

(2)实现旅游可持续发展,各级旅游行政部门应与相关部门(如文物部门、园林部门、环保部门等)一起共同拟定全国或地区性旅游持续发展框架,并使之与全国或地区的经济和社会总体发展规划相协调。根据旅游持续发展框架制定各时期的旅游发展规划和年度计划,并定期检查。

(3)实现旅游可持续发展,景区、景点和旅游企业要建立资源和环境保护,有效利用和节约资源的完善的管理制度,加强管理,层层落实,人人负责。

(4)实现旅游可持续发展,要积极探索和选择与可持续发展原则相协调的旅游形式、旅游产品,以及能够保证中期和长期可持续发展的旅游形式,如生态旅游、主题公园游等，以分散某些游客过于集中采用和购买的旅游形式和旅游产品,减少因游客过于集中对资源和环境造成的压力。

(5)实现旅游可持续发展要制定一整套支持可持续发展的标准和规范,如景区景点环境质量标准、景观建设要求、游客行为规范、自然生态系统阈值指标体系、污染“预防支付”标准、旅游资源分类与评价系统、旅游业可持续发展指标衡量体系和监控评价系统等。

(6)实现旅游可持续发展要依靠和引进科技手段,制定旅游科学技术政策体系,大力推广电子信息技术、清洁卫生技术、资源保护技术、规划评估技术、能源

节约技术等，加大旅游科技投入力度，使科学技术真正成为支持旅游可持续发展的主要手段。

(7)实现旅游可持续发展要在旅游开发和建设中加强投资者、经营管理者和当地社区之间的积极合作，用法规、行政和市场机制的手段合理分配旅游收入，使各方都能分享应得的利益。

(8)实现旅游可持续发展，要建立旅游可持续发展的试点示范工程，通过示范工程，摸索和积累经验，然后有计划有步骤地推广。

(9)实现旅游可持续发展要在全社会开展旅游可持续发展的宣传教育，以提高游客、旅游经营管理者、旅游职工和社会居民的可持续发展意识，自觉保护旅游资源和环境，形成文明旅游、健康旅游的社会氛围。

(10)实现旅游可持续发展要开展多种形式、多种内容的国际合作，包括双边和多边合作，扩大旅游可持续发展的科学研究和学术交流，在教育培训、规划开发、环境管理、海外融资等领域加强国际联系与合作。

复习思考题

1. 什么是可持续发展，它的理论基础有哪些，可持续发展包括哪些内容？

2. 旅游业为什么要实行可持续发展？

3. 简述旅游可持续发展原则和目标。

4. 什么是旅游承载力，它由哪些成分组成？研究它的意义何在？

5. 联系实际试分析我国旅游可持续发展存在的问题，并提出相应的解决途径。

主要参考文献

曹鉴燎，王旭东，郑奔. 可持续发展：我们共同的道路[M]. 北京：经济科学出版社，2000.

李天元. 中国旅游可持续发展研究[M]. 天津：南开大学出版社，2004.

陶汉军. 新编旅游学概论[M]. 北京：旅游教育出版社，2001.

王洪滨. 旅游学概论[M]. 北京：中国旅游出版社，2004.

赵西萍，等. 中国旅游业可持续发展战略研究[M]. 西安：陕西人民出版社，1998.

中国旅游业可持续发展研究组. 中国旅游业可持续发展研究[M]. 石家庄：河北科学技术出版社，1999.

第十章 旅游发展的模式与战略

总结国外旅游业发展的一些典型模式，对我国旅游业发展模式进行简要阐述，最后从政府主导型战略、经济增长点战略、旅游强国战略、可持续旅游发展战略四个方面简要分析我国新世纪旅游发展的战略选择。

第一节 旅游发展模式

首先介绍世界上较有代表性的国家的旅游业发展模式，然后在分析我国旅游业发展的基础条件和国情背景的基础上，总结我国旅游发展模式的基本特点。

一、世界旅游业的发展模式

在世界各国的旅游业发展中，由于社会制度、政治体制、经济发达程度、历史文化背景、地理位置、国土大小、风俗习惯、旅游资源条件等多方面的不同，形成了多样化的旅游业发展模式。这些不同的模式，是各国因地制宜、扬长避短、充分发挥自己的优势所选择的，是这些国家发展旅游业的基本条件和策略的综合反映，为各国树立了鲜明的旅游形象，是各国旅游业获得成功发展的基础。他山之石，可以攻玉，这对我国新兴旅游业的发展，具有重要的现实意义。

(一)历史上的社会主义模式

1. 苏联模式(又称传统型社会主义模式)

属于这一模式的国家除前苏联以外，还包括当时的民主德国、捷克斯洛伐克、波兰、罗马尼亚、保加利亚和匈牙利等。从整体上看，这一模式的主要特点：

(1)国内旅游属于社会福利性质。国内旅游作为公民的社会福利受到国家的重视。如前苏联早在20世纪20年代,其他国家在20世纪50年代,修建大批疗养院、休养地,供国家机关和企业安排员工进行以疗养为主的旅游活动。

(2)国际旅游业发展较晚,相对较落后。由于地理位置、文化传统、政治制度、外汇结算协议等原因,国际旅游多数在本区域内的社会主义国家之间进行,公民出国旅游也受到很大限制。

(3)属于统一经营体制。国家旅游行政管理机构权力大,国家垄断性的旅游企业是旅游经营的主体。国家行政管理机构或国家垄断性旅游企业直接控制着国际旅游业,构成一个政企不分、垂直管理的系统,人、财、物管理高度集中。

自20世纪80年代中期以来,这些国家的旅游业各部门相继实行民营化,通过签证制度、进出境法、关税调节条例,各国绝大部分地区开始对外国游客开放。1989年俄罗斯通过《自由出境法》后,其公民可以方便地走出国门旅游经商。同年,俄罗斯废除国家对旅游业的垄断,实行非国有化,许多国营旅游经营公司、旅馆自负盈亏,取得了完全的自主经营权,成为独立的法人或股份公司。由于注重国际合作,出现了一些与西方国家合资的企业,同时还出现许多私人旅游公司。据统计,到1992年,已有股份制、合作制和私人旅游公司1500家,打破了国营旅游公司的垄断局面。

2. 南斯拉夫模式(又称开放型社会主义模式)

南斯拉夫较早与西方国家发生密切联系,并选择了与众不同的社会主义道路,建立起独特的社会主义所有制与社会自治制度。其旅游业发展模式的主要特点:

(1)实行全面开放。国际旅游和国内旅游较其他社会主义国家发达,1961年对外国游客访南放宽签证限制,1965年实行全境开放, 特别是亚得里亚大公路开通后,大批联邦德国游客涌入南斯拉夫境内。此外,对本国公民出国旅游也基本上取消限制。

(2)国家干预少,企业有充分的自主权。其旅游业的直接经营者是旅游企业联合体,在经营上政企分开。政府靠法规,而不是靠行政手段来管理旅游业。旅游协会这个社会组织就是它的国家旅游组织,其职能是提供信息、协调关系和海外促销。

(3)政府在宏观上采取的各种措施促进了旅游业的迅速发展。在1966—1970年的社会经济发展计划中,为了促进旅游业的发展,政府在经济政策方面采取了以下措施:①低息优惠贷款。由联邦提供、必须按指定用途用于新建或改建国际旅游所需的旅游设施或购买设备,年息为3%。用于旅游业的外国借款的偿还期较一般贷款长。②增加旅馆业和旅游业的外汇提成。1960年时就规定凡出口商品和劳务的单位可对其实现的外汇提成7%,用于本单位购买原材料、机器设备,引进先进工艺技术等。此时,规定从事对外旅游旅馆业可提成外汇收入的20%。③减低旅游组织的税收。以从外国游客获取的收入总额作为计算基础,1966年减收总额2%的税收,1969年减收5%,到1970年时减收10%。通过这一措施大大加强了旅游单位的积累能力。

(二)当代发达国家模式

一般来说,一个国家的旅游发展程度与其经济发展程度是相适应的。从世界范围来讲,以美国、法国、英国等为主的欧美国家,既是经济大国,也是旅游大国,它们不仅占据了世界旅游市场的主要份额,而且也是世界主要的旅游消费市场。这些国家旅游业发展起步早,当前它们的旅游业发展已经非常成熟。发达国家旅游发展的基本模式是:首先从国内旅游开始起步,待到时机和条件成熟后,有步骤有计划地开发海外市场,即一方面允许本国居民出境旅游,另一方面也接待来自海外的旅游者。

1. 美国模式

美国模式是以美国为代表的经济发达, 同时旅游业也相应发达的国家的旅游发展模式。它包括美国、加拿大、英国、法国、原联邦德国、比利时、荷兰、挪威、日本等国家。这些国家人均国民生产总值在5000美元以上,服务业在国民经济中一般占50%以上。美国模式的主要特点:

(1)旅游业发达程度与国民经济发达程度基本同步。大多数发达国家均先发展国内旅游,后发展国际旅游。也就是说,它们的旅游业都经历了国内旅游—区域(邻国)旅游—国际旅游这样一个层次递进的自然常规发展过程。国内旅游是整个旅游业的基础。拿美国来说,由于美元在战后一直是硬通货并一度成为国际货币体系的基础,因此美国旅游业的重点长期放在国内旅游上,国内旅游收入占全部旅游收入的90%以上。当时几乎没有人把旅游看成是用来发展经济的潜在力量,在人们的眼光里旅游仅是一种娱乐或消遣。直到20世纪70年代末,由于对外贸易逆差加剧,美国的旅游发展战略才发生重大转变,从偏重国内旅游到国内、国际旅游并重,使美国成为国际旅游的主要客源国,又是主要的接待国。

和美国一样,其他发达国家的国际旅游业也都发展到了成熟的阶段。由于国内国际属于同层次消费,可以互相替代,使市场的供求关系趋于稳定。这些国家一直是全球国际旅游的主体构成,既是主要的客源国,又是主要的接待国。

(2)近年来,这些国家在旅游的宏观管理上表现出以下几种趋势:①更加重视旅游业,更注意旅游业在政治文化方面的意义。例如美国的钢铁、金融、轻纺和农业,都加强了为旅游业的服务并以此获利。此外,美国还把发展国际旅游业作为促进经济稳定、发展友谊与提高国家声誉的手段。英国把发展旅游作为扩大就业的重要途径。日本则把发展旅游特别是出国旅游,作为改善日本在国际社会中的形象以及改善国际经济关系,减少过量外贸顺差的手段。法国把发展旅游看成是改善公民文化素质的手段。②更加注重国家旅游业发展的总体规划,对国际旅客的流向进行引导控制。③提倡消除旅行障碍,如简化或取消入出境手续,开放天空以达到自由旅行的目的。④英国与他国保持自由市场,对外国游客购买劳务不收增值税,并鼓励投资。

(3) 在旅游行政管理体制上, 美国模式属于地方政府主导型。加拿大、英国、奥地利、瑞士等国均属此列,基本上是“小政府、大社会”的模式。其特征是:旅游行政管理比较松散,中央政府中不设专门的旅游主管部门,或虽然有但机构小、人员少,权限也较小,不直接从事或干预旅游业的经营,不存在国家级的旅游产业政策。其职责主要是从事海外促销、国际交往和政策协调。有些地方政府设有专门的旅游主管机构,职能全面,政策有力,资金较充裕,是旅游业的真正领导者和组织者。特别是旅游行业管理,主要依靠半官方的旅游机构(如行业协会)进行协调。例如美国夏威夷旅游局是民间行业组织,有 80 名工作人员,而州政府的旅游办公室只有 9 名工作人员。发达的行业组织是“小政府”得以存在的条件。

(4)旅游业经营以大企业为主导、小企业为基础,旅游企业几乎全部是私营的。一些大型旅游公司、旅馆联号实行经营组织网络化,在旅游经营和市场份额上占主导地位。也就是说,在发展旅游业的过程中,完全以市场需求为引导和约束,通过市场机制,发展或限定其规模与结构。

(5)在发展目标上,增加外汇收入并不全然是主导目标,而是依各国情况不同而侧重点不同。例如,英国把旅游局划归劳工就业部门,表明以就业为重点;而日本则提出“海外旅行倍增计划”,以减少过量的外贸顺差,改善国际经济关系。

(6)在发展规模上,完全以市场需求为约束,通过市场机制,发展或限定其规模与结构。

2. 西班牙模式

它是以西班牙为代表的经济中等发达，而旅游业特别发达国家的旅游发展模式。这种模式还包括葡萄牙、希腊、意大利、摩洛哥、埃及、突尼斯、墨西哥、泰国、新加坡等国家。这些国家地理位置优越，与主要旅游客源国相毗邻，旅游资源丰富独特，人均国民生产总值一般在1000美元以上，服务业占国民经济比重在50%左右。西班牙模式的主要特点：

(1)在一定的经济发展基础上，国家对旅游业大力扶持，使之成为国民经济的支柱产业，国内和国际旅游总收入相当于国民生产总值的5%、10%，其中国际旅游收入是最重要的外汇收入来源。

(2)自20世纪70年代以来，大多数国家旅游业持续高速发展，国际旅游收支呈现顺差。例如截止1999年9月西班牙旅游外汇收入为251.79亿美元，仅次于美国，居世界第二位。

(3)以邻国大众旅游市场为目标，在出入境、外汇管理与税收方面限制很少。旅游企业以优质服务、薄利多销取胜，注重旅游产品的多样化，在旅游项目上不断下功夫，树立多样化旅游产品目的地的形象。

(4)旅游管理机制逐步完善，在产业政策中发展旅游业成为国家的主导政策之一。西班牙曾经有过教训，由于政府长期对旅游业的发展实行不干涉主义政策，旅游业在宏观上既无总的发展规划，也没有建设投资的调整控制机构，结果造成发展上的宏观失控，地区发展不平衡，某些地区发展过度。在旅游业发展中出现的种种负效应，引起各级政府的高度重视。1985年，为加强对旅游业的宏观管理，协调交通部、旅游部和邮电部的业务，西班牙设立了专门的政府机构，并制定了全国旅游发展总政策，调整产业结构中不合理的部分。此外，旅游经营意识成为普遍的国民意识，社会的统一协调得当，开展社会性的国际旅游市场促销，大力开拓海外市场。另外，还加强区域协调，使地中海旅游国家向一体化方向发展。

3. 以色列、土耳其模式

以色列、土耳其这两个旅游业发达国家是采用国家主导型（亦称中央政府主导型）旅游业发展模式的范例。这种模式代表着近40多年来的世界潮流，即以国家为中心，以中央政府产业政策为基础，以市场经济为依托，强有力地推动旅游业的快速增长。

族等方面有着长期的、紧密的联系，所以有着比较充裕的客源。

(2)经济结构单一，以旅游业为主体。这些国家的旅游业大部分是在20世纪70年代大规模发展起来的，现在旅游业已经成为外汇收入的主要来源和国民经济的最重要产业部门，通过发展旅游业带动了各相关产业的发展。在这些国家，旅游收入一般占国家外汇收入的20%以上。例如旅游业在马耳他的经济发展中一向起着举足轻重的作用，农业与渔业从业人员只占人口的4%，近百余年来多数从业人员就业于英国军事基地，二次大战后基地关闭，政府重新改组经济，利用旅游资源优势发展旅游业，重点吸引英国游客，由英国提供燃料补贴，政府给予英国全体游客以优惠待遇。又如塞浦路斯曾致力于近海金融业与商业活动，时过境迁，结果旅游业成为其赚取外汇、扩大就业的有效途径。马尔代夫是印度洋中的一个岛国，在20世纪70年代以前曾以渔业和贸易为经济支柱，白白搁置了丰富的旅游资源，而十几年后旅游业一跃而成为其支柱产业。意大利的一位百万富翁说服马尔代夫政府在1972年修建第一个旅游点——"库鲁姆巴村"，之后将无人居住的岛屿出租出去，以农业税形式交租，10年后收回海岛及设施。用这种方法，马尔代夫先后兴建了70多个旅游区，旅游业的产值占国民生产总值的18%以上。马尔代夫的旅游业产值还不算高。联合国曾作过估计：塞舌尔群岛旅游业的收入在国生产总值中的比重高达60%。巴哈马的旅游收入占国民生产总值的70%以上，占政府收入的60%，旅游从业人员占全部劳动力的三分之二。1996年，整个加勒比地区旅游业对国民生产总值的贡献达25.5%。

(3)旅游业受世界经济影响较小，如发生世界性政治或经济危机时，洲际长途旅游大量转向这些小国，反得渔翁之利。

(4)旅游行政管理机构地位高、权限大。由于旅游业对国民经济有至关重要的作用，这些国家的旅游行政管理机构权限在政府中的地位一般比较高，多由政府首脑或要员直接管辖。旅游管理机构的重点工作是颁布旅游法规、制定发展规划和对外促销等。

(5)外国公司在旅游业中扮演着重要角色。由于这些国家地域小，人才缺乏，其旅游设施建设以利用大批外资、引进外国管理为主。旅游业主要依靠外国企业来经营，特别是旅馆业，外国的旅馆联号、旅馆管理公司起支配作用。这不仅使岛国在政治上受到控制，而且在经济上外汇收入严重漏损，使外国投资者获益巨大。

3. 东欧模式

东欧模式是以东欧国家为代表的包括独联体国家在内的旅游发展模式。这以色列和土耳其政府对旅游业认识提高的过程，也就是两国旅游产业政策和国家主导型旅游发展模式从萌芽到形成的历史。它们认识到这种模式最适合本国国情,能体现旅游业发展必须集中领导和重点扶持的规律,实现旅游业迅速起飞和超前发展的目标。

以色列和土耳其模式的本质特点,是将国家和市场有机地结合起来,通过中央行政权力的强制性干预,使旅游经济实现有序繁荣和高速增长。这种模式的具体特征和内容:

(1)在内阁中设置职能齐全的旅游部。以色列内阁设旅游部,拥有全面管理旅游业的职能。土耳其原设文化旅游部,1989 年议会批准单独设立旅游部,管理职能相应地大为增强。

(2)中央旅游主管部门对地方旅游业实行垂直领导。

(3)国家从中央财政和吸引外资两个渠道大量集中资金,通过旅游部密集地投入旅游业。

(4)国家有一整套鼓励旅游业优先发展的产业政策。例如,以色列的优惠政策是:投资者无论是内资还是外资,只要投资于建设旅游部导向的重点旅游开发项目,均可获得项目总投资额 25%的政府补贴,这种补贴不是贷款而是赠款;此外,购旅游车辆免税,游客可免税进口或在以色列购一辆汽车自用;在以色列连续逗留不少于两个月并持有以色列国债的游客,可提前在以色列银行兑付,这一措施既促进旅游,又推动国债销售,乃全球独有,颇具特色。土耳其政府在 1982 年通过一项鼓励旅游业的法令,对主要的公用事业公司和旅游公司给予特许,在税务与货币方面采取了许多鼓励措施，此后又以新的放得更宽的外汇兑换条例中的优惠待遇充实了这些鼓励措施。

(5)鼓励多种经济成分从事旅游投资、经营和竞争。

(三)当代发展中国家模式

在国内经济尚不发达的情况下,为推动本国经济的发展,采取有限发展旅游业,尤其是入境旅游的发展战略,成为发展中国家旅游发展模式与发达国家旅游发展模式最为根本的不同之处。而在这些国家中,既有以市场经济为主的国家,也有以东欧国家为代表的社会转型期国家。

1. 印度模式

印度模式是以印度为代表的许多发展中国家(包括一些经济欠发达国家)的

模与结构。

2. 西班牙模式

它是以西班牙为代表的经济中等发达，而旅游业特别发达国家的旅游发展模式。这种模式还包括葡萄牙、希腊、意大利、摩洛哥、埃及、突尼斯、墨西哥、泰国、新加坡等国家。这些国家地理位置优越，与主要旅游客源国相毗邻，旅游资源丰富独特，人均国民生产总值一般在1000美元以上，服务业占国民经济比重在50%左右。西班牙模式的主要特点：

(1)在一定的经济发展基础上，国家对旅游业大力扶持，使之成为国民经济的支柱产业，国内和国际旅游总收入相当于国民生产总值的5%、10%，其中国际旅游收入是最重要的外汇收入来源。

(2)自20世纪70年代以来，大多数国家旅游业持续高速发展，国际旅游收支呈现顺差。例如截止1999年9月西班牙旅游外汇收入为251.79亿美元，仅次于美国，居世界第二位。

(3)以邻国大众旅游市场为目标，在出入境、外汇管理与税收方面限制很少。旅游企业以优质服务、薄利多销取胜，注重旅游产品的多样化，在旅游项目上不断下功夫，树立多样化旅游产品目的地的形象。

(4)旅游管理机制逐步完善，在产业政策中发展旅游业成为国家的主导政策之一。西班牙曾经有过教训，由于政府长期对旅游业的发展实行不干涉主义政策，旅游业在宏观上既无总的发展规划，也没有建设投资的调整控制机构，结果造成发展上的宏观失控，地区发展不平衡，某些地区发展过度。在旅游业发展中出现的种种负效应，引起各级政府的高度重视。1985年，为加强对旅游业的宏观管理，协调交通部、旅游部和邮电部的业务，西班牙设立了专门的政府机构，并制定了全国旅游发展总政策，调整产业结构中不合理的部分。此外，旅游经营意识成为普遍的国民意识，社会的统一协调得当，开展社会性的国际旅游市场促销，大力开拓海外市场。另外，还加强区域协调，使地中海旅游国家向一体化方向发展。

3. 以色列、土耳其模式

以色列、土耳其这两个旅游业发达国家是采用国家主导型(亦称中央政府主导型)旅游业发展模式的范例。这种模式代表着近40多年来的世界潮流，即以国家为中心，以中央政府产业政策为基础，以市场经济为依托，强有力地推动旅游业的快速增长。

旅游发展模式。这些发展中国家,经济上相对落后,人均国民生产总值在500美元以下(有些经济欠发达国家不足350美元),农业仍是国民经济的主体,工业与服务业处于低水平。其旅游发展模式的主要特点:

(1)20世纪50年代末60年代初,国际旅游活动开始向发展中国家延伸。国家一般均采取国际旅游业超前发展的政策。起先只是致力于接待国外游客,而对国内旅游及本国公民出国旅游不予注意和促进。发展旅游业的中心目标是,利用本国旅游资源的吸引力赚取外汇,弥补贸易逆差和减缓外债的压力,带动本国经济的发展,改变经济落后的状况。

(2)注重国内旅游的同步发展。国家在大力吸引区域内入境游客的同时,随着本国经济的发展,已注意到发展和促进国内旅游以及本国公民出境旅游;而国内旅游的发展又进一步促进推动国际旅游,使整个旅游业获得协调发展。也就是说,在现代旅游需求波动频繁的情况下,如果入境外国游客来源一旦受到影响,为了不使旅游经济效益受到严重损失,同时发展国内旅游不失为发展整个旅游业的一条成功之路。

(3)国家基本上采用的是国有企业与私营企业并举的混合型发展机制。例如印度旅游业的经营,开始是以国有企业为主体,在一定程度上占据垄断地位,发挥主要作用。国家专门成立的旅游开发公司或由国家拥有其很大部分股份的企业具有集中国家财力、物力和人力资源的优势。私营部门的规模比较小,而且没有强有力的行业组织。但是从1985年开始,印度面临转型改制的任务,饭店建设主要由私人资金承担,政府相应放宽限制,取消了垄断法,国营和私营旅游企业处于平等的地位。

2. 斐济模式

斐济模式代表岛国旅游发展的模式(这里的岛国不包括诸如澳大利亚、日本、英国、新西兰等经济发达且面积比较大的岛国,而是指那些面积比较小、人口比较少、历史上曾是某个西方国家殖民地的岛国)。属于岛国模式的同家和地区包括斐济、加勒比海诸国、南太平洋若干岛国、塞舌尔、马耳他、巴哈马、马尔代夫、塞浦路斯、贝宁、利比亚等。斐济模式的主要特点:

(1)有着发展旅游的优越条件。这些岛国一般经济资源有限,但旅游资源得天独厚,如具有独特的岛国风情、海洋风光、野生动植物资源和宗教活动等优势。岛国大都风光秀丽,气候宜人,是比较典型的阳光、沙滩和海水型的目的地。由于它靠近客源国或处于海上交通要冲,又与西方发达国家在政治、经济、文化与种族等方面有着长期的、紧密的联系,所以有着比较充裕的客源。

(2)经济结构单一,以旅游业为主体。这些国家的旅游业大部分是在20世纪70年代大规模发展起来的,现在旅游业已经成为外汇收入的主要来源和国民经济的最重要产业部门,通过发展旅游业带动了各相关产业的发展。在这些国家,旅游收入一般占国家外汇收入的20%以上。例如旅游业在马耳他的经济发展中一向起着举足轻重的作用,农业与渔业从业人员只占人口的4%,近百余年来多数从业人员就业于英国军事基地,二次大战后基地关闭,政府重新改组经济,利用旅游资源优势发展旅游业,重点吸引英国游客,由英国提供燃料补贴,政府给予英国全体游客以优惠待遇。又如塞浦路斯曾致力于近海金融业与商业活动,时过境迁,结果旅游业成为其赚取外汇、扩大就业的有效途径。马尔代夫是印度洋中的一个岛国,在20世纪70年代以前曾以渔业和贸易为经济支柱,白白搁置了丰富的旅游资源,而十几年后旅游业一跃而成为其支柱产业。意大利的一位百万富翁说服马尔代夫政府在1972年修建第一个旅游点——"库鲁姆巴村",之后将无人居住的岛屿出租出去,以农业税形式交租,10年后收回海岛及设施。用这种方法,马尔代夫先后兴建了70多个旅游区,旅游业的产值占国民生产总值的18%以上。马尔代夫的旅游业产值还不算高。联合国曾作过估计:塞舌尔群岛旅游业的收入在国生产总值中的比重高达60%。巴哈马的旅游收入占国民生产总值的70%以上,占政府收入的60%,旅游从业人员占全部劳动力的三分之二。1996年,整个加勒比地区旅游业对国民生产总值的贡献达25.5%。

(3)旅游业受世界经济影响较小,如发生世界性政治或经济危机时,洲际长途旅游大量转向这些小国,反得渔翁之利。

(4)旅游行政管理机构地位高、权限大。由于旅游业对国民经济有至关重要的作用,这些国家的旅游行政管理机构权限在政府中的地位一般比较高,多由政府首脑或要员直接管辖。旅游管理机构的重点工作是颁布旅游法规、制定发展规划和对外促销等。

(5)外国公司在旅游业中扮演着重要角色。由于这些国家地域小,人才缺乏,其旅游设施建设以利用大批外资、引进外国管理为主。旅游业主要依靠外国企业来经营,特别是旅馆业,外国的旅馆联号、旅馆管理公司起支配作用。这不仅使岛国在政治上受到控制,而且在经济上外汇收入严重漏损,使外国投资者获益巨大。

3. 东欧模式

东欧模式是以东欧国家为代表的包括独联体国家在内的旅游发展模式。这些国家曾长期实行计划经济，旅游业完全由国家垄断经营。由于众所周知的原因，这些国家目前处于社会转型期，经济发展不同程度上都存在这样或那样的问题和困难，因此形成了一种有别于其他国家的旅游发展模式。东欧模式的主要特点：

(1)制约旅游发展的外在因素过多。旅游业是一个敏感的产业，其发展极易受到外在因素的影响，政治因素、经济因素、社会因素以及其他各种因素都可能对旅游业造成致命打击。由于这些国家处于转型期，政局不太稳定、经济发展滞缓、社会问题较多、社会矛盾突出，这些都对旅游业的发展产生了直接的影响。

(2)旅游业发展成效不一。由于经济体制改革并非一朝一夕之事，市场机制的建立也不可能一蹴而就，市场的发育完善是一个渐进的过程，因而在由封闭型计划经济向开放型市场经济转变过程中，有的国家改革措施得力，经济很快走出低谷，步入良性循环的轨道；有的国家则步履蹒跚、困难重重。反映在旅游业上，匈牙利等国由于经济改革起步早，体制转轨快，旅游业得以稳步发展；波兰等国后来居上，旅游业发展成效显著；罗马尼亚等国经济尚未走出低谷，旅游业呈现持续下滑的态势；而俄罗斯等国则由于外在干扰因素过多，旅游业发展时好时坏。

(3)国内旅游与出境旅游均有一定的市场规模。东欧及独联体国家的经济基础比较好，国民收入也比较高，因而这些国家的公民仍有较强的出游能力，并形成一定的市场规模。

二、中国旅游业的发展模式

中国旅游业发展模式的选择，必须建立在自身条件的基础上，因此，需要结合国际经验进一步探讨这些条件的优劣。

(一)我国旅游业发展的基础条件和国情背景

我国旅游业的基础条件和国情背景，可以简单地概括为大国、穷国、古国、远国和社会主义国家。这五个方面的客观条件决定了我国旅游业发展模式只能在这一基础上选择，也就是说，旅游业的发展必须根据上述基本国情和各地具体情况，选择正确的发展方向、道路和规模。

(1)我国是一个大国，地域辽阔，进行国内旅游的距离就相当于欧美的国际甚至洲际旅游，这既是优势又是劣势。其优势在于山川广阔、资源丰富、内蕴深厚,有可能吸引回头客,并使之总有新鲜感。其劣势在于资源分散,一方面导致难以集中开发,有限的资金分散使用,很难形成综合接待能力,更难形成拳头产品,另一方面使旅游者处于紧张旅行中,疲于奔命。因此,不能设想在短期内四面开花,使旅游业覆盖全国,也不能设想把旅游资源的精华和盘托出,让游客一次游遍。

(2)我国是一个穷国,交通、市政基础设施还很落后,经济发达程度和国民消费水平不高,因此,发展旅游业不能仿效发达国家先国内、后区域、再洲际的自然递进进程,否则将会在世界旅游市场上永无立足之地;而必须以国际旅游业为先导,以创汇和经济效益为中心,同时把国内旅游问题摆到适当的位置,既不能"不宣传、不鼓励、不反对",也不能在政策上摇摆不定,而应加以组织引导,发展相应的旅游供给,正确促进旅游消费。

(3)我国是一个古国,长达5000年的悠久历史以及历代留下的丰富的文化遗产,成为我国旅游业发展的主导优势,也是吸引外国游客的主要资源。因此,在旅游开发中,应将其作为主体旅游资源,发挥其潜在的优势。

(4)我国是一个远国,从地理位置上看,我国远离欧美主要客源国,洲际交通费用高,信息隔膜强,欧美旅游者来华之前对我国了解很少,同时两种不同的文化体系之间的文化距离甚至比地理距离更大。这就要求我们要确定适宜的市场定向目标,不能"漫天撒网",而应该"重点捕鱼",例如,以东亚太平洋为主要目标市场。

(5)我国是社会主义国家,旅游业必须体现社会主义精神文明,除了强调经济意义以外,也要注重其社会文化意义。

我国还处于社会主义初级阶段,发展旅游业必须从实际出发,不能超越这个阶段。因此,我国旅游业的发展既不同于西方发达国家先发展国内旅游、后发展国际旅游的模式,又不同于20世纪60年代后期一些发展中国家先发展国际旅游、再发展国内旅游的模式。

(二)我国旅游发展模式的基本特点

(1)中国式旅游业在20世纪80年代后期到90年代初期的基本模式是以国际旅游为主导,以国内旅游为基础,走国际国内旅游协调发展、共同促进的道路。采取这种模式,完全符合邓小平同志关于"旅游事业大有文章可做,要突出地搞、加快地搞"的指示。1998年我国旅游业总收入达3 439亿元,占国内生产总值的

4.32%；入境旅游人数达 6 347.8 万人次，位居世界第 6 位，旅游外汇收入 126 亿美元，居世界第 7 位。这充分说明这种发展模式是正确可行的。

(2)国内旅游与国际旅游是互为补充、相互促进的。两者在相互关系中似乎不存在矛盾，但在我国现有条件下，尤其是在旅游旺季，会造成交通运输过于紧张和某一地区的游客过于集中，在旅游热点地区和城市还会造成物价上涨、游览地人满为患等问题。为了合理安排国内和国际旅游，首先应该采取国际旅游与国内旅游并举、协调发展的方针。但我国是一个人口众多、幅员辽阔的多民族社会主义国家，目前生产力发展水平还不高，社会经济发展不平衡，各地的旅游资源和交通等条件不一样，加上原有的基础不同，限于人力财力，不可能采取简单的同样模式来处理国际旅游和国内旅游之间的关系，只能在“两个并举”的方针指导下，从各地的实际情况出发，因地制宜，积极引导，稳步发展，根据具体条件办事。一般来说，凡是目前确定的发展国际旅游的重点地区和城市，要用最大力量抓好国际旅游，同时也要分出适当的力量兼顾国内旅游；目前处于国际旅游温线的地区，要在积极促进国际旅游发展的同时，花一定的力量抓好国内旅游；目前处于国际旅游冷线，并在一段时期内国际旅游难以有大发展的地区，当前应主要抓好国内旅游，并为发展国际旅游积极创造条件；有些地区根本没有发展国际旅游的条件和价值，就集中力量向国内旅游发展。

(3)随着我国人民生活水平的迅速提高，出境旅游呈现递增的势头。我国的出境旅游经历了一个从无到有、从“出境探亲游”到“公民自费出国游”的发展过程。1997 年国务院批复了由国家旅游局和公安部共同制定的《中国公民自费出国旅游管理暂行办法》，确定了有组织、有计划、有控制地适度发展的指导方针，使出境旅游走上了规范化的轨道。截至 2007 年 9 月份，已有 136 个国家和地区成为中国公民组团出境旅游目的地，正式实施的已达 96 个；2007 年中国公民出境旅游达 4 095 万人次，较 2006 年增长 18.6%。中国已毋庸置疑地成为亚洲最大出境旅游客源国。

第二节　我国新世纪旅游发展的战略选择

21 世纪的中国旅游业，在选择其发展战略时，要建立一种完整的战略体系，追求旅游业发展的宏观协调，促使旅游业走上健康的发展道路。这个体系目前可以初步概括为“四位一体”的战略体系。所谓“四位一体”，就是由政府主导型战略、经济增长点战略、旅游强国战略、可持续旅游发展战略这四方面构成的综合而统一的战略体系。

一、政府主导型旅游发展战略

政府主导型旅游发展战略,就是按照旅游业自身的特点,在以市场为主配置资源的基础上,充分发挥政府的主导作用,争取旅游业更大的发展。在我国实行政府主导型旅游发展战略,有着它的必然性和必要性。

首先,旅游业自身所具有的综合性、跨地域性、整体性等特点,客观上要求政府在旅游发展的过程中发挥主导作用。作为一种综合性的产业部门,旅游业在发展过程中,势必要涉及到众多产业部门之间的协调发展问题,在这个问题上如果不积极发挥政府的作用, 很容易使旅游业发展所赖以存在的协调的产业环境基础无法建立起来,从而成为制约旅游业发展的瓶颈。

其次,世界各国的旅游发展实践也证明了旅游发展中政府主导作用的价值。从发展中国家来看,由于市场机制不健全,客观上也必然导致较大程度上的政府参与产业发展的行为,努力通过高效率的政府行为来弥补市场的缺陷,并以此加速旅游市场的发育。韩国和新加坡的模式即属此类。而在发达的市场经济国家,也日益表现出对政府介入和指导旅游业发展的趋势,并通过立法、行政手段、参与整体促销等措施影响和决定旅游业的发展方向。

再次,旅游业发展中的激烈竞争的现实,也要求实施政府主导型旅游发展战略。在现代旅游业发展经营过程中,竞争已经是旅游业必须面临的挑战。国际间、地区间、企业间的竞争由于旅游经营的开放性、外向性而显得更加激烈。为了应付竞争,各国在旅游产业中都努力形成一个强大而完整的竞争体系。即以企业竞争为基础,以联合竞争为主体,以国家直接参与和组织竞争为龙头,形成了全国性的联合竞争体制。显然,在这个竞争体系中,政府的主导作用是不容忽视的。

在实施政府主导型旅游发展战略时,可以考虑的基本要点是:

(1)政府主导型战略的主体是政府,基础是市场,因此,在制定和实施这一战略的过程中涉及中央政府、地方政府、国家旅游局、地方旅游局以及与市场和企业的多重交叉组合的相关关系。按照发展的实际情况和要求,各个层次和各个方面应有所侧重和分工,以构成完整的促进旅游业发展的体系。

(2)政府主导型旅游发展战略主要体现在观念主导、政策主导、管理主导和资金主导几个基本方面。

(3)实施政府主导型旅游发展战略的主要措施包括:建立和完善旅游法制体系、确立旅游行业主管部门进行全行业管理的机构和制度基础、开征旅游税、增加国家对旅游宣传促销的投入。

二、经济新增长点战略

经济新增长点战略是20世纪90年代中期提出的新概念。这一概念的提出背景,主要是我国国民经济已经进入新的成长阶段,又面临着一系列的困难,尤其是产业结构调整方面的困难。经济发展过程证明,增量调整是解决结构优化问题的有效途径。因此,这一概念形成后就迅速政策化,成为我国经济领域寻求发展的重要策略。

选择和确定新的经济增长点,必须把握五个基本原则:一是要符合转变经济增长方式的要求,有利于经济增长的集约化;二是市场需求量大,有利于增加有效供给;三是产业关联度高,有利于带动相关产业的发展和结构升级;四是国际竞争力强,有利于扩大出口创汇;五是投资回收快,有利于形成经济的良性循环。这五个原则也是新的经济增长点的基本特征。客观地说,国民经济的发展基础创造了旅游业可能成为新的经济增长点的条件,而国民经济发展中的困难则创造了旅游业必然成为新的经济增长点的机遇。旅游业的发展,完全符合选择和确定新的经济增长点的五个原则。将旅游业确定为国民经济新的经济增长点,旨在缓解就业压力,调整产业结构不合理的状况,在一定程度上解决国有经济缺乏活力等问题。由于旅游业在推动国民经济调整方面具有市场前景广阔、创汇能力强、换汇成本低、产业关联带动能力强、提供就业机会多等优势,将旅游业确定为国民经济的新增长点,具有现实的战略意义。

经济增长点战略与政府主导型战略密不可分,是政府主导型战略的主要内容之一。但是从工作分工来看,中央和地方应各有侧重。中央的主要工作是定位列队,即确定旅游业作为国民经济新的经济增长点的地位,列入国家产业政策的队伍。地方则主要负责落实工作。或者说,中央给个"说法",出一个好的题目;地方则要给实惠,做一篇大文章。

在实际发展过程中,除了规模的扩大和增量的调整所起到的作用之外,旅游业这一经济增长点还实现了四个层次的交流:一是实现了国际之间的交流,改变了国际的财富分配比例;二是实现了产业之间的交流,改变了产业结构的比例;三是实现了城乡之间的交流,实质上完成了又一次国民收入再分配;四是实现了地区之间的交流,也是各地财政收入的再分配,是货币与资源的再交换。在交流过程中,以旅游者的人流为载体,资金流、信息流、物料流随之发生,流动规模越大,流动频率越高,越能体现出新的经济增长点的意义。

三、旅游强国战略

借助旅游产业的发展来实现富国强民的战略目标，是新时期我国经济建设中的一项有战略意义的产业发展政策。这一战略的实施,主要体现在对我国旅游发展质量、旅游服务质量、旅游产业投入产出目标、旅游产品开发和营销等具有长远意义的实践领域做出战略规划。

四、旅游可持续发展战略

可持续旅游是随着全球可持续发展这一新观念的出现而出现的，并逐渐成为受到广泛关注的论题。可持续发展观强调发展必须以不破坏或少破坏人类赖以生存的环境和资源为前提。实现这种发展需要通过有效的资源管理,使资源使用的速度低于更新的速度，从利用不可再生资源或再生速度较慢的资源转向利用可再生资源和再生速度较快的资源，保证现代社会和后代社会的发展有充足的可利用的资源。可持续发展的基本原则包括:维持生态环境的平衡性;提高经济、社会和文化之间的协调性;保持经济效益的可持续获得性。

与可持续发展目标相对应,可持续旅游的核心目标是:在为旅游者提供高质量的旅游环境的同时,改善当地居民生活水平,并在发展过程中保持生态环境的良性循环,增强社会和经济的未来发展能力。达到这一核心目标的基本前提是通过对旅游资源的合理利用、旅游业发展方式和规模的合理规划和管理,保持旅游供给地区环境的协调性和文化完整性。

可持续旅游概念提出后受到国际旅游组织和旅游研究领域的广泛重视。在1990年加拿大举行的全球可持续发展大会上，旅游组行动策划委员会提出了“旅游发展行动战略草案”。1995年,联合国教科文组织、环境规划署和世界旅游组织等又在西班牙召开了“可持续旅游发展世界会议”,通过了“可持续旅游发展宪章”,并同时制定了“可持续旅游发展行动计划”。1996年,世界旅游组织、世界旅游理事会和地球理事会联合制定了“实现环境可持续发展的旅游业21世纪议程”,确定了旅游管理部门和旅游企业的行动纲领和采取行动的优先领域。世界上很多国家开始尝试实施可持续旅游战略，将可持续旅游的基本原则运用于本国旅游开发中,突出强调对生态环境和特色文化的保护,并以可持续发展的标准来评价国家和地区旅游业所产生的社会、经济、环境和文化影响。主要标准包括:(1)旅游业能否对自然环境的保护和管理给予资金支持;(2)当地居民能否从旅游业中获得经济利益和就业机会;(3)旅游业的发展能否促进当地居民对自然环境保护支持。

在中国,可持续旅游观点得到旅游研究界的广泛响应和倡导,许多研究者深入探讨旅游业可持续发展的基本定义、目标和指标体系。1997 年底由国家科委、国家旅游局和中国科学院联合召开中国可持续旅游学术研讨会, 呼吁重视旅游环境保护,在中国实施可持续旅游战略。

复习思考题

1. 简述美国模式的旅游发展战略有哪些主要特点?
2. 简述我国旅游发展模式的基本特点。
3. 简述我国 21 世纪旅游发展的战略选择。

主要参考文献

匡林. 旅游业政府主导型发展战略研究[M]. 北京:中国旅游出版社,2001.
马勇. 旅游学概论[M]. 天津:南开大学出版社,1998.
牛亚菲. 可持续旅游、生态旅游及实施方案[J]. 地理研究,1999,18(2).
苏勤. 旅游学概论[M]. 北京:高等教育出版社,2004.
王大悟,魏小安. 新编旅游经济学[M]. 上海:上海人民出版社,1998.
王洪滨. 旅游学概论[M]. 北京:中国旅游出版社,2004.
魏小安. 旅游发展的经济增长点战略[J]. 旅游学刊, 1997, (5).
谢彦君. 旅游学概论[M]. 大连:东北财经大学出版社,1999.
张立明. 旅游学概论[M]. 武汉:武汉大学出版社,2003.